# Der Tod tritt ein

Ralf Kramp (Hg.)

# Der Tod tritt ein

Kriminelle Geschichten aus der Eifel

GEV

www.gev.be
E-Mail: buchverlag@grenzecho.be



Herausgeber: Ralf Kramp
Titelseitenkarikatur: Ralf Kramp
Titelseitengestaltung: Cito Communication, Bilstain
Satz: Bürowerkstatt Worm, Eckernförde
Druck und Bindung: Druckerei Grenz-Echo, Eupen (B)

ISBN 90-5433-154-2
D 2001/3071/7



Printed in Belgium.

Dieses Buch wurde hergestellt mit freundlicher Unterstützung der Fortis Bank und des Belgischen Rundfunks (BRF).

# Inhaltsverzeichnis

# Vorwort

Nun, da wären wir wieder.

So traut beisammen.

Sie und ich und ein Bündel haarsträubender Geschichten. Da geht es um Messer und Gift, um Erschießen und Ertränken. Ein bunter Strauß des Entsetzens ist für Sie gebunden worden. Eine Handvoll Autorinnen und Autoren mit den unterschiedlichsten Temperamenten hat sich zusammengefunden, um Ihnen Mord und Totschlag im appetitlichen Format zu offerieren. Sie zeigen das Verbrechen in all seiner Vielfalt, mit all seinen unterschiedlichen Motiven. Neid und Hass, Rache, Panik, Machthunger und Gier. Habe ich etwas vergessen? Im Wesentlichen wahrscheinlich nicht.

Und obwohl sie alle so unterschiedlich sind, diese Geschichten, so ist da doch eines, das ihnen allen gleichermaßen zu eigen ist: Sie haben sich hier zugetragen. Ja, genau hier, gewissermaßen vor Ihrer Haustür.

Das glauben Sie nicht?

Sie halten das alles für erfunden?

Wieso gerade hier?

Die Eifel ist als Schauplatz des Verbrechens vielleicht nicht unbedingt besser geeignet als irgend ein anderer Ort auf dieser Welt. Aber auch mit Sicherheit nicht schlechter, glauben Sie mir das.

Ich wünsche Ihnen nun viel Vergnügen bei unserem kleinen Ausflug an die Tatorte zwischen Eupen, Euskirchen und Trier. Sie werden starke Nerven brauchen. Aber Sie werden trotzdem etwas zum Lachen bekommen, trösten Sie sich.

Ralf Kramp

Christina Hennes

# Nie wieder Wasser

Blut, unglaublich viel Blut. Sie schüttelte den Kopf, um diesen Gedanken zu vertreiben. Bloß zurück in die Wirklichkeit.

„Kennst du mich nicht mehr?"

Als sie sich umdrehte, sprach ein Mann sie an. Natürlich kannte sie ihn noch. November vor zwei Jahren. Sie hatte ein ausgezeichnetes Personengedächtnis. Er nahm sie mit in seine Wohnung. Unterwegs erzählte er von all den Dingen, die er in der vergangenen Zeit erlebt hatte. Allein gingen sie, mitten im Sommer, am helllichten Tag durch die Straßen. Seine Wohnung war klein. An den Wänden hingen Bilder, die er, wie er ausdrücklich betonte, selbst gemalt hatte. Dom, Römerbrücke, Viehmarkt hatte er gezeichnet und war stolz auf jeden Strich. Er liebe seine Heimat, sagte er. Egal wo in der Welt er auch war, er komme immer wieder nach Trier zurück.

„Willst du was trinken?" Ihrem Wunsch nach Wasser schenkte er ein müdes Lächeln. Nachsichtig goss dieser Mann von Welt ihr ein.

„Und, was hast du so gemacht?"

Sie überlegte. Und konnte nichts sagen. Nein, langweilig war es gewesen. Langweilig wie ihr Wasser. Sie setzte sich aufs Bett. Er verstand und berührte sie zärtlich.

Als sie fertig waren, schlief er sofort ein. Sie schaute durch die Wohnung. Ordentlich. Sauber. Spießig.

Sie ging in die Küche und trank ihr Glas aus. Schaute es sich lange an. Nein, kein Wasser mehr. Keinen Schluck.

Dann nahm sie ein Messer und ging zurück. Ein kurzer Schnitt. Und Blut. Unglaublich viel Blut. Sie lächelte. Keine Phantastereien mehr. Und vor allem kein Wasser mehr. Nur kurz schlug er die Augen auf und blikkte sie entsetzt an.

Sie ließ sich jetzt Zeit. Entfernte Spuren, die sie hinterlassen hatte, warf dem jungen Mann von Welt noch flüchtig eine Kusshand zu und verließ dann leise die Wohnung.

Ein Rätsel. Ohne Verdächtige. Ohne Spuren. Ohne Motiv. Für Trier eine Sensation.

Und für sie nie wieder Wasser.

Alwin Ixfeld

# Anglerglück

Die Schnur sirrte von der Trommel, und der Wobbler landete genau am Schilfrand. Langsam drehte ich die Kurbel, die Spitze meiner Angel wippte ganz leicht. Der Wobbler mit seinen drei mörderischen Dreifachhaken trudelte an der Wasseroberfläche, legte sich auf die Seite, schlug Haken, wie ein kranker Fisch. Heute wollte ich den großen Hecht haben, der mir schon seit Tagen die Nase lang machte.

Erst gestern Morgen um sechs hatte er, nur zehn Meter vom Steg entfernt, eine verzweifelte Entenmutter zurückgelassen, als er direkt hinter ihr das vorletzte verbliebene Küken mit einem Ruck unter Wasser zog. Mama Ente hatte laut schnatternd ihr Einzelkind ans rettende Ufer meines Weihers getrieben und war noch lange mit klagenden Rufen auf und ab gelaufen. Entenküken schmecken gut, wenn man Hecht ist. Aber genug ist genug, jetzt war er fällig, schließlich wollte ich auch in den kommenden Jahren hier an unserem Refugium dicht am Waldrand sitzen, weit weg von allem, und mich über Enten, Blesshühner, Kröten, Frösche und Fischbrut freuen können.

Den Weiher mit seinen fast 3 000 Quadratmetern Wasserfläche hatte Maras Vater vor über dreißig Jahren angelegt, als Fischzucht. Heute war er unser privates Rückzugsgebiet. Jeder Sonnenstrahl trieb uns hierher, denn hier war die Welt heil und in Ordnung.

Irgendwo da im Schilf hatte er sein Revier, der Meterhecht. Einmal hatte ich ihn kurz gesehen, als er auf der Jagd nach einem flüchtenden Rotauge kurz die Wasseroberfläche durchstoßen hatte. Sogar im Vergleich zu den großen Karpfen, die sich, wie alle anderen Lebewesen, hier unten seit Jahrzehnten fast unberührt entwickeln konnten, erschien er mir dabei riesig.

Vielleicht stand er heute mal bei dem Seerosenfeld am anderen Ufer. Vielleicht war er aber auch einfach träge, jetzt in der Abenddämmerung, schließlich war der Tag brüllend heiß gewesen.

Ich stieg auf das Floß, aus Wassertonnen und Brettern fest zusammengeschnürt, um die strategisch günstigere Wurfposition zu erreichen. Zehn Würfe, nahm ich mir vor, wollte ich noch versuchen, dann wäre es ohnehin Zeit, dass Mara kam. Sie hatte mir versprochen, mit einer Flasche Sekt aufzutauchen, damit wir den stressigen Tag gebührend beenden könnten.

Außerdem, es war immer noch warm, und um diese Tageszeit verirrte sich selten ein Tourist in unser abgelegenes Tal. Da würden wir zum Schwimmen keine Badesachen brauchen.

Beim fünften Wurf entlang der Seerosen ließ ich den Wobbler tiefer abtauchen. Möglich, dass der Kerl erst reagierte, wenn ich ihm den Köder direkt vor der Nase entlang präsentierte. Wieder nichts. Also, noch ein paar Würfe, tief am Schilf entlang.

Der Ruck war heftig, stärker, als ich ihn erwartet hatte. Meine Angel bog sich fast bis zum Neunzig-Grad-Winkel. Ich gab sofort nach, schlug dann ein paar Sekunden später an und wieder bog sich die Rute, und die Bremse der Rolle ratschte in hohen Tönen. Irgendein Großer hatte sich einen der Haken geschnappt, war gierig genug gewesen, um auf den gestreiften Kunstköder hereinzufallen. Mit jeder Kurbeldrehung konnte ich ihn ein Stück näher ziehen; sobald ich nachgab, bog sich die Angel und die Bremse kreischte, aber er war merkwürdig ergeben in sein Schicksal. Da war keine wilde Flucht, kein richtiger Kampf ließ mir die Schweißperlen auf der Stirn wachsen. Irgendwas stimmte nicht mit diesem Fisch.

Ich hörte eine Autotür schlagen, Mara war angekommen.

„Kannst du dir schnell den Käscher greifen, ich hab da was Großes an der Angel!"

„Bin gleich da", und sie war wirklich schnell, es dauerte nur ein paar Sekunden. Mara hatte mir das Angeln beigebracht, lange bevor ich mir den offiziellen Schein dafür geholt hatte. Sie stand neben mir, den Käscher in der Hand, hauchte mir einen Kuss auf den Scheitel und starrte, genau wie ich, auf die Wasseroberfläche.

„Warum kämpft der nicht?"

„Ich weiß es nicht, aber es ist ein schwerer Brocken."

Ich kurbelte und kurbelte und etwa fünf Meter vor uns brach ein riesiger Rücken durch die Oberfläche. Ein erstickter Laut von Mara, und ich ließ erschrocken beinahe die Angel fallen. Das war eindeutig kein Fisch, grün zwar und voller abgerissener Schilfhalme, aber Fische tragen nun mal keine Kleider, haben weder Arme noch Beine und auch keine weißen, aufgedunsenen Hände. Unser abendlicher Schwimmkurs würde wohl heute und in den nächsten Wochen ausfallen, schoss es mir durch den Kopf. Wer schwimmt schon gerne in einem Weiher mit Leiche?

„Hast du dein Handy dabei?"

Sie schüttelte den Kopf. Ich verhakte die Angel am Steg, nahm sie in den Arm.

„Dann fahren wir jetzt heim, rufen die Polizei und machen uns dann einen gemütlichen Abend."

„Conradis, mein Name, Hauptkommissar", so stellte sich einer der

Beamten vor. „Sie haben also einen Toten gefunden, das sind übrigens Kollegen von mir, Spurensicherung, Sie verstehen."

Ich nickte. „Ich bringe Sie hin", sagte ich, genau so abgehackt wie er.

Es dauerte erst einmal eine Stunde, bis sie den Wagen mit den Scheinwerfern an Ort und Stelle gelotst hatten, weil sie vergessen hatten, dass mitten in der Natur weder Stablampen, noch Autoscheinwerfer genügend Helligkeit liefern. Dann zogen sie die Leiche aus dem Wasser. Er sah genau so abstoßend aus wie immer, aber es war unverkennbar unser Bürgermeister. Lang, fast zwei Meter, durch das Wasser aufgedunsen, aber, er war es.

„Wie kommt der Herr Klaasen, wenn er es denn tatsächlich ist, in Ihren See? Haben Sie irgendwelche Sicherheitsvorkehrungen getroffen, gegen unbefugtes Eindringen auf Ihr Gelände?"

Seine Fragen kamen sachlich, ohne Emotionen.

„Na ja, es gibt einen Zaun, aber das Tor ist ohne Schloss, das Schild 'Privatbesitz' reicht bei uns. Ein einziges Mal vor Jahren hat mal ein Tourist hier gezeltet. Der war heilfroh, dass ich ihm eine weitere Nacht gegönnt habe."

„Heile Welt", murmelte er unter seinem dichten Schnäuzer hervor. „Und Sie sind ganz sicher, dass der Tote Ihr Bürgermeister Klaasen ist?"

Ich nickte und wandte mich dann angewidert ab. Leichen sind nie schön, besonders dann nicht, wenn sie aus dem Wasser kommen.

„Wissen Sie, ob er schon länger vermisst wird?"

„Höchstens von seinem Kegelclub. Die sind nämlich heute morgen nach Mallorca geflogen. Anscheinend ohne ihn."

Die letzte Bemerkung konnte ich mir nicht verkneifen, aber zum ersten Mal sah ich eine menschliche Regung in seinem Gesicht. Ein flüchtiges Lächeln ließ seinen Schnurrbart erzittern.

„Vielen Dank erst mal. Wir wissen ja, wo wir Sie finden, wenn wir Ihre Hilfe brauchen."

Jetzt blitzten seine Augen im Licht der paar tausend Watt der Scheinwerfer.

„Trampelt mir hier bloß nicht alles platt!", entgegnete ich reichlich lahm.

Mara hatte sich zu Hause über den Sekt hergemacht, die Flasche war halb leer.

„Was feierst du denn?"

„Einen verdorbenen Abend. Erzählst du mir, was los ist?"

Das tat ich, ausführlich.

„Weißt du was, das kann fast jeder hier im Dorf gewesen sein. Oder vielleicht sind ihm seine hinterlistigen politischen Intrigen oder seine windigen Geschäfte mit den Gemeindeabgaben der ihm anvertrauten Untertanen zu viel geworden, und er hat sich einfach selbst ertränkt, in dem Gewässer, das der Familie gehört, deren Oberhaupt ihm immer wieder irgendwelche krummen Touren nachgewiesen hat. Erinnerst du dich an den Straßenbau in der Grabenstraße? Als Klaasen versucht hat, meinen Vater, den Straßenbaumeister, mit falschen Zahlenangaben über die Dicke des ersten Belages zu diffamieren?"

Ich erinnerte mich, das hatte mir damals kurzfristigen Ruhm als Retter der Entrechteten eingetragen, weil ich gleich drei Artikel über diese Abzocke der Gemeinde verfasst hatte. Eine Straße, die fast dreißig Jahre lang gut genug gewesen war, sollte damals plötzlich neu geteert und mit einem Bürgersteig versehen werden. Die Anlieger sollten zahlen, auch Maras Vater, den vollen Preis, obwohl sie schon einmal achtzig Prozent der Anliegerkosten bezahlt hatten. In einem jahrelangen Rechtsstreit siegten die Anwohner, die Gemeinde ging beinahe leer aus. Danach war Bürgermeister Klaasen nie wieder für ein Interview meiner Zeitung zu haben.

„Trotzdem wurde er sogar mit seinen neunundsechzig Jahren wiedergewählt", gab ich zu bedenken.

„Na ja", Mara schmunzelte etwas, „du hast dich immer geweigert, zu kandidieren ..."

Ich musste grinsen. „Und ich habe Recht behalten, schließlich lebe ich noch!"

„Sei doch nicht immer so sarkastisch", ein Kissen folgte ihrer Ermahnung.

Die Nacht war kurz, aber vorher schön.

Morgens um sieben klingelte das Telefon, sehr melodisch, dennoch nervtötend.

„Conradis hier, wir haben uns gestern kurz kennen gelernt."

„Ich erinnere mich, Sie haben einen ziemlich ausladenden Schnäuzer!"

„Stimmt, ich habe sogar eine spezielle Tasse, wie sie im Ersten Weltkrieg die Offiziere benutzt haben, mit einem eingearbeiteten Schutz für die Gesichtsbürste. Aber, weshalb ich anrufe, der Tote aus Ihrem Weiher ist tatsächlich Ihr Bürgermeister. Hat seit mindestens drei, wahrscheinlich aber vier Tagen Ihren Fischen als Nahrungsquelle gedient. Sagen Sie mal, kann man an Ihrem See auch mal ein paar Tage Ferien machen? Sorry, war nur so 'ne Idee. Also, wir haben Zeugen, die Herrn Klaasen vor vier Tagen gesehen haben, als er mit seinem Hund, einem Zwergpinscher, den Weg in Richtung Ihres Sees genommen hat."

„Über den Urlaub am Weiher reden wir später, aber wo ist der Hund?"

„Der ist verschwunden. Der Verstorbene hatte zwar die Leine am Handgelenk, aber die war ein paar Zentimeter über dem Halsband wie abgeschnitten."

„Jetzt weiß ich, warum mein Hecht keinen Hunger hatte", die Bemerkung rutschte mir einfach so heraus. Und ich brauchte etwa fünf Minuten, um dem Herrn Kommissar die passende Erklärung zu liefern.

„Sie sind also überzeugt, dass ein Fisch einen Hund verspeisen kann?"

„Wenn er so groß ist, wie ich befürchte, dann ist so ein Pinscher eher ein Appetithappen als eine volle Mahlzeit."

Conradis schluckte hörbar, „Wollen Sie damit sagen, dass wir hier in unseren Gewässern solch gefährliche Biester haben?"

„Haben wir, aber ..."

„Könnte so ein Vieh auch Menschen angreifen?"

Ich musste mir das Lachen verkneifen, sah aber meine Chance auf Ruhe.

„Na sicher, ein großer Hecht hat sich schon mal in die Hand eines Bekannten verbissen. Der arme Kerl meidet seither jedes freie Gewässer."

„Gut, gut. Also, Sie meinen, ein großer Hecht könnte den Hund des Bürgermeisters gefressen haben. Aber wer hat den Bürgermeister dann samt Hund ins Wasser befördert?"

Ich schilderte ihm meine und Maras nächtliche Vermutungen, dann fiel mir ein:

„Es steht also fest, Klaasen ist nicht selbst ins Wasser gegangen, sondern eher befördert worden?"

„Ja, ja, die Gerichtsmediziner sagen, da gab es vorher einen heftigen Schlag auf den Hinterkopf. Sie sind übrigens der erste Journalist, dem ich das erzähle!"

Ich stutzte, „Woher ..." und dann fiel mir ein, der ist von der Polizei.

„Ich verspreche Ihnen, ich halte den Mund, o. k.?"

„Ist schon klar, ich habe mich über Sie erkundigt, Sie sind ein Reeller, schreiben nur über Sachen, bei denen Sie sich sicher sind."

„Stimmt, und ich gebe auch nix an andere weiter."

Wir schlossen in Frieden.

Ich kochte mir und Mara, die frisch geduscht und gefönt nach Kaffee verlangte, die entsprechende Dosis Tagesdröhnung, erklärte ihr das lange Telefonat und setzte mich, als sie, die Stätte unseres gemeinsamen Unterhalts anstrebend, das Haus verlassen hatte, an meinen Computer.

Akribisch schrieb ich jedes Detail meines seltsamen Fischzuges auf. Ich war gerade fertig, als das Telefon klingelte.

„Sag mal, stimmt das mit dem Klaasen? Ich meine, dass der blutüberströmt bei euch im See gelegen hat?"

Minchen, mit vollem Namen Hermine Weiland, die zuverlässigste Quelle im Dorf für Hintergrundinfos.

Sie hatte sowohl ihr Küchenfenster als auch das von ihrem Schlafzimmer in strategisch günstiger Position und wusste immer alles über jeden.

„Minchen, Guten Morgen. Woher ...?"

„Die Gerti, meine Schwester, ist doch Küsterin, und die muss gleich die Totenglocken läuten. Die hat mir alles erzählt, wie schrecklich der ausgesehen hat."

Die dörflichen Buschtrommeln sind einfach schnell. Ich sparte mir erst einmal eine sachliche Richtigstellung über den Zustand der Klaasenschen Leiche und nutzte meine Chance.

„Sag mal, wer könnte unseren Bürgermeister denn derart hassen, dass er ihn am liebsten auf dem Friedhof liegen sähe?"

Sie zögerte keine Sekunde.

„Komm doch einfach rüber, du kriegst 'nen Kaffee und erzählst mir, was passiert ist und ich erzähl dir, was ich weiß!"

Zehn Minuten später saß ich in Witwe Minchens Bauernküche, berichtete über mein Anglerglück und beschrieb ihr, wie Klaasen ausgesehen hatte, nach seinem etwas ausführlichen Bad. Ungerührt schob Minchen auch ihr drittes Brötchen mit Käse und Marmelade in den Mund.

Sie nickte heftig zu meiner Erzählung.

„Kenn' ich, hab ich auch schon mal gesehen, so 'ne Wasserleiche." Minchen schluckte die letzten Bissen hinunter, schlürfte geräuschvoll einen Schluck Kaffee und lehnte sich dann gemütlich zurück.

„Das war damals gegen Ende des Krieges. Ich war dreizehn und Klara, das ist die, die wir vor vier Wochen beerdigt haben, die war vierzehn. Es war Sonntag, wir kamen gerade aus der Christenlehre. Eigentlich wollten die Braunen das ja verbieten, aber unser Pastor Schobert hat sich nix sagen lassen. Also, Klara und ich spazierten durch den Wald Richtung Schutz, und da kamen aus dem Gebüsch vor uns plötzlich der Klaasen und sein Freund Mühlen vom alten Burghof heraus gestolpert. Beide ganz rot im Gesicht und ganz aufgeregt. Wir dachten zuerst, die wollten uns erschrecken, das taten sie in der Schule auch immer. Aber sie stotterten nur rum, sagten, wir sollten nicht weitergehen, weil im kleinen Weiher, das ist heute nur noch eine Sumpfwiese, weißt du, unterhalb vom Friedhof am Waldrand, weil da einer läge, tot. Zuerst wollte ich heim, ich hatte furchtbare Angst. Aber die Klara zerrte mich einfach mit, und da lag tatsächlich einer drin, ein Soldat in Uniform, am Ufer ein umgekipptes Motorrad mit großen Satteltaschen. Ich sehe das Bild heute noch vor mir, damals konnte ich nächtelang nicht schlafen oder bekam immer wieder Alpträume von dieser schrecklich aufgedunsenen Gestalt. Jedenfalls gab das ein riesiges Theater. Wir vier wurden sogar von der Polizei vernommen, weil, das hat sich später herausgestellt, der Tote war ein Kurier, der angeblich Gold von einer Dauner Bank nach Trier zur Garnison bringen sollte. Und dieses Gold war weg. Offensichtlich geklaut, aber wer das war, das hat nie jemand herausgefunden. Dann war ja auch der Krieg aus, ein paar Wochen später, und kein Hahn hat mehr nach dem toten Soldaten oder seinem Gold gekräht."

„Der Klaasen und der Mühlen sind also zusammen aufgewachsen?"

„Die waren immer dicke Freunde, aber kurz vor Mühlens Tod vor zwei Jahren muss es einen fürchterlichen Streit zwischen den beiden gegeben haben."

„Wieso, die haben doch immer unter einer Decke gesteckt, der Bürgermeister und sein Stellvertreter, der Herr über tausend Schweine." Ich hatte ja gewusst, Minchen war eine Goldgrube.

„Mein lieber Chris, du solltest öfter mal in die Kneipe gehen, dann wüsstest du auch über dein Dorf besser Bescheid. Also, zehn Jahre lang ist es ja mit dem Baubetrieb vom Klaasen immer mal auf und ab gegangen, bis er vor zwei Jahren kurz vor dem Bankrott stand und alles an diesen Düsseldorfer Heini, den Wernesgrün, verkauft hat. Keiner weiß, ob das der Grund für den Streit war. Jedenfalls ist Mühlen nur ein paar Wochen danach gestorben, der lag ja mitten im Stall und bis heute weiß keiner so richtig, warum der Gesundheitsapostel Mühlen angeblich einen Herzinfarkt bekommen hat. Man munkelt übrigens, dass der Mühlen dem Klaasen jahrelang Geld gegeben hat, viel Geld. Warum?" Sie zuckte mit den Schultern.

„Vielleicht hatten sie ja ein dunkles Geheimnis", murmelte ich. „Minchen, meinst du, die beiden haben damals das Gold irgendwie beiseite geschafft?"

„Möglich, denn komisch war schon, dass sie Anfang der fünfziger Jahre, als sie die Betriebe ihrer Väter übernommen hatten, beide ganz schnell groß wurden. Die hatten beide angeblich mehrere Grundstücke und Häuser in Daun."

„Der Klaasen war doch auch im Kreistag und Vorstandsmitglied bei 'ner Bank."

Minchen war richtig gut drauf. „Stimmt, beide waren sie politisch aktiv, der eine für die Schwarzen, der andere für die Roten. Und der Mühlen saß in irgendeinem Gremium bei der Volksbank. Die wussten immer zuerst, was läuft."

„Minchen, du bist ein Schatz!"

Sie wurde tatsächlich rot. „Sag doch so was nicht zu 'ner alten Frau!

Aber weißt du, über die alten Kamellen weiß wahrscheinlich der Mätti besser Bescheid als ich, den kennst du doch bestimmt, den Mätti von der Mühle."

Mätti von der Mühle, warum hatte ich nicht schon früher an den gedacht? Auch bekannt als Fuffzich-Mark-Mätti, weil man für einen kleinen Braunen in bestimmten Fällen Mättis ewiges Schweigen erkaufen konnte.

Ich verabschiedete mich gebührend von Minchen, zog am Geldautomaten vorsichtshalber ein paar Fünfzigmark-Scheine und fuhr ins Wiesental zu Mättis Mühle.

Die Tür stand sperrangelweit offen. Auf mein „Guten Morgen, Mätti" hörte ich ein paar schlurfende Schritte.

„Ach, der Dorfjournalist gibt sich die Ehre. Eigentlich hab ich schon früher mit dir gerechnet." Ein paar erstaunlich lange, gelbliche Zähne grinsten mich breit an.

Er führte mich in sein überraschend großes Wohnzimmer. Auf uralten Möbeln, die das Herz jeden Trödlers bis zur tödlichen Blutdruckgrenze belastet hätten, standen, scheinbar wahllos verteilt, modernste HiFi-Geräte und ein Großbildfernseher, Modell Kinoleinwand.

„Das hat aber mehr als 'nen Fuffi gekostet."

Ein Schulterzucken und das Grinsen wurde noch breiter.

„Ich bin halt Opernfan."

Wortlos hielt ich Mätti einen Schein vors Gesicht. Der aber schüttelte nur den Kopf.

„Nicht-Wissen kostet fuffzich, Wissen hundert!"

Ich schob den zweiten Schein nach. „Mätti, du weißt, dass nach mir die Fahnder von der Kripo hier auftauchen."

Ein gespielter Seufzer. „Ob kostenlose Informationen den gleichen Wert haben ...?"

„Also, pass auf, ich erzähl dir ein paar Jahrzehnte Dorfgeschichte."

Wahllos durch die Zeiten springend, legte Mätti los. Ich erfuhr von nächtlichen Bordellbesuchen der örtlichen Honoratioren, von wilden Partys mit Mädels aus Wittlich im Haus des Jagdpächters, des honorigen Herrn Wernesgrün, von geheimen Treffen zwischen Landtagsabgeordneten und Kreispolitikern beim Bürgermeister. Einiges davon kannte ich ansatzweise, anderes war neu und Mätti erzählte so lebendig, als sei er dabei gewesen. Was er wohl auch war. Aber nichts von dem ganzen Wissen gab mir den entscheidenden Hinweis, nach dem ich suchte.

Nach knapp zwei Stunden fiel das entscheidende Wort: „Du weißt von dem Goldschatz, nehme ich an."

Ich nickte und versuchte, nicht allzu interessiert drein zu schauen. Aber Mätti blieb erst einmal stumm.

Zwei weitere Scheine mit dem Abbild des Baumeisters Balthasar Neumann wechselten den Besitzer und mein Informationsquell sprudelte wieder.

„Du kannst dir vorstellen, dass damals die Wälder ringsum gewimmelt haben von Leuten. Die haben fast mehr Flurschaden angerichtet, als die V1-Raketen, die hier bei uns abgestürzt sind. Alle haben sie das Gold der Nazis gesucht, aber es konnte ja keiner was finden, weil es längst weg war und gut versteckt. Als nach dem Krieg die Franzosen hier das Sagen übernommen haben, wurde die Goldsucherei verboten. Ein paar Wagemutige sind sogar erwischt worden und eine Zeitlang in den Knast gewandert. Nun rate mal, wer damals, Ende der vierziger, Anfang der fünfziger Jahre zum Bürgermeister gemacht wurde?"

Mätti wartete erst gar keine Antwort ab.

„Das war der alte Mühlen, also der Vater von unserem vor zwei Jahren verstorbenen Schweinebaron. Und wer war sein direkter Nachfolger?"

Wieder ging es ohne Pause weiter.

„Natürlich der jetzt so unschön ums Leben gekommene Herr Klaasen. Was das mit dem Schatz zutun hat? Ich zeig es dir."

Mätti stemmte sich aus dem Sessel hoch, verschwand kurz und kam dann mit einem dünnen Ordner aus vergilbter Pappe wieder. Den drückte er mir wortlos in die Hand.

Die wenigen Blätter bewiesen es eindeutig, Mühlen und Klaasen hatten das Gold beiseite geschafft. Obenauf lag eine Liste mit Stempeln aus der Hakenkreuz-Zeit, die genau beschrieb, was der Kurier transportieren sollte: zehn Barren zu je eins Komma fünf Kilo, Münzen im Wert von Tausend Goldmark und zehn Geldbündel zu je Tausend amerikanische Dollar. Das wäre sogar heute ein Vermögen. Auf dem zweiten Blatt fand sich in französischer Sprache und deutscher Übersetzung der Befehl des Oberkommandierenden der Franzosen, dass die Suche nach dem angeblichen Schatz sofort einzustellen sei, da dieses Gold nur der Fantasie der letzten Nazis entsprungen sei. Das Beste kam zum Schluss. Handschriftlich und mit voller Unterschrift hatten hier alle Familienmitglieder der Mühlens und der Klaasens eine Ehrenerklärung verfasst. Fünf Jahre lang dürfe keiner der Beteiligten auch nur einen Pfennig seines Anteils veräußern, außerdem sei absolutes Stillschweigen zu wahren.

„Wie bist Du ...?"

„Na ja, ist auch egal. Also, vor ein paar Jahren ist ein junger Kerl beim Bürgermeister eingestiegen. Dabei wurde er beobachtet."

„Von dir vermutlich", stellte ich ruhig fest.

Mätti zuckte nur mit den Schultern.

„Jedenfalls hat er alles zurückgegeben, anonym. Bis auf eine unwesentliche Summe Bares und das hier."

„Kann es sein, dass kurz danach ein heftiger Streit die Beziehung Mühlen/Klaasen beendet und schließlich den armen Herrn Schweinezüchter ins Grab gebracht hat?"

Wieder ein Schulterzucken, diesmal begleitet von einer reuigen Miene, die sich aber ganz schnell wieder in das bekannte Grinsen verwandelte.

„So, jetzt weißt du alles, was ich auch weiß."

„Nicht so schnell, das hier erklärt zwar den Reichtum der beiden Verblichenen, nicht aber den Grund für den Tauchunfall in meinem Weiher."

„Tja, da ist wohl jetzt die ganze Recherchierkunst des Herrn Reporters gefragt. Ich kann dazu jedenfalls wirklich nichts mehr beisteuern."

Es half nichts, er wollte kein Geld mehr, also war er wohl tatsächlich ohne sein berühmtes Wissen.

Ich wendete auf dem Hof und hörte noch im Losfahren den Beginn einer Opernarie.

Der Burghof lag zwei Kilometer außerhalb, Richtung Bettenfeld, damit der Gestank der Schweine die Gäste nicht vertreiben sollte. Mit heftiger Unterstützung aller Tourismusämter hatte Franz Mühlen vor zehn Jahren eine Ausnahmegenehmigung zum Bau der modernen Schweinezucht bekommen. Der Sohn Thomas bewirtschaftete den Betrieb, er selbst hatte bis zum letzten Atemzug über sein Lebenswerk gewacht. Jetzt hatte eindeutig Paula Mühlen, die Mutter, das Sagen. Sie war großgewachsen und stark wie ein Mann und gehörte zu der Generation von Eifelfrauen, die sich auch durch härteste Schicksalsschläge nicht fertig machen ließen. Bei der Beerdigung damals hatte sie keine Träne vergossen und direkt danach, ohne den sonst üblichen Begräbniskaffee, noch in der schwarzen Trauerkleidung, im Stall gewirtschaftet, so hieß es jedenfalls.

Die Einfahrt zum Hof war abgesperrt. Ein unfreundlich drein blickender Uniformierter ließ sich erst nach minutenlanger Diskussion erweichen, mir Conradis heraus zu rufen.

„Ach, der Herr mit dem Riesenschnäuzer. Guten Morgen!", lächelte ich freundlich.

„Morgen, Herr Journalist, was führt Sie denn hierher?"

„Ich wollte gerade der Frau Mühlen einen Besuch abstatten."

Conradis grinste mich an, „Daraus wird wohl heute nix, wir wollten Frau Mühlen nämlich bitten, eine kleine Spazierfahrt nach Trier mit uns zu machen. Und bei der Gelegenheit wollten wir uns auch gleich mal intensiv auf dem Hof umsehen."

„Heißt das, Sie verdächtigen Frau Mühlen, dem Herrn Klaasen ein wenig zu fest auf den Hinterkopf geschlagen zu haben?"

„Es gibt zwar in einer Stunde eine Pressekonferenz, aber wenn Sie mir versichern ..."

„Meine Zeitung erscheint eh erst morgen."

„Gut, gut. Wir haben Frau Mühlen unter dringendem Tatverdacht. Es gibt allerdings noch kein Geständnis. Aber in den Unterlagen des Verstorbenen haben wir ein Schreiben an Frau Mühlen und ihren Sohn gefunden - der ist übrigens angeblich auf einer Tour mit dem Kreisbauernverband unterwegs, was wir gerade überprüfen - aus dem Schreiben geht hervor, dass die Ausnahmegenehmigung zum Bau des Hofes hier, wegen eines Formfehlers, zurückgezogen werden muss. Daraus ergibt sich als vermutliches Tatmotiv Wut und Angst um den Besitzstand. Außerdem haben wir die Tatwaffe, ein gewöhnliches Buchenscheit gefunden. Übrigens unter Ihrem Fichten-Grillholz versteckt, was eine Tat im Affekt ausschließt. Mehrere Zeugen haben uns bestätigt, dass Frau Mühlen zur Tatzeit auf ihrem Trecker in Richtung Ihres Sees unterwegs war. Ich bin sicher, dass wir noch im Lauf des Tages ein Geständnis bekommen. Und jetzt dürfen Sie ein paar Bildchen machen und dann schreiben. Ich melde mich."

Sprachs, drehte sich um und verschwand im Innern des Hauses.

Ich nahm die Kamera aus dem Auto und fotografierte ein wenig lustlos herum.

Meine Enttäuschung über die glatte Lösung nahm ich mit an den Weiher. Die Wiese zu mähen, konnte ich in den nächsten Tagen vergessen, die Jungs von Kripo und Spurensicherung hatten sogar das große Brennnesselfeld am Ostufer, das ich für die Schmetterlinge stehen ließ und um ungebetene Besucher fern zu halten, regelrecht platt gewalzt. Den Brennholzstapel wieder ordentlich aufzuschichten, würde mich Stunden kosten.

Vom Floß aus rief ich Mara an und erzählte ihr alles.

„Du klingst nicht so, als seiest du besonders glücklich über dieses Ergebnis", stellte sie fest.

„Na, vielleicht bin ich eher enttäuscht, weil ich dem Schnauzbart die Lösung nicht präsentieren konnte und die Jungs tatsächlich von selbst drauf gekommen sind, sogar ohne Minchen und Mätti."

Wir verabredeten uns für sechs Uhr. Sie würde Steaks mitbringen und was zu trinken. Bis dahin würde ich meinen Artikel fertig haben und mit etwas Glück auch den Hecht gefangen haben.

Nachdenklich starrte ich auf das trügerisch ruhige Wasser und dann hörte ich es. Ein unterdrücktes Schluchzen kam aus irgendeinem der Gebüsche vom anderen Ufer. Ich paddelte hinüber.

Hinter dem großen Haselnuss-Strauch saß Thomas Mühlen.

„Du bist also nicht mit dem Kreisbauernverband unterwegs", stellte ich lapidar fest.

Er schüttelte nur seinen Kopf und schniefte dann:

„Dieses Schwein wollte uns alles kaputt machen."

Ohne weitere Ermutigung begann er zu erzählen. Von Klaasen, der seinen Baubetrieb heruntergewirtschaftet und jahrelang Geld von Mühlen erpresst hatte, mit dem er dann wieder weiter machen konnte und große Runden bei Dorffesten spendierte.

„Das habe ich alles erst nach dem Tod meines Vaters erfahren, als ich zufällig ein Gespräch zwischen Klaasen und meiner Mutter belauscht habe. Und jetzt soll meine Mutter wegen dieses Schweins ins Gefängnis. Dabei wollte sie den sogar noch heiraten."

Er wischte mit der Hand über sein Gesicht.

„Sag mal, Thomas, was hast du denn da an der Hand? Das sieht aus, als hätte dich was gebissen."

Erschreckt starrte er auf die kleinen rotgeränderten Wunden, sprang auf, stieß mich um und rannte weg.

Seufzend zückte ich noch im Liegen das Handy und ließ mich zu Conradis durchstellen.

„Ich habe gerade die Hand des jungen Mühlen gesehen. Da waren leicht entzündete Biss-Spuren, vielleicht von einem Hund. Aber nicht von dem großen Köter, den die auf ihrem Hof halten."

Ein ziemlich nachdenklicher Conradis bedankte sich artig und legte dann auf.

Gut zwei Stunden später hatte ich meinen Artikel fertig und die Bilder im PC bearbeitet.

„Sie hatten Recht, Danke für den Hinweis", tönte ein ziemlich vergnügt klingender Conradis aus dem Telefonhörer. „Wir kamen gerade noch rechtzeitig, weil der Kerl seinen ganzen Hof in Schutt und Asche legen wollte. Übrigens hängt die Mutter auch mit drin. Sie hat nämlich hinter dem Knaben aufgeräumt, wie Mütter nun mal so sind. Wir sehen uns sicher bald wieder."

„Das soll hoffentlich keine Drohung sein, aber kommen Sie doch einfach mal, wenn Sie frei haben, dann grillen wir am Weiher."

Mara und ich lagen, wieder züchtig in Badekleidung gehüllt, auf dem Floß und ließen uns treiben. Ich hatte ihr alles noch einmal ausführlich berichten müssen. Die Geschichte von dem Gold aus braunen Zeiten, der erpresserischen Scheinfreundschaft zwischen Klaasen und Mühlen und von dem tragischen Versuch des Sohnes, die, im wahrsten Sinne des Wortes, teure Beziehung zwischen seiner Familie und dem Bürgermeister zu beenden.

Der Abend war lau, wir hatten Steaks im Bauch, nippten gelegentlich an unserem Ahrwein. „Sag mal, was hältst du von dem Gedanken, mich zu ehelichen?"

Die Frage war mir schon seit Tagen quer durch sämtliche Hirnwindungen gekrochen. Jetzt schien mir der richtige Moment, sie raus zu lassen. Ruckartig setzte Mara sich auf, verschüttete ein paar Tropfen Rotwein über ihren nackten Bauch.

„Was würdest du tun, wenn ich ja sage?" Ihre Augen blitzten verdächtig.

„Nun, dann würde ich morgen zum Standesamt gehen und uns einen Termin ..."

Gerade als Mara mich umarmen wollte, trampelte er lautstark über die Bohlen vor der Hütte und hielt mit einem breiten Grinsen unter seinem Gesichts-Busch eine martialisch aussehende Angel hoch.

„Ich hab mir gedacht, bevor irgendjemand vom Hecht angeknabbert wird, sollten wir den Kerl lieber fangen."

Ralf Kramp

# De liebe Jung

„*De liebe Jung*! Müschelchen, komm mal schnell, da ist er wieder!" Pelz fegte ein paar Krümel von der Kunststofftischdecke und erhob im selben Schwung die Hand zum Gruß. Seine Frau Irmgard erschien mit der Kaffeekanne in der offenen Terrassentür und reckte ebenfalls den Arm zum Winken in die Höhe. Echte Freude zauberte kleine Fältchen in die Gesichter des Ehepaares. Aus ihren Mundwinkeln glänzten verstohlen die Goldkronen hervor.

Pelz rückte mit gebuttertem Finger die Brille auf dem Nasenrücken zurecht, ohne dabei die andere Hand sinken zu lassen.

„Jetzt ist Urlaub", sagte seine Frau zart und hauchte ihm einen Kuss auf die Wange. Es schmeckte nach frisch aufgetragenem Rasierwasser und verwischter Marmelade.

„Ja, Müschelchen." Pelz nickte zufrieden und blickte dem Trecker nach. Dann ließ er langsam den Arm sinken. „Jetzt ist Urlaub."

*De liebe Jung* hatte zurückgewinkt, als er auf seinem Ferguson vorbeigeschnarrt war. Mit einem kräftigen, behaarten Arm, auf dem der grobkarierte Hemdsärmel bis zum Ellenbogen zurückgekrempelt war und beachtliche Muskeln sehen ließ. Er hatte dem Ehepaar aus der Stadt sein strahlendstes Lachen geschenkt und die Freude in ihren Gesichtern gesehen. Eigentlich waren ihm all diese Städter reichlich egal. Schlimmstenfalls gingen sie ihm auf die Nerven, aber diese beiden waren gut. Sie waren im Laufe der Jahre allen Vereinen beigetreten, ließen Geld im Dorf und saugten alles, was ihrer Meinung nach das Leben in der Eifel so lebenswert machte, gierig in sich auf: das Sechs-Uhr-Läuten, den Güllegestank und den Radau der Trecker und Kreissägen.

Sie nannten ihn „*de liebe Jung*", das hatte er in der Kneipe gehört, und er ahnte, dass er in ihr Bild vom idyllischen Dorfleben hineingehörte. Wenn sie am Abend in ihrem Ferienhäuschen am Dorfrand angekommen waren und am Morgen in aller Frühe ihr erstes Frühstück im Freien einnahmen, dann winkten sie ihm zu wie kleine Kinder, die mit offenen Mündern einem Heißluftballon hinterher starren. Am liebsten, da war er sich ganz sicher, da wären sie einmal bei ihm mitgefahren. Aber das wäre nichts für ihn.

Andere Landwirte ließen die Städter sogar in ihren umgebauten

Scheunen wohnen.

Es gab Grenzen.

*De liebe Jung* rieb sich über sein stoppeliges Kinn und griff um das Lenkrad. Der Trecker vibrierte unter seinem Hintern. Violette Fliederdolden peitschten gegen die Scheibe, als er auf der Höhe der Bushaltestelle einem entgegenkommenden LKW Platz machen musste. Der Frühling war gewaltig in diesem Jahr. An den Hängen schäumte das helle Grün des jungen Laubs zwischen den Nadelwäldern hervor. Er würde heute wieder in den Wald fahren. Holzrücken. Es gab viel aufzuräumen nach dem Winter.

Er spähte in den Himmel, an dem ein paar mickrige Wölkchen einen aussichtslosen Kampf gegen ein sattes Blau kämpften.

„Sybille" hatte das letzte Tief geheißen, das mit seinem Dauerregen die Äcker unter Wasser gesetzt hatte. Oder doch „Sebastian"?

Früher hatten die Tiefs ausschließlich weibliche Namen gehabt, wie „Christiane" oder „Steffi", heute hießen sie manchmal auch wie die Jungs. „Theo" oder „Harald". Wegen der Emanzipation.

Seine Schwester hatte das gut gefunden. Die wohnte jetzt seit anderthalb Jahren mit ihrem Freund in Frankfurt und kam nur noch selten zu Besuch.

Seit dem Tod seiner Mutter hatte er den Hof jetzt ganz allein. Das Vieh hatte er verkauft und lebte jetzt davon, anderen Bauern mit seinen Maschinen zu helfen. Und manchmal machte er Holz im Wald.

De *liebe Jung* erreichte die Stelle im Wald, an der das Holz aufgetürmt lag und mit ein paar Buchstaben aus rosa Sprühfarbe markiert worden war. Hier hatte er am Vorabend aufgehört. Er hatte geschuftet, bis ihm die Knochen wehtaten. Er hatte den ganzen Tag die feuchte, erdige Luft des Waldes in seine Lungen gepumpt und mit dem Handrücken den Staub, den Schweiß und die kleinen Tierchen auf seiner Stirn verrieben. Er ackerte für gewöhnlich bis zum Abendgrauen und erlaubte sich dann hinterher bei einer Zigarette, in Ruhe sein Werk zu betrachten. Und manchmal, wenn er die Stämme zählte und den Blick durch den Wald an die Stellen wandern ließ, an den am Vormittag noch der Windbruch und die toten Bäume des Vorjahrs gelegen hatten, dann war er zufrieden mit sich. Dann fuhr er auf seinem Ferguson durch die Dämmerung nach Hause, duschte sich den Schweiß vom Körper und schlief vor dem Fernseher ein. Die Abende endeten fast immer so. Ihm fehlte so gut wie nichts.

*De liebe Jung* steckte sich heute erst einmal eine an, bevor er loslegte. Er rauchte Roth-Händle ohne Filter. Er konnte was vertragen. Versonnen blickte er dem milchigen Qualm nach, den die durchs Blätterdach rieselnde Sonne in ein silberglänzendes Band verwandelte.

Weiter hinten gab es eine Naturwaldzelle. So nannte man das. Bei ihm hießen die Dinger Kraut-und-Rüben-Wälder, weil da alles wuchs wie es wollte. Wenn ein Baum umfiel, blieb er liegen, und wenn der Knöterich wucherte, dann wucherte er eben. So wollte es das Forstamt. Er mochte diese Stellen. Da war alles so, wie es sein sollte. Kein Mensch schnippelte daran herum, keiner buddelte herum oder pfuschte der Natur ins Handwerk. Es war ein Anblick zum Ergötzen.

Die Existenz dieser Kraut-und-Rüben-Flecken versuchte man so geheim zu halten wie möglich. Sie lagen in der unergründlichen Tiefe der Eifelwälder, und man vermied es, unnötig auf sie aufmerksam zu machen.

Er kannte sie alle. Er hatte denjenigen von ihnen, die er mit eigenen Augen gesehen hatte, Namen gegeben: Sophie, Rosi, Ellen und Ingrid. Eine Gertrud gab es und eine Paula. Bei ihm gab es diesen Quatsch mit den Emanzipationsnamen nicht.

Das hier hieß Sandra. Er erinnerte sich. Da war er vor zwei Jahren schon einmal gewesen.

Über ihm rätschte ein Eichelhäher. Alarm! Da raucht einer! Mensch im Revier!

Hier kam keiner unbeobachtet durch.

„Gut so", murmelte er und drückte die Kippe auf dem rissigen Gummi des Treckerreifens aus. Dann begann er, die Ketten zu sortieren. Ölig klimperten die Glieder umeinander. Ihr Rasseln schallte zwischen den Stämmen in das feuchte Grün des Waldes.

*De liebe Jung* rieb sich den Nacken mit einem fleckigen Tuch. Er spürte, wie die Schweißperlen zwischen seinen Schulterblättern hinunterrannen. Am liebsten hätte er das T-Shirt ausgezogen, aber der Abend hing schon in der Luft. Der Wald kühlte ab. Mückenschwärme wirbelten durch die Luft. Der Waldboden atmete mit trägem Seufzen die Hitze des vergangenen Tages aus.

Das reichte jetzt. Mit verkniffenem Gesicht versuchte er, zu überblicken, wie viel er heute geschafft hatte. Dreißig Meter, vielleicht sogar vierzig. Seine Knochen sagten ihm auf jeden Fall, dass es genug war. Schweiß rann ihm in die Augen.

Er gönnte sich eine letzte Zigarette in der hereinbrechenden Dunkelheit.

Dann schwang er sich auf den Trecker und startete den Motor. Knatternd vibrierte das Fahrzeug unter ihm. Es zerdröhnte den stillen Waldfrieden. Ein paar andere Landwirte nannten ihre Trecker beim Kosenamen. „Emma" oder so. Er fand das albern.

Mit einer ungestümen Lenkbewegung wendete er das Gefährt und holperte über den unebenen Weg aus dem Wald hinaus.

Auf der Landstraße genoss er den Fahrtwind, der ihm in Ärmel und Kragen kroch und sein T-Shirt aufblähte.

Als er sie an der Bushaltestelle stehen sah, wunderte er sich nicht. Sie studierte ratlos das Schild. Hier standen die Fremden oft. Der Fahrplan war einige Jahre alt, da stimmte kaum noch eine Abfahrtzeit drauf. Ratlose Gesichter, diskutierende Pärchen, Blicke auf die Armbanduhr. Immer wieder, wenn er hier vorbeikam.

Sie winkte, als er näher kam. Verloren stand sie da, an einem rostigen Haltestellenschild, mit Schweißrändern unter den Achseln und zornig zusammengekniffenen Augenbrauen. Die Haltestelle gehörte zum Josefshof, ein paar hundert Meter weiter am Waldrand. Sonst lebte hier niemand.

Ihr schneeweißer Arm leuchtete im Licht der untergehenden Sonne fast noch mehr als ihr wirres rotes Haar. Sie winkte weit ausholend.

Er begann, das Gas zu drosseln und rollte langsam aus. Fast genau vor ihr kam er zum Stehen.

„Kommt der Acht-Uhr-Fünfundvierzig noch?", fragte sie laut, um gegen das Püttern des Dieselmotors anzukommen. Sie hatte Tausende von Sommersprossen. Sechzehn, siebzehn mochte sie sein, oder vielleicht etwas darüber. Sie hatte kleine Brüste und schmale Lippen. Ihr Kinn reckte sie energisch vor.

Er ließ sich Zeit zu antworten. Nicht, weil er ihre Ungeduld genoss, sondern, weil das so seine Art war. Er war kein Mann unbesonnener Worte. Sie brauchten eben ihre Zeit von seinem Gehirn bis zur Zunge.

„Acht-Uhr-Fünfundvierzig? Nee, leider nicht, nee." Er rieb sich das stoppelige Kinn. „Nach Acht kommt hier gar nix mehr. Schon lange nicht mehr. Das Schild ist uralt."

Sie fluchte auf Englisch. Das verstand er nicht. Warum wurde heute nur noch auf Englisch geflucht?

Er sah ihren Rucksack. Ein riesiges Bündel groben olivgrünen Stoffs, offensichtlich prall gefüllt. Sie blickte wieder auf die Uhr, gerade so, als könne sie die Zeit zurückdrehen, wenn sie nur oft genug hinsah.

Er kannte das. So standen sie immer da. Verärgert oder verzweifelt, je nachdem wie ernst die Lage war. Mit dem Bus durch die Eifel? Das konnte er keinem empfehlen.

Er nickte ihr noch mal freundlich zu und zeigte den Anflug eines Lächelns, als er das Gas wieder hochdrehte.

„Halt!", rief sie und wedelte mit beiden Armen. „Ich komm' doch niemals hier weg. Morgen früh fährt erst der Nächste, und ich hab keine Lust, in dieser verfickten Wildnis zu übernachten."

Nachdenklich ließ er den Blick schweifen. Das Abendrot zauberte Feuer auf die Hügel.

„Ich nehm' Sie ein Stück mit. Bis zum nächsten Dorf." Er drehte sich zur Seite und nahm seine Ledertasche vom Seitensitz. „Kommen Sie rauf."

Er reichte ihr die dreckige Hand, und sie zögerte keinen Augenblick, sie zu ergreifen. Sie schenkte ihm sogar ein dankbares Lächeln, obwohl er keine Anstalten machte, ihr bei dem schweren Rucksack zu helfen.

„Glauben Sie, ich kann im Dorf irgendwo unterkommen? Nur für heute Nacht." Sie schob sich eine feuerrote Strähne aus dem Gesicht. „Ich hab keinen Bock, für eine Nacht dieses Scheißzelt aufzuschlagen."

Er überlegte lange, bevor er langsam nickte und sagte: „Sicher. Da findet sich schon was."

Der Trecker legte sich schwungvoll in die nächste Kurve, und die Finger ihrer Rechten klammerten sich um das Gestänge des Führerhauses.

„Ich bin die Josie." Sie wühlte mit der Linken in ihrem Rucksack herum und förderte ein Päckchen Gauloises zutage. „Eigentlich Josefa. Meine Eltern haben einen Knall. Ich bin abgehauen." Sie kicherte, aber er sagte ihr seinen Namen nicht.

„*De liebe Jung*! Müschelchen, heute ist der aber früh unterwegs!" Pelz winkte mit der Zeitung.

Seine Frau schloss die Gartenpforte hinter sich und winkte. In der Armbeuge hielt sie die Tüte mit frischen Brötchen.

Der Trecker fuhr knatternd vorbei, und *de liebe Jung* winkte fröhlich zurück. Frau Pelz blickte ihm lange nach und machte sich so ihre Gedanken. So ein attraktiver Mann. So ein Naturbursche.

„Müschelchen, ich habe Hunger!"

*De liebe Jung* spuckte geräuschvoll aus. Er hatte Dreck in den Mund bekommen, und es knirschte zwischen seinen Zähnen. Hier war das Gelände hügeliger als da, wo er gestern gewesen war. Es ging steil einen Hang hinunter. Die Fichten standen dicht an dicht, und es gab einen Bach, der unten im Tal gluckerte.

Es war elf Uhr, und er war fertig. Heute war es schwül. Sicher würde noch ein Gewitter kommen. Er hockte sich auf einen kleineren Wurzelteller, der schief aus der Erde aufragte. Kraut und Rüben. Alles verwildert und verwachsen. Morgen würde er wieder Holz rücken, so, wie an den anderen Tagen. Heute war Pause.

Er hatte nur ungefähr gewusst, wo sie war, diese Naturwaldzelle. Man kam mit dem Trecker nicht einmal auf vierhundert Meter heran, und selbst zu Fuß war es sehr unwegsam. Hier kam kein Mensch hin. Scheißschlepperei.

Während er sich seine Zigarette anzündete, ließ er den Blick schweifen. Die Plane musste noch gefaltet werden, und die Stricke und der Wust von Paketband mussten verschwinden.

Die Gauloise schmeckte nicht. Er schnippte sie ins Laub.

Dann begann er, den Spaten sauber zu wischen und überlegte, dass dieser Platz unmöglich „Josie" heißen konnte. So ein Waldstück kriegte nicht so einen beschissenen englischen Namen. „Josefa" würde es heißen. Die anderen hatten schließlich auch alle keine englischen Namen.

Erika Kroell

# Miss Edna sammelt

Wir hatten den Besuch unseres Onkels Edmund zum Anlass genommen, eine alte Familientradition wieder aufleben zu lassen, die uns früher manchen unterhaltsamen Abend beschert hatte. Ich erinnerte mich noch gut an die familiären Zusammenkünfte vor dem Kamin, meist waren es Herbst- oder Winterabende, und der kalte Wind pfiff zwischen den kahlen, oft schneebedeckten Weinbergen durch das Ahrtal. Und ich erinnere mich an die Geschichten, die wir einander erzählten. Die meisten waren wohl reine Phantasieprodukte, in denen der jeweilige Erzähler eine mehr oder minder heldenhafte Rolle spielte. Manche enthielten einen Kern Wahrheit, den herauszufinden aber stets dem Zuhörer selbst überlassen blieb. Einige wenige waren wohl tatsächlich so geschehen, wie sie uns im Schein des Holzfeuers zu Ohren kamen. Einer der eifrigsten Geschichtenerzähler war damals schon Onkel Edmund gewesen, dessen Phantasie über alle Grenzen hinausschoss und die unterhaltsamsten Geschichten produzierte. Im Alter, schien mir, war er etwas wunderlich geworden und hatte sich einige Marotten zugelegt - so trug er zum Beispiel die linke Hand stets im Revers verborgen -, doch mochte das seiner Phantasie keinen Abbruch getan haben.

Als Onkel Edmund nun nach einer längeren Reise seine Schwester, meine Mutter, besuchte, ergab es sich wie von selbst, dass wir alle schon am frühen Nachmittag im Wohnzimmer um den Kamin saßen, bereit, Onkel Edmunds Reiseberichten zu lauschen. Das Wetter war recht dazu angetan; es regnete schon seit Tagen leise und ununterbrochen, und selbst zu Mittag ließen die grauen Wolken kaum Tageslicht durch.

Onkel Edmund war eines der wenigen Familienmitglieder, die jemals ernsthaft unsere Heimat, das Ahrtal, verlassen hatten. Wie die meisten Menschen in der Eifel und Voreifel waren wir ein sesshaftes Völkchen, und nicht wenige aus unserer Familie verbrachten ihr gesamtes Leben in Dernau, dem Ort, wo sie geboren waren, ohne sich zwischen Geburt und Tod jemals weiter als 50 Kilometer von Zuhause zu entfernen. Unser Onkel allerdings hatte in seiner Jugend ein Mädchen aus Daun gefreit und den unerhörten Schritt getan, zu ihr zu ziehen statt sie zu uns ins Tal zu holen. Dieser jugendliche Wagemut hatte ihn offenbar inspiriert zu weiteren Reisen, die ihn schließlich um die halbe Welt führten.

So waren uns Onkel Edmunds Besuche immer willkommene Gelegenheiten, einmal einen Blick in die große weite Welt zu werfen, die wir wahrscheinlich mit eigenen Augen nie sehen würden. Seit mehreren Jahren hatten wir ihn nicht gesehen, und so schien uns ein Geschichtenabend am Kamin vielversprechend.

Onkel Edmund erzählte auch kurz von den Stationen seiner Fahrt, die ihn in mehrere fernöstliche Länder geführt hatte, kam aber rasch auf eine Zeit zu sprechen, die weit vor seiner Reise lag.

„Ihr wollt also eine Geschichte hören", sagte er mit seiner kräftigen Altherren-Stimme, und alle nickten zustimmend. Onkel Edmund setzte sich in seinem Sessel bequem zurecht, während eine meiner jüngeren Cousinen ihm einen neuen Glühwein zubereitete, und ließ noch eine halbe Minute verstreichen, bevor er zu sprechen begann:

„Ihr müsst wissen", hob er an und sah dabei nacheinander alle in der Runde an, „dass dies keine erfundene Geschichte ist. Sie ist tatsächlich so passiert." Zuletzt blieb sein Blick auf meiner Mutter haften, die ihn mit einem leicht skeptischen Lächeln betrachtete. Auch ich konnte mich erinnern, dass zu früheren Zeiten die besten Lügenschichten Onkel Edmunds stets mit dieser Versicherung eingeleitet wurden. Dann wandte er sein Gesicht dem Feuer zu und begann seine Erzählung:

„In meiner Nachbarschaft in Daun lebten bis vor einigen Jahren Edna Wilhelm und ihre Tante Luzie. Die beiden bewohnten eine alte Villa, die in ihrer vom Alter brüchig gewordenen Schönheit wohl bessere Tage gesehen haben mochte. Colonel Wilhelm, Miss Ednas Vater, hatte das Haus vor vielen Jahren mit eigener Hand erbaut. Einige Zeit später war er ausgewandert, ich glaube, nach Südafrika, und die Villa stand leer. In Südafrika machte der Colonel mit Diamanten sein 'Glück', wie man so sagt, und kehrte nach Jahren als reicher Mann in das Dorf zurück, begleitet von einer hübschen Frau und der kleinen Tochter Edna. Der Colonel nannte die Kleine immer 'Miss Edna', vermutlich in Erinnerung an seine schwarzen Domestiken, die ihm in Südafrika gedient haben mögen."

Onkel Edmund legte eine kleine Pause ein, die uns Gelegenheit geben sollte, die bisherigen Informationen zu verarbeiten. Meine jüngste Cousine, Elisabeth, die mit einer ausschweifenden Phantasie begabt war, malte sich offenbar in Gedanken das Unheil aus, das über diese glückliche Familie zweifellos hereinbrechen musste. Ihr rundes Gesicht schwankte in seinem Ausdruck zwischen Verzückung und Entsetzen, mit leichter Tendenz zu letzterem.

„Das Glück", knüpfte Onkel Edmund nahtlos an die Gedanken seiner Zuhörer an, „das Glück blieb dem Colonel nur noch kurze Zeit treu. Schon bald nach ihrer Ankunft brach bei Miss Ednas Mutter eine lang verschleppte Krankheit aus, und sie starb. Die kleine Edna mochte damals so um die zehn Jahre alt gewesen sein.

Der Colonel nahm darauf seine unverheiratete Schwester Luzie auf, die fortan den Haushalt führte und sich rührend um die kleine Edna kümmerte. Ihr blieb praktisch die ganze Erziehung des Kindes überlassen, da der Colonel nach dem Tod seiner Frau kaum mehr mit der Außenwelt in Kontakt trat und auch am häuslichen Leben wenig Anteil nahm. Es wunderte niemanden, dass der Colonel bald darauf seiner Frau in den Tod folgte und Miss Edna allein mit ihrer Tante Luzie zurückblieb."

Wieder unterbrach Onkel Edmund seinen Bericht, diesmal, um sich bequemer in seinem Sessel zurechtzusetzen. Elisabeth nutzte die Gelegenheit, ihre Vorahnungen kundzutun und starrte jeden in der Runde mit weitgeöffneten Augen an, wobei sie vielsagend mit dem Kopf nickte.

„Ich lernte die beiden erst kennen", fuhr Onkel Edmund fort, „als ich mich nach meiner Pensionierung und dem allzu frühen Tod meiner lieben Frau aufs Land zurückzog. Ich hatte ein hübsches Häuschen erwerben können, wie ihr ja wisst, und gedachte dort einen ruhigen, beschaulichen Lebensabend zu verbringen.

Edna Wilhelm und ihre Tante Luzie lernte ich auf meinen täglichen Spaziergängen kennen. Mit Luzie plauderte ich gelegentlich über den Gartenzaun hinweg. Miss Edna kannte ich jedoch nur aus der Entfernung. Mehr als ein kurzes Nicken oder ein winziges Lächeln wurde mir nie zugestanden, wenn wir uns begegneten.

Miss Edna, sie mochte damals so an die dreißig Jahre zählen, unterschied sich in allem beträchtlich von den modernen jungen Damen, wie man sie heute kennt. Sie hatte eine tadellose Erziehung genossen, und zwar nicht auf öffentlichen Schulen, sondern von privaten Lehrern in ihrem Hause, und durch den Einfluss ihrer reizenden Tante war dabei stets mehr Wert gelegt worden auf musische und künstlerische Begabungen als auf das fragwürdige Vermitteln von puren Wissensfragmenten. So reifte Miss Edna zu einer jungen Frau heran, die von der Welt wenig genug wusste, ihre Tage mit Klavierspiel und Kunsthandwerk verbrachte und gelegentlich im Garten bei der Pflege der Blumenbeete anzutreffen war. Stets trug sie pastellfarbene Kleider, oft verziert mit Rüschen und Volants. Ihr helles, gelocktes Haar bedeckte sie mit einem kleinen Hut, und ihre Hände trugen Handschuhe, so oft ich sie sah.

Ja, sie gefiel mir recht gut, die kleine Miss Edna. „Nein, nein", wehrte er ab; offenbar hatte er einen Blick meiner Mutter missgedeutet, „aus dem Alter war ich auch damals schon heraus. Nein, aber als Enkelin hätte ich sie mir gewünscht; so etwas wie Edna findet man heute nicht mehr.

Die einzige Leidenschaft, die sich Miss Edna gestattete, war das Sammeln. Sie sammelte die verschiedensten Dinge, und wenn sie einer Sammlung überdrüssig wurde oder sie für vollständig hielt, begann sie eine neue Sammlung. So wurde ihr Haus mit den Jahren zu einer Art Museum. Betrat man die kleine Diele - ich hatte einmal die Gelegenheit, als Luzie mir die Ehre gab, mich zum Tee einzuladen -, so fiel einem zuerst der wunderschöne Fliesenboden ins Auge. Solche verwinkelten Muster in zarten Grau- und Grüntönen findet man heute kaum mehr.

Der zweite Blick galt unweigerlich der Blechdosensammlung Miss Ednas, die sich über die der Haustür gegenüberliegende Wand und einen schräg davor aufgestellten Tisch erstreckte. Es müssen mindestens 300 Metalldosen gewesen sein, darunter eine Dose mit Musikwerk, die beim Abheben des Deckels ein bekanntes Motiv aus 'Schwanensee' spielte. Eine andere konnte zweifellos den Anspruch erheben, über 100 Jahre zu zählen. Auch die alte, versilberte Tabakdose des Colonels war in die Sammlung eingegangen.

Luzie, eine recht ansprechende ältere Dame übrigens, führte mich in das links der Diele gelegene Wohnzimmer. Der kleine Raum wurde hauptsächlich von einem alten, verschnörkelten Klavier bestimmt, auf dem Miss Edna gelegentlich kleine Stücke von Mozart oder Chopin spielte. An den Wänden entlang zogen sich Regale und Tische, auf denen Miss Edna Trockenblumensträuße und -gestecke dekoriert hatte, ihre zweite Sammlung. Die Blumen, so erläuterte Luzie, pflanzte Edna selbst im Garten an.

Mit einem Augenzwinkern stellte mir Luzie weitere erstaunliche Sammlungen in Aussicht, aber erst, nachdem wir gemeinsam Tee getrunken hätten.

In der gemütlichen Küche des Hauses plauderten wir bei Tee und Gebäck - selbstgebacken, versteht sich - wohl über eine Stunde lang über dies und das. Schließlich räumte Luzie die Tassen beiseite und führte mich die Treppe hinauf in das obere Stockwerk. An den Wänden des Treppenaufgangs entlang standen Bücherregale, die sich bis zur Decke des ersten Stockwerks erstreckten. Darauf standen Hunderte von Büchern, in feines Leder gebunden und mit goldener Schrift auf dem Buchrücken: Miss Ednas Bibliothek. Ich las im Vorbeigehen den einen und anderen Buchtitel und war erstaunt, welche literarische Klasse sich mir offenbarte.

Oben gelangten wir auf einen Flur, von dem drei Türen abzweigten. Zwischen zweien sah ich auf einem Tischchen gläserne Karaffen mit geschliffenen Stöpseln, manche gefüllt mit farbigen Flüssigkeiten. Luzie legte den Finger an die Lippen, zum Zeichen, dass ich schweigen sollte, und trat an eine der Türen heran. Sie klopfte vorsichtig an und rief leise: 'Edna, Liebes, bist du da?' Als keine Antwort kam, schlich sie zum Fenster und spähte in den Garten hinaus. 'Gott sei Dank', flüsterte sie, 'Edna sitzt im Garten.' Ich sah ebenfalls hinaus und konnte einen Blick auf Miss Edna werfen, die auf einer weißen Holzbank saß. Ihre Hände in weißen Handschuhen lagen in ihrem Schoß, und ein Strohhut beschattete ihr Gesicht.

Luzie riss mich aus meinen Betrachtungen, indem sie am Ärmel meines Jacketts zupfte und winkte, ich solle ihr folgen. Leise öffnete sie Ednas Zimmertür und ließ mich in einen Raum eintreten, der schon beim ersten Blick so viel weibliche Anmut ausstrahlte, dass es mir fast die Sprache verschlug. Helle Farben dominierten den Raum, das große Bett an der Stirnwand war mit einer geblümten seidenen Decke belegt. Der kleine runde Tisch in der Mitte des Zimmers und die drei Stühle, die darum standen, trugen Decken aus handgefertigter Spitze. Einzig störend in diesem mädchenhaften Zimmer wirkte ein großer Brennofen, der in einer Ecke des Raums stand und wohl für Miss Ednas Töpferei gebraucht wurde.

Unter dem großen Fenster, das zur Straße hinausging, stand ein breiter Holztisch, ebenfalls bedeckt mit Spitze. Darauf sah ich Ednas schönste Sammlung: Sechs Glaskugeln, außen vollkommen glatt und ohne jede Unebenheit, innen aber erfüllt von buntem Leben. Etwas Ähnliches kennt man heute als 'paper-weights', als Briefbeschwerer, aber diese modernen Versionen sind bei weitem nicht mit Ednas zu vergleichen. Eine Kugel, sie mochte wohl so groß sein wie eine kleine Honigmelone, zeigte ein verwirrendes Muster farbiger Streifen, die sich aus einer unsichtbaren Quelle im Mittelpunkt nach allen Seiten hin ausbreiteten. Eine zweite in der Größe einer Orange trug rote und blaue Blumen in sich. Die kleinste Kugel war wohl etwa so groß wie eine Mandarine und gefüllt mit bunten Farbblasen.

Das durch das Fenster einfallende Sonnenlicht brach sich mannigfaltig in Glas und Farben und zauberte ein betörendes Muster auf die Spitzendecke. Jetzt erst fiel mein Blick auf die Ständer, die die Kugeln trugen. Und nun wusste ich auch, wofür Miss Edna den Brennofen brauchte. Jede der sechs Kugeln wurde getragen von einem Händepaar aus feinstem weißen Porzellan. Die Haltung der Hände war bei allen gleich, halbrund nach oben geöffnet, etwa so, als wolle man Erdnüsse hineinschütten. Eine eingehendere Betrachtung zeigte mir aber, dass sich jedes Paar Hände von den anderen deutlich unterschied: Eines war alt, wohl die Hände einer älteren Frau. Feine Linien zeichneten die Gelenke der Finger, die Oberflächenstruktur war lebensecht überzogen mit einem Netz winziger Fältchen. Ein anderes Paar schien die Hände eines Arbeiters darzustellen, mit breiten Fingerspitzen und schwieligen Handballen.

Ich fragte mich, bei welcher Gelegenheit die weltfremde Edna wohl die Hände eines Arbeiters so genau hatte studieren können, dass ihr diese lebensechte Nachbildung gelungen war. Daneben hatte sie Kinderhände geformt, klein und mit wulstigen Fingerchen, und die Hände eines offenbar gutsituierten Herrn mittleren Alters. Das schönste Händepaar waren aber zweifellos Frauenhände mit schlanken, eleganten Fingern, wohlgeformten Nägeln und glatter Elfenbeinhaut.

Luzie beobachtete mich während meiner Betrachtung, begierig, zu sehen, welchen Eindruck mir die Kunst ihrer Nichte wohl machte. Offenbar war sie mit meiner Reaktion mehr als zufrieden, denn schließlich tätschelte sie meinen Arm und winkte mich wieder aus dem Zimmer. Ich konnte mich nur mit Mühe von den Kunstwerken losreißen. Nie hatte ich etwas Derartiges gesehen."

An dieser Stelle ließ Onkel Edmund in einer dramatischen Geste sein Kinn auf die Brust sinken. Schlimm, schlimm, sollte uns diese Pose bedeuten, und die dankbare Zuhörerschaft nahm die Botschaft mit leichtem Grausen auf. Elisabeth beeilte sich, das Glühweinglas unseres Onkels neu zu füllen, auf dass er aus seiner vielversprechenden Trance erwache und weiter erzähle. Onkel Edmund schüttelte leicht den Kopf, als sei er tatsächlich eben erst erwacht, sah uns der Reihe nach an und setzte seinen Bericht fort:

„Luzie führte mich daraufhin in ihr eigenes Zimmer, eine gemütliche Stube, vollgestopft mit Erinnerungsstücken und alten Fotografien. Silbern gerahmt sah ich da den Colonel und seine Frau, zwischen beiden die kleine Edna, die zum Zeitpunkt der Aufnahme wohl acht Jahre alt gewesen sein mochte. Schon damals schien sie nicht recht von dieser Welt zu sein. Ihr Blick richtete sich zwar in die Linse der Kamera, doch schien er den Betrachter der Fotografie nicht zu erreichen. Äußerlich schien sie sich nur wenig verändert zu haben, außer, dass sie gewachsen war. Auch die Kleidung entsprach damals genau der Art und Weise, wie sie sich auch später noch kleidete. Ein helles Kleid mit Rüschen und Volants, ein kleiner, weißer Sommerhut, weiße Spitzenhandschuhe. Ihre Mutter, die rechte behandschuhte Hand auf der Schulter des Kindes, war ebenso gekleidet, wenn auch in gedeckteren Farben. In der linken Hand hielt sie eine dieser bunten Glaskugeln und streckte sie Edna hin, so, als wolle sie sie ihr überreichen. Während ich noch die Fotografien betrachtete, legte Luzie eine Schallplatte auf ihren alten Plattenspieler, und wir verplauderten noch eine gute Weile. Ähem ..."

Onkel Edmund unterbrach seine Erzählung, ohne den Blick von den Flammen im Kamin abzuwenden. Offenbar erzählte er die Geschichte in Gedanken weiter. Sein Schweigen nach außen hin war wohl lediglich seine innere Zensur.

Nach einer Weile riss er sich aus seinen Erinnerungen los und sprach weiter:

„Schließlich - es wurde schon langsam dämmrig im Zimmer - stand ich auf und machte mich auf den Heimweg. Luzie begleitete mich hinaus bis in den Vorgarten, und als ich mich eben umwendete, um zur Gartenpforte zu gehen, trat Miss Edna um die Ecke des Hauses. Bei meinem Anblick blieb sie überrascht stehen, fasste sich dann aber und trat auf mich zu. Sie streckte mir eine Hand entgegen, die ich nahm und sanft drückte. Sofort erwiderte sie den Druck und, mehr noch, hob meine Hand mit der ihren hoch und betrachtete sie eingehend. Sie drehte meine Hand sogar um, damit sie auch die Innenfläche ansehen konnte.

Mir war diese Musterung verständlicherweise peinlich. Mochte ich wohl früher kräftige, männliche Hände gehabt haben, so sind doch die Spuren der Jahre daran nicht vorübergegangen. Jeder Versuch, meine Hand wieder zurückzunehmen, scheiterte am festen Griff von Miss Ednas kleiner, zarter Hand, die ungewöhnlich viel Kraft zu haben schien. Ich schaute hilfesuchend zu Luzie, doch die betrachtete angelegentlich den Garten. Schließlich, mir kam es wie eine Ewigkeit vor, ließ Miss Edna meine Hand wieder los und sah mir in die Augen. 'Sie haben sehr interessante Hände', sagte sie mit ihrer leisen, kultivierten Stimme. Ich dankte unbeholfen für das Kompliment, doch sie fiel mir ins Wort. 'Ich möchte Ihnen gern gelegentlich meine Sammlung zeigen, wenn Sie Interesse haben.'

Ihr könnt euch vorstellen, in welche Seelenpein mich diese freundliche und irgendwie eindringlich vorgebrachte Einladung stürzte, hatte ich doch bereits ohne ihre Erlaubnis ihre Kunstwerke bewundert. So stammelte ich einige höfliche Worte, dass ich gern gelegentlich dieses Angebot wahrnähme und war heilfroh, als ich endlich die Gartenpforte hinter mir zuziehen und nach Hause eilen konnte.

Zu einer offiziellen Besichtigung von Ednas Sammlung kam es dann später nicht mehr. Zwar hielten Luzie und ich regen Kontakt, tranken auch des öfteren gemeinsam Tee in ihrem oder in meinem Hause, allein, Miss Edna trat nie wieder an mich heran, um mich zu begrüßen oder die frühere Einladung zu wiederholen.

Eines Tages, es war wohl zwei Jahre oder drei nach dieser Begebenheit, kehrte ich nach Wochen von einem längeren Aufenthalt bei der Familie meines Sohnes wieder nach Hause zurück. Ihr könnt euch meine Überraschung vorstellen, als ich das Haus der Wilhelms leer vorfand. Erst eine Runde durch die Nachbarschaft brachte mir schließlich Aufklärung über die Vorgänge, die sich während meiner Abwesenheit, als ich müßig im Hause meines Sohnes mit den beiden reizenden Mädchen, meinen Enkelinnen, spielte, ereignet hatten. Folgende unglaubliche Geschichte hatte sich zugetragen:

Frau Steinmann, die nächste Nachbarin der Wilhelms, deren Haus wohl etwa 250 Meter entfernt liegt, arbeitete eines Märznachmittags in ihrem Garten und unterzog ihn dem ersten Frühjahrsputz, als die Haustür der Wilhelms aufgerissen wurde und ein Mann herausstürmte. Sich immer wieder umblickend rannte er die Straße hinab, sprang über den niedrigen Zaun, der Frau Steinmanns Garten von der Straße abgrenzte, lief, ohne sie zu beachten, an ihr vorüber ins Haus und schlug die Haustür hinter sich zu. Frau Steinmann, die dem Vorgang starr vor Überraschung zugesehen hatte, griff nach ihrem Schlüssel und folgte dem jungen Mann.

Zunächst konnte sie ihn nicht sehen, fand ihn aber schließlich im Wohnzimmer hinter einem der schweren Ledersessel, auf den Boden gekauert wie ein Kind, das Verstecken spielt. Der Blick, mit dem der junge Mann sie ansah, als sie über die Lehne spähte, war so voller Verzweiflung, Flehen und Entsetzen, dass Frau Steinmann sofort ihre anfängliche Angst vor dem Eindringling verlor und mütterliche Gefühle Platz griffen. Unter beruhigendem Gemurmel zog sie ihn hinter dem Sessel hervor und brachte ihn in ihre Küche. 'Jetzt trinken Sie erst einmal eine Tasse Tee', sagte sie zu ihm und wollte ihn auf einen Stuhl setzen. Doch der junge Mann sprang auf und rief: 'Ich mag keinen Tee. Ich mag keinen Tee', dann lachte er irre, dass es Frau Steinmann kalte Schauer den Rücken hinuntertrieb. Erst jetzt sah sie, dass der Mann offenbar verwundet war. Aus einer breiten Schnittwunde am rechten Handgelenk tropfte das Blut auf seine Kleidung und den Küchenboden.

Immer wieder wiederholte er, er möge keinen Tee, gefolgt von solch irrsinnigem Lachen, dass die gute Frau sich nicht mehr zu helfen wusste. Sie lief rasch zum Telefon und verständigte die Dauner Polizei. Bis zum Eintreffen der Beamten blieb sie versteckt hinter der halbgeöffneten Küchentür und beobachtete den offenbar geistesgestörten Gast, der immer noch in der Küche tobte.

Nach wenigen Minuten fuhren ein Polizeiwagen und ein Krankenwagen vor, beide mit laut heulenden Sirenen. Frau Steinmann ließ die Beamten herein, und zwei stämmige Krankenpfleger nahmen sich sogleich des Irrsinnigen an. Sie versorgten notdürftig die blutende Wunde an seinem Handgelenk und brachten ihn dann in das nächstgelegene Krankenhaus. Frau Steinmann berichtete unterdessen den beiden Polizisten, was vorgefallen war. Zumindest, soweit sie berichten konnte. Schließlich dankten die Beamten ihr für ihre Hilfe und traten hinaus. Draußen berieten sie eine Weile miteinander, was zu tun sei und begaben sich schließlich zu Fuß in Richtung des Wilhelm'schen Hauses. Dort klopften sie an, und kurze Zeit später wurden sie eingelassen.

Was dann passierte, konnten die Nachbarn am nächsten Tag in der Zeitung lesen. Ein großer Bericht auf der ersten Seite der Lokalausgabe und kleinere Berichte in sämtlichen Tageszeitungen schilderten die Umstände, die die Polizisten im Hause Wilhelm aufdecken konnten. Mir selbst blieb die Geschichte allerdings dennoch verborgen, weil ich seit meiner Pensionierung keine Zeitungen mehr lese."

Wieder legte mein Onkel eine Pause ein, zum einen, um die Spannung zu schüren, zum anderen, um sich einen weiteren Glühwein zubereiten zu lassen. Ein Windstoß rüttelte an den geschlossenen Fensterläden. Elisabeth schrie auf und verschüttete ein wenig Glühwein ins das Feuer. Es zischte und dampfte. Mit zitternden Fingern füllte sie das Glas erneut und stellte es neben meinen Onkel auf einem kleinen Tisch ab. Dann fuhr er fort:

„Miss Edna hatte wohl ihrer Sammelleidenschaft ein wenig zu stark die Zügel schießen lassen. Jedenfalls gab sie sich mit dem Erwerb der Glaskugeln nicht zufrieden, sondern glaubte, auch auf die dazugehörigen Hände einen Anspruch erheben zu können. Wenn sie nun eine Glaskugel erwarb - der Handel fand stets in ihrem Zimmer im oberen Stock statt -, so pflegte sie ihren Gästen Tee anzubieten, den sie vorab mit einem Schlafmittel angereichert hatte. Waren die Besitzer der Glaskugeln in einen ruhigen Schlummer gefallen, so griff Miss Edna zu ihrer scharfen Säge, die sie eigens zu diesem Zwecke erworben hatte und trennte beide Hände des jeweiligen Gastes direkt über dem Handgelenk ab.

Nun, ihr werdet einsehen, dass sie die derart verstümmelten Menschen kaum nach Hause gehen lassen konnte, ohne anschließend Unannehmlichkeiten zu gewärtigen. So maß sie denn die Dosis des Schlafmittels recht großzügig ab und vergrub die handamputierten Leichen nachts im Garten. Über ihren Köpfen aber legte sie Beete an mit den herrlichsten Sommerblumen.

Die Hände brachte sie vor Eintritt der Starre in die entsprechende Haltung und überzog sie dann mit einer hauchdünnen Porzellanschicht. Im Brennofen gebrannt stellten sie schließlich die nach Ednas Ansicht einzig passenden Halter für ihre Glaskugeln dar.

Nun ja, das konnte wohl nicht immer gut gehen. Der junge Mann, den sie an jenem bewussten Tag zu Kaufverhandlungen eingeladen hatte, mochte keinen Tee. Das rettete ihm das Leben. Offenbar war Ednas Geist damals schon so verwirrt, dass sie die logischen Schlussfolgerungen aus dieser Tatsache nicht mehr ziehen konnte. Jedenfalls goss sie ihm Tee ein, und obwohl er dankend ablehnte und die Tasse unberührt ließ, griff sie nach angemessener Zeit zu ihrer Säge, um ihr

Kunsthandwerk zu beginnen. Sie brachte dem entsetzten Burschen noch eine gehörige Wunde am Handgelenk bei, bevor er flüchten konnte.

Die Polizeibeamten fanden bei ihrem Eintreten Miss Edna in ihrem Zimmer vor, wie sie, mit der Säge in der Hand, verwundert auf den leeren Besucherstuhl blickte. Sie ließ sich widerstandslos festnehmen. Ihre Sammlung - es waren bis dahin wohl 17 Glaskugeln mit den jeweiligen Händepaaren - wurde beschlagnahmt. Noch am selben Tage begann eine Polizeimannschaft, den gesamten Garten umzugraben. Unter den Blumenbeeten fanden sie die meisten zu den Händen gehörenden Leichname, darunter auch zwei Kinder. Eine Leiche fehlte, oder aber ein Händepaar war zu viel, je nachdem, wie man es sieht. Die Untersuchung ergab, dass die schönen Frauenhände, die ich eben bereits erwähnte, keinem Leichnam zugeordnet werden konnten.

Was aus Miss Ednas Sammlung wurde, weiß ich nicht, doch nehme ich an, dass die Hände gemeinsam mit den dazugehörigen Leichnamen begraben wurden."

Elisabeth war mittlerweile starr vor Entsetzen. Als einzige in der Runde konnte sie sich die grausigen Details der Geschichte offenbar in allen Einzelheiten ausmalen. Ihr Gesicht war blass, nur die weitaufgerissenen Augen starrten dunkel daraus hervor. Meine Mutter trug wieder ein leicht amüsiertes Lächeln, als glaube sie kein Wort von der Geschichte. Onkel Edmund warf ihr einen kurzen Blick zu, lächelte ebenfalls und bedeutete ihr mit einem Nicken: Na, warte nur ab. Dann trank er mit einem Schluck sein Glas leer und erzählte weiter:

„Bei der Gerichtsverhandlung wurde Edna als nicht zurechnungsfähig beurteilt und in die Nervenklinik in Andernach eingewiesen. Luzie bezog eine kleine Wohnung in der Nähe dieser Anstalt, damit sie ihrem Liebling auch weiterhin nah sein konnte. Bis vor wenigen Monaten trafen wir uns regelmäßig zu einem Tässchen Tee - mittlerweile habe ich den Kontakt abgebrochen -, und Luzie berichtete mir von Ednas Befinden. Wie es schien, war Miss Edna rasch der Liebling des ganzen Pflegeheims geworden. Ihre zurückhaltende, wohlerzogene Art und ihre musischen Begabungen nahmen die Herzen der Insassen und Pfleger im Sturm. Schon bald wurde ihr die eine oder andere Vergünstigung gewährt, mit der Patienten für Wohlverhalten belohnt werden. Alles in allem scheint sie sich recht gut mit ihrem Leben in dieser Anstalt abgefunden zu haben, und, wie mir Luzie bei unserem letzten Beisammensein berichtete, sammelt sie auch wieder diese Glaskugeln."

An dieser Stelle brach mein Onkel seine Erzählung ab, und obwohl wir alle das Gefühl hatten, die Geschichte sei noch nicht zu Ende, sprach er nicht weiter. Wir warteten schweigend. Elisabeth schien einem nervlichen Zusammenbruch bedenklich nahe. Sicher würde sie die ganze Nacht kein Auge zutun.

Nach einigen Minuten nachdenklichen Starrens erhob sich mein Onkel und sagte, er wolle jetzt nach Hause gehen. Ich holte seinen Mantel und half ihm hinein. Zum ersten Mal an diesem Nachmittage nahm er den linken Arm aus dem Jackenaufschlag. Er endete direkt unter dem Handgelenk. Der Stumpf, an dem eigentlich eine Hand sitzen sollte, war rotvernarbt.

Elisabeth schrie auf und fiel sehr effektvoll rückwärts in Ohnmacht. Onkel Edmund griff in die rechte Manteltasche und holte eine wunderschöne, buntschillernde Glaskugel hervor. „Eine kleine Erinnerung", lächelte er und stellte die Kugel auf den kleinen Tisch.

Während meine Mutter und Cousine Gertrud sich um Elisabeth bemühten, begleitete ich Onkel Edmund zur Tür. „Elisabeth wird einmal eine gute Geschichtenerzählerin werden", sagte er und lächelte mir verschmitzt zu. Neben seinem Wagen wartete am Straßenrand ein junger Mann in einer blauen Chauffeursuniform. Ich blickte ihn überrascht an. „Weißt du", sagte Onkel Edmund und zwinkerte mir zu, „vor zwei Jahren hatte ich einen Autounfall und verlor dabei die linke Hand. Seither fahre ich nicht mehr selbst. Aber das soll unser Geheimnis bleiben."

Klaus-Peter Walter

# Hitlers blauer Schnurrbart

„Eich sein der Georsch." Nicht Georg, nicht Schorsch. Georsch.

„Und ich bin der Martin", hatte der Professor geantwortet. „Der Professor Martin." Das hatte den Georsch nicht gestört. Er bewohnte in Nusger einen zerbrochenen Bauernhof, ein Architektur gewordenes Stück Eifelärmlichkeit ohne Dachüberhang. Dreieinhalb verhungerte Kühe, ein krätziger Hund, zehntausend verrasste, dünnschissige Katzen. Seit der Professor die Hauswiese gekauft und ein kleines, feines Landhaus mit gefliester Wildküche und Kühlraum hintendran errichtet hatte, wurde er den verwitweten Krauterer nicht mehr los. Gegen die gnadenlose Anteilnahme eines Eifler Nachbarn hilft nicht einmal ein Jägerzaun ums Grundstück. Der Georsch kletterte trotz seines Holzbeins einfach darüber, wenn er dem Professor eine Flasche hochtoxischen Selbstgebrannten, ein fettes Stück Selbstgeschlachtetes oder eigenhändig gezogene *Sutschinis* bringen wollte. War ja mal alles seins gewesen, oder? Am Haus monierte er regelmäßig das Fehlen des priesterlichen Segens, auf den in diesem Teil der Welt jede Toilette bei der Einweihung Anspruch erhebt, und das Fehlen von Kruzifixen über den Türen. Der Professor freilich glaubte nicht an Gott. Er war selber einer. Zumindest ein halber. In Weiß. Spezialist für bionische Rehabilitationschirurgie. Das heißt auf deutsch, er half Menschen, denen Körperteile abhanden gekommen waren. Dem sibirischen Jäger zum Beispiel, dem eine misslaunige Bärin eine komplette Gesichtshälfte weggeknuspert hatte, hatte er ein neues Antlitz geschaffen. Dank eines implantierten Mikrochips blinzelte das künstliche Lid über der linken Augenattrappe synchron mit dem rechten, echten. Fürwahr, er war eine Lichtgestalt der Medizin! Angebetet von seinen Patienten, nominiert für den Nobelpreis, sexuell kaltgestellt von seiner Ehefrau und Kollegin und finanziell ausgesogen bis aufs Blut von zwei nichtsnutzigen erwachsenen Söhnen, für deren Erziehung Vater und Mutter nie Zeit gefunden hatten. Dem Professor blieben nur die Jagd und die Wochenenden in Nusger. Letztere versüßt von wechselnden Weibern, die um so jünger wurden, je älter er selber sich fühlte. Das Glück wäre also nahezu vollkommen gewesen. Ohne den Georsch. Und ohne diese vollbusige Krankenschwester von geringem Verstand, aber unersättlicher Aufnahmebereitschaft, die damals vollabsichtlich ein Kind von ihm empfangen hatte.

„Immer diese entfernten Verwandten", hatte der Professor geknurrt und sich in seiner gefliesten Wildküche ans Werk begeben. Er hatte sich etwas Mut angetrunken und prompt eine Arterie erwischt. Binnen Minuten war die verhinderte junge Mutti verblutet. Mit einer üppigen Formaldehyd-Injektion hatte er den Rest ihres Blutes in schwarzen Pudding verwandelt und die Leiche sauber mit der Flex zerteilt, dem Traditionswerkzeug der Eifelaner. Über die drei Monate, die er gebraucht hatte, um die eingetüteten Leichenteile peu à peu zu entsorgen, war er um mindestens drei Jahre gealtert. Gott sei Dank hatte der Georsch nichts gemerkt.

Wohl aber Meier. „Einfach Meier."

Meier zeigte Fotos, aber er forderte kein Geld dafür, bewahre! Er forderte mit leiser Stimme Hilfe. Für arme Menschen zum Beispiel, die an einer Polizeikugel erkrankt waren und dieses Leiden mit Diskretion behandelt wissen wollten. Gut, dass der Professor seine geflieste Wildküche hatte, deren wachsendes medizinisches Inventar allmählich das Aussehen eines mittleren Feld-OPs verlieh! Mit „einfach Meier" besprach der Professor auch das Problem „Georsch". „Einfach Meier" entwickelte einen Plan und der Professor eine neuartige Prothese.

An einem schönen Sommertag lag dann ein nacktes Mädchen mit orangerotem Stoppelkopf auf der Terrasse. Sie war an allen relevanten Stellen tätowiert oder gepierct, und die Form der gezupften, blau gefärbten Schamhaare erinnerte entfernt an Hitlers Schnurrbart. Der Georsch bezog sofort Dauerposten in der Giebeltür des Heubodens seiner windschiefen Scheune. An kalten Tagen betätigte sich das Mädchen drinnen, hinter den bis zum Boden hinunterreichenden Terrassentüren, an diversen Fitnessgeräten, aber „immer gaanz nääkicht!" Von seinem Fenster aus sah der Professor zufrieden das Fernglas Georschs aufblitzen, der streng nach BW-Vorschrift, von außen nicht sichtbar, aus der Tiefe des Raumes heraus beobachtete. Vor Angst, die Erscheinung damit vielleicht zu verscheuchen, sprach er nie über sie. Obwohl er sonst über alles sprach. Ob man es nun hören wollte oder nicht. Besonders über seine beiden Kinder in fernen deutschen Großstädten, die ihn nie besuchen kämen.

Zum sechzigsten Geburtstag schenkte der Professor dem Georsch erst einmal ein neues Bein. Neuronal gesteuert und dank eines subkutanen Mikrochips im gesunden Bein perfekt auf dessen Bewegungen abgestimmt. Der Georsch hätte damit Chachacha tanzen können, wenn er Chachacha hätte tanzen können. Ab da legte das Mädchen einen Zahn zu, fingerte überall an sich herum und wandte und spreizte sich dabei, dass es eine Lust war. Wahrscheinlich bekam der Georsch Stielaugen hinter seinem Fernglas. Bis eines Tages seine Beine, von einem unwiderstehlichen fremden Willen vorwärts bewegt, direktemang mit ihm durch die offene Giebeltür hinauswanderten. Seine Hände suchten vergeblich irgendwo Halt. Dann lag er mit verrenkten Gliedern auf dem selbst betonierten Hof. Der Professor, der darauf nur gewartet hatte, war Sekunden später mit seinen Spritzen bei ihm. Eine davon würde einen Blutalkoholgehalt von mindestens 1,5 Promille bewirken und auf einen Unfall im Zustand mittelschwerer Trunkenheit hinweisen. Zwar versuchte der Professor eine Reanimation, doch ungeachtet dieser aufopfernden Bemühungen erlag der Patient auf dem Weg ins Krankenhaus seinen Verletzungen. Das Mädchen, das verabredungsgemäß den Notarzt gerufen hatte, lieferte wieder, inzwischen knapp, aber insgesamt züchtig bekleidet, die perfekte Show. „Lieb war ... immer", bekundete es mit reizendem russischen Akzent und hinreißend verweinten Augen. „Bednyj staritschok![1]" Der Professor schien ebenfalls untröstlich.

Kriminalhauptkommissar Lothar Budenheim inspizierte, der blickdichten Spinnweben nicht achtend, den Heuboden und fand dort eine funkelnagelneue Videokamera mit 10-fach Motorzoom. Der Verunfallte hatte sie sich heimlich von seinen Kindern in den fernen deutschen Großstädten zum Sechzigsten schenken lassen. Budenheim und seine Kollegen, die beim Anschauen des Films ebenfalls Stielaugen bekamen, rissen über die „Pornoqueen" sämtliche Witze, die Männern bei solchen Gelegenheiten einfallen. Zumal wenn Kolleginnen anwesend sind. Mit einem Mal wurde es jedoch still im Vorführraum. Auf dem Bildschirm trat nämlich der Professor neben die rastlos rackernde Pornoqueen und sagte etwas. Daraufhin begann sie sich schulterzuckend anzuziehen. Der Professor öffnete die Terrassentür einen Spalt weit und richtete eine Art Fernbedienung genau in die Kamera. Das Bild begann zu schwanken und zerfloss für ein paar Momente in Millionen weißer Pixel. Dann zeichnete die Kamera, nun offenbar am Boden liegend, wieder klare Bilder auf. Eine schwankende menschliche Gestalt stolperte mit den Armen rudernd durch die offene Giebeltür nach draußen, verschwand nach unten in den Hof. Dann erstarrte das expressionistisch verwinkelte Bild. Nur noch die Schwärze des Heubodens blieb und mittendrin überbelichtet die offene Giebeltür - bis das Band zu Ende war.

[1] „Armer alter Mann!" (russisch)

Stamos Papas

# Indianer in Steckenborn

Sie trafen sich vor drei Jahren in einer alten Landpension in Woffelsbach. Rudi Schröder, seine Frau Gisela und Armin Langbein. In der Pension mit dem merkwürdigen Namen „Schöne Aussichten" hatte sich Armin einige Wochen früher ein Zimmer genommen.

Armin war auf der Suche. Nach was, wusste er nicht.

'Schöne Aussichten auch für mich', dachte er.

Gisela war Primaballerina eines großen Theaters im Ruhrgebiet gewesen. Acht Jahre ist es her. Die Geschichte ist kurz erzählt: Haushaltssicherungs-Gesetz. Sparhaushalt. Weg vom Drei Sparten Theater. Weg mit dem Ballett. „Ihre" Kompanie hatte vorher Furore gemacht. Die Kulturredaktionen waren voll des Lobes. Es half nichts.

Von der Abfindung und den Ersparnissen kaufte sie mit Rudi - ihrem Mann - einen verfallenen Bauernhof mit ein paar Hektar Land und Blick auf den See. Rudi Schröder war Lehrer für Deutsch und Geschichte gewesen. „Burn out" nannten sie ihre Frühpension in der Eifel. Oben in Steckenborn. Haus liebevoll restauriert. Wenig Freunde. Ein Hund, drei Katzen, Hühner, ein Hahn. Und Rudi trieb ein wenig Handel mit Antiquitäten. Er kaufte zielsicher in der Eifel und in Belgien ein. Mit seinem Kombi, einem alten Volvo, fuhr er bis nach Lüttich. Gisela fuhr meistens mit oder sie malte launische Bilder vom Ballett und vom See.

Armin Langbein war viel unterwegs gewesen. Kreta, Gomera, Marokko, Nicaragua, Indien. Zuhause in Heimbach hatte er Koch gelernt bei seinem Vater. Und dann bekam er Fernweh. Wie so viele vor zwanzig Jahren. Bei Kaltenkirchen im hohen Norden war er vor zehn Jahren sesshaft geworden. In Kanada hatte er ein Jahr zuvor bei den „Black Feet" Indianern gelebt. War zum „Indianer" geworden. „Wanga-Tanga" den großen Geist in der kleinen Schwitzhütte zu rufen, war ein wichtiges Element seines Glaubens.

In einem heruntergekommenen alten Freibad, dem „Waldbad", hatte er eine ABM-Stelle. Dazu betrieb er jeden Samstag seine Sweat Lodge, seine selbstgebaute Schwitzhütte. Die Zeremonie der Reinigung von Körper und Geist als Einheit wurde gut besucht. Seine Kunden kamen hauptsächlich aus der Stadt. Aus Hamburg, Lübeck und Kiel.

Er verdiente keine Millionen, aber es reichte.

Vor drei Monaten wurde sein „Waldbad" von der verarmten Kommune an Investoren verkauft. Ein Supermarkt sollte in Kürze darauf gebaut werden. ABM-Stelle weg. Sweat Lodge weg.

Armin kam zurück in die Eifel, um sich umzuschauen. Eifel klang nach zwanzig Jahren irgendwie unberührt, natürlich. Ja, exotisch. Woffelsbach war nicht zu nahe an Heimbach und weit weg von Kaltenkirchen.

Armin Langbein hatte Gisela zum ersten Mal vor zwanzig Jahren in Essaouira in Marokko getroffen. Die „weiße Stadt" am Atlantik. „Mogador mon Amour". Er wohnte mitten in der berühmten Kasbah bei einem Freund aus Aachen. Der Freund hatte irgendwie geerbt und damit ein großes Haus mit Patio, Fresken und wunderschönen Mosaiken gekauft.

Gisela war mit einer Freundin mit dem Rucksack unterwegs nach Marrakesch. Es war Liebe auf den ersten Blick. Sie blieb in Essaouira. Den ganzen Winter. Die Welt war vergessen. Die schönste Zeit ihres Lebens.

Vor drei Jahren trafen sie sich also, in Woffelsbach. Rudi und Gisela wollten bei Otto Kremer, dem Besitzer der „Schöne Aussichten", einige alte Bilder kaufen.

Armin wurde eingeladen. Er bezog damals ein Zimmer bei den beiden in Steckenborn. Und ... blieb!

Das Haus war groß genug. Rudi hatte ihn in das Geschäft mit den Antiquitäten einsteigen lassen. Armin merkte schnell, dass nicht alles „astrein" und „sauber" war.

Er war wieder „sesshaft" geworden. Das einzige, was ihm noch fehlte, war seine Sweat Lodge.

Richtig gestritten hatte er sich mit Rudi das erste Mal kurz vor Weihnachten. Sie hatten Trevvel gegessen. Bier aus der Flasche und Els aus kleinen Gläsern getrunken.

Da fing er an, von seiner Sweat Lodge zu erzählen.

„Das kann man eigentlich hier auf dem Grundstück super machen. Dazu braucht man gar nichts. Einen Wasserschlauch, eine Feuerstelle, eine Hütte. Das baue ich in einer Woche." Rudi, der sonst ein ruhiger Vertreter war, reagierte scharf:

„Lass den Mist! Fang nicht schon wieder an! Das kommt überhaupt nicht in Frage."

Ein Wort ergab das andere, bis Rudi die Runde wütend verließ:

„Das reicht mir! Ich gehe jetzt schlafen! Ich kann mir den Quatsch nicht mehr anhören, mach deinen Indianer Hokuspokus, wo du willst. Hier nicht. Ist das klar?"

In den nächsten Monaten ist nicht mehr über die Sweat Lodge gesprochen worden. Das Leben nahm seinen Lauf. Die Sache schien vergessen. Erledigt. Aus der Traum. Nur Gisela dachte anders. Sagte aber nichts.

Gisela ist in dieser Zeit immer distanzierter zu Rudi geworden. Sie bezog das Zimmer unterm Dach.

Einmal, zwei Wochen vor dem tragischen Unfall, Rudi war zu seinem Verkäufer nach Lüttich gefahren; sie setzte sich zu Armin auf die Terrasse. Mit Seeblick. Dann erzählte sie von Essaouira.

„Ich habe Angst, mich für immer zu verlieren."

In Nebensätzen klangen vage Andeutungen. Pläne. Sehnsüchte. Er hörte schweigend zu. Dann küsste er sie. Lange. Zärtlich. Sie erwiderte seine Küsse. Die Leidenschaft war plötzlich wieder da. Wie in Essaouira.

Als sie ihn gegen Morgen verließ, um auf ihr Zimmer zu gehen, holten ihn seine Träume. Ein Leben mit Gisela und der Sweat Lodge. In Steckenborn. Ohne Rudi Schröder!

Mit dem Volvo fuhren Rudi und Armin gegen Mitternacht in Roetgen über die Grenze nach Belgien. Es war ungemütlich. Die Straße war glatt. Es nieselte mal Regen, mal Schnee. Beim Vennbahnbahnhof in Raeren parkten sie den Volvo und stiegen in einen großen „Dukato" ein. Der Schlüssel, den Rudi am Nachmittag bei einem geheimnisvollen Kunden geholt hatte, passte. Schweigend fuhren die Männer durch die Nacht zurück. In Roetgen über die Rosentalstraße rechts in die Hauptstraße. Sie parkten vor dem „Brunnenhof". Einige Minuten beobachteten sie die Nacht. Nichts bewegte sich. Auf dem Markt beim Rathaus vor der Kirche war alles ruhig. Wie ausgestorben. Jeder nahm seine Handschuhe, Armin das Brecheisen und die Kettensäge. Rudi die ausziehbare Leiter. Spezialanfertigung. Und ab geht die Post.

Durch den Seiteneingang drangen sie in die Kirche ein. Einige Minuten mussten sie sich an die Dunkelheit gewöhnen. Von der Decke hing der „Rheinische Engel". In zehn Metern Höhe. Das Objekt der Begierde des belgischen Sammlers. Rudis Auftraggeber. Eine halbe Million Belgische Franken sollten sie bekommen. Eigentlich wenig Risiko.

Sie stellten gemeinsam die Leiter auf. Sie reichte. Vorsichtig stieg Rudi Schröder hoch. Als er die Metallkette ansägte, die den „Rheinischen Engel" hielt, zog Armin plötzlich die Leiter zur Seite. Rudi fiel kopfüber. Direkt vor seine Füße. Leise, ohne ein Wort zu sagen. Kein Schrei. Stumm wie ein Sack. Der Aufprall hörte sich an, als würde ein Stück Holz zerbrechen.

Armin Langbein ging, das Brecheisen holen. Mit diesem näherte er sich langsam, vorsichtig dem bewegungslos am Boden liegenden Rudi. Er wollte es endgültig, unumkehrbar machen. Als er seine Halsader fühlte, wusste er: Es war alles vorbei. Er musste nicht nachhelfen. Rudi war tot ...

Mit dem Streifenwagen wurde er ins Polizeipräsidium nach Aachen gefahren. Er hatte selbst mit seinem Handy „110" angerufen. Einen Krankenwagen verlangt. Der kam zeitgleich mit der Polizei.

„Wehrhafter Rheinischer Engel", betitelte eine Zeitung ihren Bericht am übernächsten Tag.

Im Polizeipräsidium in Aachen in der Soers herrschte gegen drei Uhr morgens wenig Betrieb. Eine erste Vernehmung. Nichts ausgesagt. Die Nacht in einer kahlen Zelle verbracht. Anwalt angerufen.

Am anderen Tag gegen Mittag wurde er zu Axel Stüver von der Mordkommission gebracht. Sein Anwalt, Alfred Pauls, wartete im karg möblierten Zimmer.

Kriminalhauptkommissar Stüver war gelangweilt. Einfache Sache. Sakraler Einbruchsdiebstahl. Auf frischer Tat ertappt.

„Clever eingefädelt", sagte Stüver.

„Wenn alles gut gegangen wäre, hättet ihr die Autos in Raeren getauscht, um mit dem Volvo wieder nach Hause zu fahren. In der Zwischenzeit hätte der Auftraggeber den 'Dukato' mit dem Diebesgut abgeholt. Wer war euer Auftraggeber?"

„Ich weiß es nicht", antwortete Armin und musste dabei nicht einmal lügen.

Und dann immer wieder Fragen über den tödlichen Unfall.

„Er fiel plötzlich. Ich merkte erst, was passiert ist, als ich den Aufprall hörte und Rudi liegen sah", gab Armin zu Protokoll.

„Gisela wusste nichts. Sie schlief, als wir losfuhren."

Die Polizei hatte den 'Dukato' untersucht. Nichts.

Das Haus in Steckenborn wurde von der Kripo auf den Kopf gestellt. Wieder nichts!

Gisela hatte von der nächtlichen Diebestour nichts gewusst. Stüver ließ sie ins Simmerather Krankenhaus einliefern. Schock!

Armin Langbein wurde wegen schweren Einbruchs angeklagt. Obwohl der Staatsanwalt versuchte, ihn als führenden Kopf darzustellen, gelang es Alfred Pauls, das Gericht von Armins Version zu überzeugen. Sein Klient sei nur Mittäter. Bisher unbescholten. Der führende Kopf mit der nötigen kriminellen Energie und den Kontakten zu den Auftraggebern sei der tote Rudi Schröder gewesen.

Drei Jahre auf Bewährung, lautete das Urteil.

Ein Jahr später. Armin sitzt im kleinen Wintergarten. Draußen schneit es. Eine große Schale mit Tomaten, frischem Basilikum duftendem selbstgebackenem Brot und Pecorino auf dem Tisch. Rotwein aus der Toskana. Giselas hübsches Gesicht ist von der Kälte gerötet. Mit wiegenden Schritten kommt sie zu Armin, gibt ihm einen überschwänglichen Kuss und die Tageszeitung. Triumph flackert in ihren Augen.

„Ich weiß, mein Schatz. Das Telefon steht nicht mehr still", sagte er und streichelte den Kater.

„Die Reportage ist große Klasse", stellte Gisela fest.

„Ist ja auch ein irrer Titel", sagte sie. „Indianer in Steckenborn. Das sind wir."

In der Zeitung stand eine Reportage über die Sweat Lodge ...

Hubert vom Venn

# Tod eines Despoten

Dienstvorschriften sind dazu da, missachtet zu werden.

Allen Anweisungen zum Trotzkopf steht im Büro von Karl Jerusalem, Kripobeamter der Eupener „Brigade Spéciale de Recherche", seit Jahren ein Plattenspieler, der von einem Ghettoblaster nur noch mit Ur-Opa angeredet wurde. Aus dem Lautsprecher im Deckel kratzte und ketzerte Wolf Biermann:

„Wenn endlich ein Despot erschlagen ist und tot, dann muss man auch sofort, sofort am selben Ort, mit Nadel und mit Faden, sein Arschloch fest verschnüren ..."

Auch Alt-68er sind nur unverbesserliche Nostalgiker und unterscheiden sich in ihrer hündischen Anhänglichkeit zur Musik „ihrer Zeit" nur unwesentlich vom marschmusikschmetternden Opa Loriot'schen Zuschnitts. Karl Jerusalem, der in ostbelgischen Polizeikreisen nur „Der Freak" genannt wird, ist so ein Woodstock-Romantiker. Er sieht aus wie einer klischeeüberladenen Wohngemeinschafts-Satire entsprungen, fährt immer noch einen R4 und hört Musik, nur, wenn sie zerkratzt ist.

Biermann legte nach: „... sein Arschloch fest verschnüren, vernähen und verriegeln, verklammern und heiß bügeln, verrammeln ganz und gar, vernieten und verlöten, schön luft- und wasserdicht, damit die ganze Schar, damit all die Lakaien, die krochen da hinein, für ewig drinnen bleiben!"

Der Kripobeamte schrie auf. Auf seinem Tisch lag eine Dienstanweisung, nach der er sich „Beamter des dekonzentrierten gerichtlichen Dienstes der föderalen Polizei" nennen sollte. Er knüllte die Dienstanweisung zusammen und schmiss sie hinter sich an die Wand:

„Welches kranke Hirn hat sich das wieder ausgedacht?"

Als es wenig später an die Tür klopfte, kramte er gerade nach einer 'Best of Troggs'-Platte.

„Ach, du Scheiße", entfuhr es ihm halblaut, „ich habe ja total den Neuen vergessen, der mir ab heute zugeteilt ist."

Karl Jerusalem nahm lockere Haltung an.

„Herein", rief er, peinlichst darauf bedacht, seiner Stimme einen Nichtchef-Tonfall zu verleihen. Immerhin schmückt seine Gewerkschaftsnadel schon ein silberner Lorbeerkranz.

'Ach, du dickes Ei, was für ein blasierter Beau', dachte er nur noch, als der neue Kollege das Büro betrat. Wenn Karl Jerusalem wie die übertriebene Besetzung eines Müslis aussieht, so musste der Neue dem Katalog „Rank und schlank in der Bank" entsprungen sein. Karl Jerusalem wunderte sich nur noch, dass die Erscheinung vor ihm nicht auch noch ein Designerschildchen auf der Stirn trug.

'Modell Lackaffe', befand er, 'der sieht ja aus wie ein fein gemachtes Stück Seife.'

„Schönen guten Tag, Herr Jerusalem, mein Name ist Patrick Legros, ich soll mich ..."

„Ja, ja, ich weiß schon Bescheid", knurrte der Kripobeamte schon etwas arbeitnehmerunfreundlicher und versuchte im Verhalten des Neuen eine Bestätigung für seine eben erfolgte Affenlackierung auszumachen.

Doch Patrick Legros war einfach nur freundlich.

'Der verstellt sich doch', dachte Jerusalem, verfiel dann aber wieder in seinen silbernen Lorbeerkranz-Ton:

„Sie sollen die nächsten Monate bei mir bleiben. Man hat Ihnen sogar einen Schreibtisch in mein Büro gestellt."

Jerusalem hatte das „mein" bewusst betont, doch er konnte immer noch nichts Negatives auf dem Gesicht von Patrick Legros ausmachen.

„Wie jeder gute Lehrling muss der mein Büro putzen, den Hof kehren und mir zweimal pro Tag Milch aus dem GB holen", wunschbildnerte Jerusalem, als das Telefon schellte. Mit einer gönnerhaften, weit ausholenden Geste wies er auf den beigestellten Katzentisch und meldete sich schnarrend:

„Jerusalem!"

„Hier ist Paul, Paul Cossonet, du erinnerst dich noch? Aus Aigues-Mortes."

„Aber sicher", jubilierte Karl Jerusalem, der alle Designerschildchen an der Kleidung des Neuen vergessen hatte.

„Der Fall Thierry Contrafatto." Jerusalem spielte auf einen Mordfall im Ganoven-Milieu an, der ihn vor einem Jahr in die Camargue geführt hatte.

Nachdem ausschweifende, südeuropäische Begrüßungsfloskeln ausgetauscht waren und der französische Gendarmerie-Hauptmann sich sogar nach dem werten Befinden des R4 erkundigt hatte, kam er zur Sache:

„Hier bei uns ist gestern Abend einer von euch da oben Opfer eines Attentats geworden. Euer Minister, dieser Walter Hermanns, auf der Place St. Louis, du erinnerst dich, der Platz mitten in der Stadt."

Karl Jerusalem pfiff durch die Zähne. Dann fiel ihm nichts Geistreicheres als das Zurechtrücken des ostbelgischen Ist-Zustands ein:

„Der ist seit der letzten Wahl nicht mehr Minister. Nur als Information. Aber dass der umgelegt worden ist - ein Hammer. Was ist denn genau passiert?"

Jerusalem erfuhr, dass der Ex-Minister durch eine winzige Ladung Plastiksprengstoff, der sich offensichtlich im Handy in der Brusttasche befunden hatte, getötet wurde. Die Sprengung hatte ihm förmlich das Herz aus dem Leib gerissen. Durch einen Anruf war die Zündung ausgelöst worden.

Der französische Gendarmerie-Hauptmann erklärte die näheren Umstände:

„Euer Minister, pardon Ex-Minister, war mit einer Bekannten zum Essen gegangen, draußen vor dem 'Café du Commerce', als das Handy klingelte. Es machte nur 'Buff' - er war sofort tot. Da die Ladung genauestens dosiert war, sagen wenigstens unsere Sprengstoffexperten aus Arles, wurden Umstehende nur geringfügig verletzt ..."

„Komisch, dass von so einem Sprengstoffanschlag noch nichts im BRF gekommen ist", unterbrach ihn der Eupener Kollege.

Paul Cossonet lachte.

„Südfrankreich ist groß, die Redaktionen der Zeitungen und Agenturen sind in Montpellier, das kann dauern. Aber bei uns versickert so etwas auch nicht in den Camargue-Sümpfen, seit einer Stunde ist das lokale Radio voll damit."

Karl Jerusalem begriff langsam die Tragweite der Meldung.

„Bei euch da unten ist das ein einfacher Mord, hier bei uns aber ein Politikum. Der Hermanns war früher einer unserer Landesfürsten ..."

Paul Cossonet blieb gelassen.

„Das mit den Fürsten ist ja mehr so eure belgische Sache. Offiziell liegt natürlich die Zuständigkeit bei uns, ich könnte mir aber vorstellen, dass das Motiv eher bei euch zu suchen ist. Könntest du uns da helfen? Eine dienstliche Anfrage muss ich noch über Interpol stellen, aber ich dachte, dass wir beide schon mal den Dienstweg der Freunde einschlagen können."

Karl Jerusalem beeilte sich, seinem Kollegen jede Unterstützung aus Eupen zuzusichern, dann beendete er das Gespräch:

„Ich werde dich auf dem Laufenden halten."

Erst dann nahm er wieder den Neuen wahr, der ihn gespannt anschaute.

„Los, los", fuhr er diesen an, „das Lätzchen abgenommen und in die Hufe. Der Hermanns ist in Südfrankreich weggepustet worden. Es scheint so, dass Sie sich schon am ersten Tag einen Knick in Ihre Bügelfalten einhandeln werden."

Noch immer blieb Patrick Legros höflich.

Wenig später standen beide auf dem Polizeihof am R4 des Beamten:

„Schieben Sie mal an", befahl Karl Jerusalem, als sein Wagen wieder einmal nicht anspringen wollte. Patrick Legros tat, wie angeordnet, und selbst genaue Beobachter konnten noch nicht einmal ein Zucken der Mundwinkel ausmachen.

Nachdem die Rostbeule heulend angesprungen war, fuhren die beiden knatternd los. Karl Jerusalem warf noch schnell seinen Recorder an, den Noah über die Sintflut gerettet hatte: „It ain't me Babe" nölten die Turtles. Vor dem Eupener Rathaus parkte er genau in der Zufahrt.

„Hochpolitische Angelegenheit", rief der Kripomann nur, als Pförtner Walter Mevissen, der die Stelle als Geschenk für 25-jährige Mitgliedschaft in DER Partei erhalten hatte, schimpfend („Mais jo, da können wir aber nicht stehen bleiben!") aus dem Rathaus schoss.

Staatsanwalt Marcel Leclerc, der Prokurator des Königs, schaute erstaunt auf, als Karl Jerusalem mit dem Neuen in sein Büro stürmte.

Nachdem der Kripomann den Prokurator hastig über den Anruf aus Südfrankreich informiert hatte, beschloss man, zunächst in Ostbelgien das Leben des ermordeten Ex-Ministers zu durchleuchten.

Bei Verlassen des Büros konnte der Prokurator seinem langjährigen Weggefährten in einem günstigen Augenblick noch schnell ein „Mon dieu, der Hermanns war doch ein ausgemachter Stinkstiefel" zuraunen.

Patrick Legros hatte das nicht gehört.

Als Karl Jerusalem zu seinem Wagen kam, stand der Neue schon schiebebereit hinter dem R4.

„Nur einmal am Tag, dann ist er warm", raunzte der Kripomann.

„Sie können mich nicht leiden", sagte Patrick Legros ruhig und schaute seinen neuen Chef an.

„Ach Quatsch", antwortete dieser, „ich bastele Sie mir schon zurecht. Und morgen kommen Sie nicht in dieser Beerdigungskluft. "

Dann lachte er und reichte dem Neuen die Hand.

„Wir fahren jetzt erst mal zum Ministerbunker. Ich muss mir über diesen Hermanns ein genaues Bild machen."

An der Klötzerbahn parkte er auf dem ausgewiesenen Platz einer Telefongesellschaft und fragte sich zum Büro des Attachés Hans-Hermann Berghausen durch, der ihm schon oft bei kleineren Recherchen helfen konnte.

Berghausen, der in einem winzigen Büro unter dem Dach residierte, machte keinen Hehl daraus, dass er seinen dahingerafften Parteifreund Hermanns nicht unbedingt ins Herz geschlossen hatte. Dabei betonte er, mit einem Seitenblick auf Legros, einige Male zu viel, dass „mir so ein Ende natürlich nahe geht, man hat immerhin Jahre zusammengearbeitet, freundschaftlich zusammengearbeitet".

Der Attaché ließ allerdings auch keinen Zweifel daran, dass er den Ex-Minister nicht unbedingt mit den Attributen „seriös" und „politisch sauber" bedenken würde.

„Ohne den weißen Marsch wär der heute Minister-Präsident von Ostbelgien. Wobei der Neue, ach lassen wir das ..."

Berghausen berichtete, dass Hermanns „auch wegen der Sache um den Gemüsegroßmarkt damals" für seine Partei nicht mehr tragbar gewesen sei. Daher hätte DIE Partei ihm klar gemacht, dass er selbst „aus beruflicher Überlastung" auf jedes politische Amt zu verzichten habe. DIE Partei habe ihm zunächst die Leitung eines Sportzentrums in der Eifel angeboten, „auf das wir einen Parteibuch-Zugriff haben".

Doch auf diesem Platz saß schon ein anderer Parteimüßiggänger, der „einfach zu viel weiß". Daher sei man heilfroh gewesen, als sich eine medizinische Lobbyfirma namens „Pro medical Europe" EU-günstig in Eupen niederlassen hatte und man im Gegenzug für ein paar kommunale Nettigkeiten den Ex-Minister dort als Geschäftsführer unterbringen konnte.

„Der Hermanns hatte natürlich überhaupt keine Ahnung von der Materie, dafür bekommt sein Stellvertreter von den Medizin-Fritzen aber ein höheres Gehalt. Aber das ist ja in Ostbelgien nichts Ungewöhnliches, dass die Stellvertreter die wahren leader of the gang sind."

Berghausen gab den beiden Ermittlern dann noch den Tipp, auch mal im Umfeld der Ehefrau zu ermitteln und „auch unsere Partei nicht zu vergessen".

Doch dem Attaché brannte noch eine Frage auf der parteischädigenden Seele:

„Kann ich dem vertrauen?", fragte er offen in Richtung Legros und wurde von Karl Jerusalem sofort in Sicherheit geschunkelt.

„Ein echter Profi, trotz seines Anzugs, ich habe mir den Jungen sogar ausgesucht."

Patrick Legros wurde einige Zentimeter größer, aber schon auf dem Flur wieder auf Normalgröße zusammengestutzt.

„Über dieses Gespräch gibt es aus Ihrem Mund nur eins zu sagen - nämlich nix." Legros nahm stramme Haltung an und zwinkerte schon etwas vertrauensvoll seinem neuen Chef zu.

Beide fuhren zur Kantine der Justizverwaltung, wo der erfahrene Kripomann seinem neuen Kollegen bei Pommes frites und Wiener Schnitzel, das gegen alle Traditionen nicht links und rechts über den Teller hing, seinen Plan erläuterte.

„Ich darf Sie noch nicht alleine losziehen lassen, - wenn ich mich an die Vorschriften halte. Mach ich aber nicht! Ich finde nämlich, dass man in unserem Scheißjob nur gut wird, wenn man volle Kanne ins kalte

Wasser gestoßen wird. Und ich stoße Sie. Sie fahren gleich in die Eifel zu Hermanns Frau, und ich schaue mir mal diesen medizinischen Verband in Eupen an. Haben Sie eigentlich einen eigenen Wagen?"

Patrick Legros war diese Frage peinlich. Daher umging er geflissentlich eine bayrische Markenbezeichnung ab Werk.

„Meine Kiste steht am Werthplatz."

„Gut, dann bringe ich Sie hin und Sie fahren dann nach Bütgenbach, da wohnt der Hermanns, oder wohnte, muss es ja jetzt heißen. Hier die Adresse."

Er reichte dem Neuen einen Zettel, auf dem er die Adresse notiert hatte.

„Fühlen Sie mal der Witwe auf den Zahn. Aber vorher schön auf Beileid und so machen."

Zehn Minuten später hielt Jerusalem an einem schwarzen BMW-Cabrio, das auf dem Werthplatz parkte.

'BMW, Söhnchenauto, habe ich es doch geahnt', dachte der Kripomann diesmal nur noch. Er ließ seinen R4 am Wertplatz stehen und ging die wenigen Meter zur Geschäftsstelle der „Pro medical Europe" in der Gospertstraße zu Fuß.

Das Büro befand sich im Hinterhof eines restaurierten Altbaus und war mit den teuersten Designer-Geschmacksverfehlungen eingerichtet, die Büro-Einrichtungshäuser so rausrücken. Die Sekretärin am Empfang, echtblond, Brille nur Show, empfing den Kriminalbeamten schnepfenhaft.

„So, zu einem zweiten Geschäftsführer, zu dem wollen Sie also? Herr von Schlee ist im Augenblick nicht zu sprechen. Ich kann Ihren Namen aber gerne vormerken. Von welcher Firma sind Sie denn?"

Dabei ließ sie einen abwertenden Blick über das Alt-68er Outfit des Beamten kreisen. Karl Jerusalem beugte sich über die Empfangstheke und sprach ganz leise.

„Hör mal Schätzchen, du bewegst jetzt auf der Stelle dein in einer viel zu engen Hose verpacktes Hinterteil zu deinem Chef und sagst ihm, ohne dass du die Augen verdrehst, dass ein schlecht gekleideter Typ namens Jerusalem ihn innerhalb von 30 Sekunden sprechen will. Und dann sagst du noch, ohne mit der Brust zu wackeln, dass dieser schlecht erzogene Typ ein Bulle von der 'Brigade Spéciale de Recherche' ist und in Sachen Mord ermittelt. Und zwar Mord an deinem Oberchef Hermanns."

Die Sekretärin hatte offensichtlich noch nichts vom Tode Hermanns erfahren und stieß einen viel zu spitzen Schrei aus. Dann lief sie, einen Tränensturz vortäuschend, davon. Sekunden später stürzte der stellvertretende Geschäftsführer aus dem Zimmer.

„Was sagen Sie, Hermanns ist tot?"

Der Typ war Jerusalem gleich unsympathisch. Knapp dreißig Jahre, versuchte er von seiner Jung-Glatze mit einer modischen Kurzhaar-Frisur abzulenken. Trotzdem gelang es ihm damit nicht, nur einen Hauch von einem gewissen Brandauer- oder Löwitsch-Sex auszustrahlen.

'Der sieht aus wie ein Schluck Wasser in der Kurve', dachte Jerusalem und stellte sich dessen langweilige Ehefrau vor, deren Vornamen er auf „Angelika" tippte. Dann kam er zur Sache.

„Ja, Ihr Chef ist tot. Ermordet! Und ich will jetzt von Ihnen nicht nur Ihren Namen, sondern auch etwas über den Verein hier wissen. Um Ihrer Frage, die Leute in Ihrer Position immer zuerst stellen, vorzugreifen. Nein, unter Verdacht stehen Sie nicht. Noch nicht. Und jetzt würde ich gerne in Ihr Büro gehen. Die Tür schließen. Wie war doch gleich Ihr Name?"

Verdutzt antwortete der stellvertretende Geschäftsführer sofort und streckte die Hand hin.

„Gestatten: Rima von Schlee."

'Ah, deutscher Landadel!', dachte Karl Jerusalem und ignorierte die Hand.

Dann wandte er sich zu der Sekretärin.

„Und Sie schwirren jetzt auf Ihren Platz ab, stellen keine Gespräche durch, lauschen auch nicht an der Tür und kommen auch keinmal mit der dämlichen Frage nach Kaffee rein. Habe ich mich klar ausgedrückt?"

Kein Widerspruch erfolgte. Selbst der smarte Rima von Schlee ging auf die Unverschämtheiten des Polizisten nicht ein. Er bot Jerusalem einen Platz in einer viel zu tiefen Sitzecke an und stotterte leicht.

„Ich habe wirklich nichts gewusst. Wie ist es denn passiert?"

„Man hat Ihren Boss in der Camargue mittels Auslösung eines Handyklingelns ermordet. Das Handy war mit Plastiksprengstoff präpariert, wurde offensichtlich durch einen Anruf gezündet und jagte Hermanns in die Luft. Der Mörder brauchte also noch nicht einmal nach Frankreich zu fahren, sondern konnte den Mord von jedem Platz der Welt auslösen. Ach, übrigens, kann ich das Büro von Hermanns mal sehen? "

Rima von Schlee wurde leicht verlegen.

„Das ist ein Problem. Herr Minister a. D. Hermanns war zwar unser Chef, doch ein eigenes Büro hatte er hier nicht, da er mit, wie soll ich sagen, repräsentativen Aufgaben außerhalb unseres Hauses beschäftigt war."

„Auf gut Deutsch", konterte Jerusalem, „Hermanns hat nie einen Finger gerührt, von der Materie überhaupt keine Ahnung und hielt bei Empfängen nur Sektgläser für die 'Pro medical Europe' hoch. Wahrscheinlich ist auch noch eine politische Schweinerei bei Ihrer Ansiedlung in Eupen gelaufen, da DIE Partei Ihren unbeliebt gewordenen Ex-Minister loswerden und versorgen musste, weil er politisch untragbar und als Zuvielwisser mundtot gemacht werden musste. Da habt Ihr dann einfach eine Nix-Stelle geschaffen. Richtig?"

Rima von Schlee kratzte sich an seinem Haarkranz.

„Das müssen Sie mit unserer Zentrale in Berlin besprechen, mit Firmenpolitik beschäftige ich mich nicht."

„Mann, Sie wollen mir doch nicht erzählen, dass Sie nicht schnallen, was hier abgeht. Die Regierung hat irgendetwas für Ihren Verein getan und ihr habt im Gegenzug den Hermanns auf ein bezahltes Abstellgleis gestellt. Ist doch nichts Ungewöhnliches. Und jetzt mal ganz von vorne. Was medizinkaspert ihr hier rum?"

Der vermeintlich stellvertretende Geschäftsführer nahm tief Luft.

„Also, unser Verband, den Sie übrigens völlig falsch einschätzen, hat es sich zum Ziel gesetzt, in Europa, und natürlich bei den verschiedenen politischen Einrichtungen in Brüssel, die politischen Gegebenheiten für eine humane Gentherapie zu schaffen. Das ist in Europa, ganz im Gegensatz zu den Staaten, noch ein sehr sensibles Thema."

„Und was macht ihr? Klont ihr wild durch die Gegend? Vielleicht hat unser Minister-Präsident ja überhaupt nichts abgenommen, sondern wurde von euch aus dem Verkehr gezogen, und dann als dünner Klon wieder eingesetzt."

„Sie können beruhigt sein, Ihr Minister-Präsident ist schon Ihr Minister-Präsident ... Aber zu Ihrer Frage: Vereinfacht ausgedrückt - mit einer Art Spritze führen wir funktionierende Gene in geschadigte menschliche Zellen ein und können dort Gen-Schäden beheben. Wir Fachleute nennen das Ornithintranscarbamylase, kurz OTC."

„Klingt alles nach Frankenstein!", warf Karl Jerusalem ein.

„Sie würden nicht so sprechen", verteidigte sich Rima von Schlee, „wenn Sie ein behindertes Kind hätten, dem mit diesem verhältnismäßig harmlosen Eingriff eine Behinderung fürs Leben erspart bleiben könnte."

„Und welche Rolle spielte nun Hermanns in Ihrem Horror-, pardon Human-Verein?"

Der stellvertretende Geschäftsführer ging über die Spitze hinweg.

„Wie gesagt, in Europa ist das alles noch ein sehr sensibles Thema. In Amerika darf dagegen schon gearbeitet werden. Zum Beispiel an der University of Pennsylvania."

„Pennsylvania! Klingt ja schon fast wie Transsilvania! Noch mal: Was machte Hermanns? Der war doch früher Versicherungsvertreter in der

Eifel und hatte von Medizin nur soviel Ahnung, wie er für den Abschluss einer Reise-Krankenversicherung brauchte."

„Herr Minister a. D. Hermanns leitete unsere Stiftung. Er suchte für uns Personen, denen mit OTC geholfen werden kann. Auf unsere Kosten werden diese Menschen in den Staaten behandelt und wir können dann in Europa, zum Beispiel in medizinischen Fachzeitschriften, bei Kongressen, vor Politikern, diese Erfolge vorführen und somit für dieses Thema sensibilisieren."

„Ich halte fest: Hermanns suchte Versuchskaninchen."

„Wenn man der Sache negativ gegenübersteht, kann man es vielleicht so formulieren. Ich würde mich Ihrer Auslegung aber nicht anschließen."

„Hat Hermanns denn schon Versuchskaninchen für die Amis gefunden?"

„Sie werden verstehen, dass das unter die medizinische Schweigepflicht fällt."

„Und hinter dem ganzen Mist steht wahrscheinlich wieder ein Stab von Ärzten mit Dollarzeichen in den Augen und natürlich die Pharmaindustrie. Kurzum: Alle wollen die schnelle Kommerzialisierung der Gentherapie."

„Ja, ja", wurde Rima von Schlee zynisch, „die Geschichte ist voll von Menschen, die für ihre revolutionären Ideen auf den Scheiterhaufen gehen und Jahrhunderte später von Päpsten rehabilitiert werden mussten."

„Amen", warf Karl Jerusalem ein, „nun noch einige Fragen zu Ihrer Person. Sie machen hier auf Stellvertreter, sind aber in Wirklichkeit der Boss. Der Hermanns spielte aber in der Öffentlichkeit den großen Zampano. Störte Sie das nicht?"

„Ich bin nicht eitel und gehöre auch nicht zu den Menschen, die ihre eigenen Bilder im *Grenz Echo* zählen. Aber zu Ihrer Frage: Ich bin deutscher Staatsbürger, habe einen medizinischen Abschluss, war dann in der Charité in Berlin beschäftigt ..."

'Auch noch ein Ossi ...', dachte Karl Jerusalem.

„... und arbeite seit drei Jahren für 'Pro medical Europe'. Nach dem Aufbau dieses Büros werde ich nach Berlin zurückkehren. Zu Minister a. D. Hermanns hatte ich ein gutes Verhältnis und, um Ihre wahrscheinlich nächste Frage schon zu beantworten, auch keinen Grund, diesen zu ermorden."

„Nun denn", sagte Karl Jerusalem und wollte sich schon verabschieden, als Rima von Schlee ihn fest ansah:

„Ich bin zwar nur Gast in Ihrem Land. Aber mich verwundert doch leicht Ihr barscher Ton. Sind alle belgischen ..."

„Das haben wir von Schimanski gelernt - live und ohne Untertitel!", unterbrach ihn Karl Jerusalem, tippte leicht mit dem Zeigefinger an die Stirn und verließ an einer beleidigt dreinschauenden Sekretärin das Büro der 'Pro medical Europe'.

Am Ausgang blieb er plötzlich wie angewurzelt stehen. Irgendetwas auf dem Schreibtisch der Sekretärin hatte sein Interesse geweckt. Er wusste bloß nicht was. Da war aber was gewesen. Er ging zurück und beugte sich über die erschrocken hochfahrende junge Frau, die ihn gar nicht bemerkt hatte. Vor ihr lag eine Spesenabrechnung, auf der ein Flugticket Düsseldorf - Montpellier via Paris geheftet war. Danach war Rima von Schlee erst am späten Morgen aus Südfrankreich zurückgekommen. Mit einem schnellen Griff zog Karl Jerusalem die Abrechnung an sich - die Sekretärin protestierte nur schwach. Unter Betreff sah er auf einem Spesenformular nur das Wort 'Ärzte-Kongress', neben dem Flugticket war noch die Hotelrechnung eines 'New Hotel Du Midi' und Verzehrspesen aus einer „Le Sushi Bar" angeheftet.

„Sieh an, sieh an, unser armer Adel war keine dreißig Kilometer vom Tatort entfernt."

In diesem Augenblick betrat Rima von Schlee den Raum und erkannte sofort die Unterlagen in der Hand des Kripobeamten.

„Herr Kommissar, Sie denken jetzt bestimmt in eine völlig falsche Richtung. Ich habe für ..."

„Lassen Sie's nur gut sein, Eure Lordschaft. Ich glaube, wir sehen uns bald wieder."

Dann verließ er die Lobby.

Wieder in seinem Wagen, rief er über Handy seinen Freund Robert Sion in der Redaktion des *Grenz Echo* an.

„Können wir uns in der Kantine vom GB treffen. Ich muss etwas Dringendes mit dir besprechen."

„Oh, die Staatsgewalt lädt in die erste kulinarische Adresse der Stadt Eupen ein. Da muss es ja wichtig sein. Übrigens: GB heißt jetzt Carrefour."

„Und Raider heißt jetzt Twix! Von einladen habe ich übrigens kein Wort gesagt", antwortete Karl Jerusalem und beendete das Gespräch.

Eine halbe Stunde später trafen sich die beiden im Carrefour. Karl Jerusalem stocherte in einer Mousse rum, während sich Sion eine Pastete geholt hatte. Natürlich wusste der *Grenz Echo*-Mann schon, dass Walter Hermanns in der Camargue ermordet worden war.

Karl Jerusalem versorgte den Redakteur mit einigen Details, die nicht in der Belga-Meldung gestanden hatten. Dann kam er zum Gegengeschäft.

„Du wolltest dem Hermanns doch immer was anhängen und hast ihm ja auch manchen Schuss vor den Bug gesetzt. Was hat es mit dieser Gen-Geschäftsstelle auf sich?"

„Höchst dubiose Geschichte. Der Hermanns hat konkret Eltern von behinderten Kindern in Ostbelgien angesprochen und denen die Behebung der Behinderung versprochen. Sein sauberer Verein übernahm angeblich alle Kosten, also auch Flug und Spesen. Einige Eltern, habe ich gehört, wollten ihre Kinder auch in die Staaten schicken, doch dann gab es in der Eifel diesen Todesfall."

„Was für einen Todesfall?"

„Viel Genaues weiß ich nicht", räumte der Journalist ein, „doch aus Burg-Reuland ist ein Junge gestorben. Und zwar genau in dem Krankenhaus in Amerika, in das der Hermanns den geschickt hatte."

„Das war nicht zufällig in Pennsylvania?"

„Doch, doch, ich glaube das stand so bei uns in der Todesanzeige."

Jerusalem küsste den *Grenz Echo*-Redakteur auf die Stirn.

„Wenn das eine heiße Spur ist, lade ich dich in die 'Vier Jahreszeiten' ein."

Der Neue war inzwischen nach Bütgenbach gefahren, um die Witwe des ermordeten Politikers aufzusuchen. Das Haus der Familie lag an einem Hang mit unverbautem Blick auf den See.

„Welche Seilschaften waren wohl für diese Baugenehmigung erforderlich", dachte er, als er an dem herrschaftlichen Zugang zur Villa klingelte.

Aus einem Lautsprecher vernahm er ein „Ja, bitte".

„BSR Eupen, mein Name ist Patrick Legros. Ich möchte Frau Hermanns sprechen."

„Das bin ich. Einen Augenblick, ich öffne Ihnen sofort. Bitte lassen Sie Ihren Wagen nicht an der Straße stehen. Sie können bis vor das Haus fahren."

Der Neue fuhr seinen BMW über einen gepflegten Kiesweg zur Villa und parkte neben dem Fahrzeug eines Eifeler Bestattungsunternehmers. Als Legros das Haus betrat, verabschiedete sich dieser mit einer zu dick aufgesetzten Trauermiene. Anita Hermanns, eine elegante Mittfünfzigerin, der man trotz der dick aufgetragenen Schminke noch eine gewisse Eifeler Biederkeit ansah, bat den jungen Polizisten in das Wohnzimmer, wo eine Sitzgruppe an einen offenen Kamin nach „Schöner Wohnen"-Anweisung deplaciert worden war.

„Etwas zu trinken?", fragte die Politiker-Witwe. Der Neue versuchte vergeblich, Trauer in ihren Zügen festzustellen.

„Ein Wasser", antwortet er.

Aus einer Minibar, die geschmacklos neben dem Kamin in die Wand eingelassen war, holte die Witwe eine Flasche „Bru", sich selbst schenkte sie ein randvolles Glas „Noilly Prat" ein. Dann zeigte sie auf die Minibar.

„Das Ding kommt nächste Woche als erstes weg. Mein Mann neigte zu gewissen neureichen Geschmacklosigkeiten. Meine Familie dagegen besitzt schon seit Generationen ein Sägewerk in Hellenthal, also auf der deutschen Seite. Wir brauchen keinen Kühlschrank im Wohnzimmer, um zu beweisen, dass wir vermögend sind. In der deutschen Eifel weiß man das einfach. Aber mein Mann ..."

Sie nahm einen kräftigen Schluck und schaute Patrick Legros bitter an.

„Wenn Sie jemanden suchen, der ein Motiv für den Mord an meinem Mann haben könnte: Ich stehe vor Ihnen. Mein Alibi wackelt. Ich war keine sechs Kilometer vom Tatort entfernt, alleine in unserem Ferienhaus in Le Grau du Roi. Mein Mann liebte in Restaurants nämlich die Begleitung seiner französischen Pissnelke."

Der Neue hatte sich sein erstes Verhör etwas anders vorgestellt. Doch bevor er seine erste Frage stellen konnte, fuhr die bittere Witwe fort und schüttete noch etwas „Noilly Prat" nach.

„Als man mir die Todesnachricht überbrachte, habe ich die Camargue kurz darauf verlassen. Ich legte nämlich keinen Wert darauf, einen toten Mann zu begleiten, der mich lebend immer nur nachkommen ließ, damit seine Nüttchen sturmfreie Bude hatten. Ich glaube, die Leiche ist von den Franzmännern aber auch noch nicht freigegeben worden."

Da Anita Hermanns wieder einen kräftigen Schluck nahm, konnte Patrick Legros endlich zu Wort kommen.

„Und? Haben Sie ihn ermordet?"

„Ja, ich hätte ihn umbringen können, so habe ich ihn gehasst. Leider ist mir jemand mit mehr technischem Verständnis zuvor gekommen. Aber so einen Menschen kann man sich natürlich auch besorgen. Junger Mann, schauen Sie doch nicht so betroffen. Ich war es nicht. Leider nicht. Nur in meiner Fantasie. Mein Mann war ein Kotzbrocken. Natürlich auch nicht immer. Aber acht Jahre Minister haben ihn größenwahnsinnig gemacht."

Patrick Legros zählte schon den dritten „Noilly Prat", überlegte fieberhaft eine Frage, als Anita Hermanns schallend auflachte.

„Wenn er von einem deutschen oder französischen Minister sprach, nannte er diese immer 'Mein Kollege aus Berlin oder Paris'. Stellen Sie sich das doch einmal vor. Ein Gebiet, kleiner als der Kreis Euskirchen. Da wäre mein Mann wahrscheinlich noch nicht einmal Ortsvorsteher von Hollerath geworden. Da hätte er sich auch kein Kirchengrundstück in Schoppen unter den Nagel reißen können. In Deutschland guckt man Politikern nämlich auf die Finger."

Patrick Legros wollte nicht in eine Diskussion über den Charme kleiner politischer Gebiete wie Ostbelgien einsteigen. Daher schwieg er. Vor seinem geistigen Auge schlugen sich derweil die Herren Leisler-Kiep und Kohl vor Lachen auf die Bäuche.

„Ihre Ehe bestand also nur noch auf dem Papier?"

Der „Noilly Prat" verfehlte nicht seine Wirkung.

„Das hast du richtig erkannt, Jungchen. Dieses Schwein, möge er in der Hölle braten, hat mein ganzes Leben kaputt gemacht. Ich habe nach unserer Hochzeit weiter im Büro unseres Sägewerks in Hellenthal arbeiten müssen, weil die Versicherungsagentur damals noch nichts abwarf. Als er sich langsam bekrabbelte und in DER Partei die ersten Pöstchen bekam, Versicherungsvertreter macht man gerne zu Kassenprüfern, hatte er auch schon bald seine ersten Hürchen. Natürlich streng geheim, ich bin erst Jahre später dahintergekommen. Und dann gab er sich auch gar keine Mühe mehr mit Geheimnistuerei. Es störte ihn überhaupt nicht mehr, wenn ich neben ihm stand und seine Prahlereien mithören musste. Mal nannte er eine Mitarbeiterin DER Partei - wahrscheinlich aus Erfahrung - nur den Nass-Orgasmus oder schickte mich sogar in unserem Haus, das meine Eltern damals größtenteils finanziert haben, ins Gästezimmer, wenn er für seine Nutten unser Ehebett brauchte. Er machte noch nicht einmal die Schlafzimmertür zu ..."

„Und warum haben Sie so einen Menschen nicht verlassen?", fragte Patrick Legros in einem schon fast privaten Tonfall. Anita Hermanns zuckte nur mit den Schultern und schüttete sich noch einmal das Glas voll.

„Was sollte ich denn machen, mit zwei kleinen Kindern? Und dann in der Eifel? Wie hätte ich denn da vor meiner Hellenthaler Familie gestanden?"

„Wie alt sind Ihre Kinder?"

„Unser Sohn Hermann, stellen Sie sich das nur mal vor, Hermann Hermanns, mein Mann fand das toll, weil mal ein deutscher Minister Lauritz Lauritzen oder so ähnlich hieß, also Hermann ist 28 Jahre und arbeitet bei der *Deutschen Bank* in Luxemburg. Unser Tochter Simone studiert in Neu-Löwen Romanistik."

„Wie haben Ihre Kinder den Tod des Vaters aufgenommen?"

„Unser Sohn sprach schon seit sechs Jahren nicht mehr mit seinem Vater, Simone hat geweint."

„Frau Hermanns, ich muss das jetzt fragen, verstehen Sie mich nicht falsch: Haben Sie etwas mit dem Tod Ihres Mannes zu tun?"

Die gebrochene Witwe schaute Legros lange an.

„Nein, leider nicht! Ich habe noch nicht einmal den Auftrag geben können. Jetzt ist es zu spät. Jetzt kann ich ihn noch nicht einmal mehr erschlagen."

Sie trank mit einem Schluck das Glas leer. Patrick Legros erhob sich, reichte ihr die Hand und verabschiedete sich.

„Beileid brauche ich ja wohl nicht zu sagen."

„Nein, sagen Sie einfach: Herzlichen Glückwunsch!"

Als Patrick Legros die Witwe und Noilly Prat verließ, dachte er nur: 'Ein bisschen Leben ist ja da noch drin. Hoffentlich hatte der Typ wenigstens eine hohe Lebensversicherung auf ihren Namen abgeschlossen.'

Eine Stunde später betrat der Neue das Büro von Karl Jerusalem, in dem dieser mit Staatsanwalt Marcel Leclerc schon wartete. Nachdem Legros sein Gespräch, das Wort „Verhör" vermied er geflissentlich, mit Anita Hermanns geschildert hatte, hakte der Staatsanwalt nach.

„Alors, was glauben Sie, spielt die Frau uns was vor?"

Das Wort „uns" erfüllte den Neuen mit Stolz.

„Ich weiß es nicht. Sie war in Tatortnähe, sie hat Motive zuhauf, selbst der Sohn hasste seinen Vater, vielleicht auch ein möglicher Täter. Ich fand die Frau ehrlich, aber es war mein erstes Gespräch mit einem möglichen Verdächtigen."

„Nähe zum Tatort - da haben wir noch jemanden", warf Karl Jerusalem ein und schilderte ausführlich sein Zusammentreffen mit Rima von Schlee.

„Ich habe noch einmal beim *Grenz Echo* nachgefragt. Die haben mir den deutschen Großfürsten als absolut eitel geschildert. Auf jedes Bild hat der sich gedrängt ..."

„Ah bon, welcher ostbelgische Würdenträger macht das nicht ...?", warf der Prokurator ein.

„... überall hat er betont, dass er der wahre Chef der ‚Pro medical Europe' sei. Hermanns stand also auf jeden Fall seiner Eitelkeit im Wege."

„Und Rima von Schlee war in Südfrankreich, genau wie Anita Hermanns. Aber nicht nur die beiden ..."

Karl Jerusalem und Patrick Legros schauten den Staatsanwalt verwundert an.

„Ich lese auch nicht nur Berichte. Also: Über einen Informanten DER Partei ..."

„Ach, der ...", lachte Karl Jerusalem.

„Also, über den habe ich erfahren, dass der Hermanns wohl mit Erpressung reagiert hat, als ihn DIE Partei kaltstellen wollte. Da muss es mal so einen Vorfall mit einer Parteigröße und zwei Nutten bei einem europäischen Kongress von autonomen politischen Kleingebieten in München gegeben haben ..."

„Die haben aber auch nix ausgelassen", warf Karl Jerusalem ein, ehe der Prokurator fortfuhr.

„... olala, Lack und Leder, Fesselungen und diese Gummi-Gesichtsmasken, unter denen auch rhetorisch begabte Politiker nur noch 'Mümpf, mümpf' sagen können. Und jetzt der Hammer: Bis gestern befanden sich gleich fünf Politiker bei einem internationalen Kongress DER Partei in Marseille."

„Auch fast um die Ecke", bemerkte Karl Jerusalem, „und jetzt kommt noch etwas. Ich hatte doch von dem Tod eines Jungen aus Burg-Reuland erzählt und wollte heute die Eltern besuchen. Doch die kommen erst heute Abend aus dem Urlaub zurück. Und ratet mal, wo die waren?"

„In Südfrankreich", stöhnten der Staatsanwalt und Patrick Legros wie aus einem Munde.

„Woher wisst ihr das?", lachte Karl Jerusalem: „Bevor ich morgen nach Burg-Reuland fahre, rufe ich meinen Freund Paul Cossonet in Aigues-Mortes an. Der kann ja da unten schon einmal eine ostbelgische Zweigstelle einrichten."

Karl Jerusalem hasste Autobahnen, vor allen Dingen, wenn sie Gefälle und Steigungen hatten. Daher fuhr er, während Bruce Springsteen „Out in the street" dröhnte, über das Venn, Malmedy und St. Vith nach Burg-Reuland. Da er sich angekündigt hatte, erwarteten ihn Andrea und Josef Michaeli schon. Auf einem niedrigen Couchtisch standen auf gehäkelten Untersetzern Kaffeetassen und Gebäck bereit. Während Andrea Michaeli mit einer Kaffeekanne in die Küche ging, bot ihr Mann dem Beamten eine Platz an.

„So, so, der Hermanns ist also tot. Was soll ich dazu sagen? Unser Sohn Serge ist auch tot. Und ich weiß noch immer nicht, ob der Hermanns daran Schuld ist."

Frau Michaeli kam mit der Kaffeekanne zurück.

„Natürlich ist er das! Und wir auch! Wir hatten ein Sonnenkind. Gut, er hat die Schule so gerade geschafft. Er war leicht behindert, aber nicht bekloppt. Das müssen Sie nicht denken. Er würde noch leben, wenn nicht diese Sache in Amerika gewesen wäre."

„Erzählen Sie mir von der Sache", bat Karl Jerusalem.

„Das ist kompliziert", antwortete Josef Michaeli, „so genau wissen wir nämlich auch nichts."

„Ich habe aber ein paar Sachen begriffen", antwortete seine Frau. „Also, unser Junge hatte seit Geburt einen Leberschaden. Die Ärzte nannten das früher eine Leberkrankheit, in den letzten Jahren einen Genschaden. Seit seinem dritten Lebensjahr musste er täglich 50 Tabletten Natriumbenzoat schlucken. Wenn er das nicht getan hätte, wäre er ins Koma gefallen."

„Aber unser Sohn lebte damit, er lebte, verstehen Sie", warf Josef Michaeli ein, ehe seine Frau fortfuhr.

„Und er würde heute noch leben, wenn nicht eines Tages der Hermanns bei uns aufgetaucht wäre. Wir wissen bis heute nicht, wie er von der Krankheit unseres Sohnes erfahren hat. Er sprach anfangs immer von Heilung. Später räumte er dann ein, dass die Wissenschaft noch nicht soweit sei. Die Behandlung würde das Leiden lindern, aber auch nur für einige Monate: Heilen könnte man noch nicht. Da hätten wir die Sache abblasen müssen."

„Aber dann", ergänzte Josef Michaeli, „redete Hermanns auf unseren Sohn ein. Er erzählte, dass er mit seiner Behandlung vielen, vielen Babys helfen würde, die noch nicht geboren wären."

Jetzt wurde Andrea Michaeli richtig wütend.

„Mach es für die Babys, für die Babys, rief er immer, genau aus dem Sessel, in dem Sie jetzt sitzen. Da unser Junge ein guter Junge war, hat er schließlich zugesagt. Für die Babys. Immerhin war er 18 und volljährig."

„Und wir waren so feige oder auch froh, dass unser Sohn die Verantwortung übernommen hat", warf der Vater ein, „wir hätten hellhörig werden müssen, als Hermanns uns erklärte, dass die Ärzte in Amerika das Verfahren, nicht die Wirkung prüfen wollten. Kurzum: Sie brauchten unseren Sohn als Versuchskaninchen."

Karl Jerusalem konnte seine Betroffenheit nur schwer verbergen.

„Ich bin natürlich auch kein Arzt: Sicher werde ich mich in Lüttich mal fachkundig machen. Daher kann ich natürlich zu möglichen Unwahrheiten von Hermanns nix sagen."

Die Mutter wurde wieder zornig:

„Dem Hermanns war das alles doch scheißegal. Wahrscheinlich bekam er wie ein Katzenfänger eine Prämie. Er hat uns noch erklärt, dass man, um die gesunden, aber trägen Gene zu transportieren, unserem Sohn Erkältungsviren als so eine Art Fähre zur Leber einspritzen müsse. Das sei aber ungefährlich, höchstens Hepatitis könnte unser Sohn bekommen. Auch die Behandlung sei harmlos. Man würde einen Katheter zur Leber führen, in die rechte Leberarterie, um die Erkältungsviren und die gesunden Gene einzuspritzen."

Josef Michaeli erzählte traurig weiter.

„Unser Sohn ist dann alleine nach Amerika geflogen, der Hermanns hatte das Ticket besorgt. Wir wollten auch mit, aber für uns war kein Sponsor da, hat der Hermanns gesagt. Zwei Tage nach der Operation hat der dann aus Eupen angerufen und uns ganz lapidar mitgeteilt, dass unser Sohn gestorben sei. Das hätte aber nichts mit der Operation zu tun gehabt. Die Erkältungsviren seien schuld gewesen. Dann tat er so, als müssten wir ihm dafür dankbar sein, dass seine Organisation sogar noch eine Lebertransplantation in Erwägung gezogen hätte, doch die Milz und Nieren versagten vorher. Eiskalt sagte er dann weiter: Dann mussten die einfach den Schalter der Maschinen kippen, klinisch sei unser Sohn da nämlich schon tot gewesen."

Die Eltern brachen in Tränen aus und Andrea Michaeli schrie fast:

„Erst später haben wir erfahren, dass bei den früheren Versuchen die Hälfte der Affen gestorben sind. Am gleichen Tag, als auch unser Sohn operiert wurde, ist die Operation von zwei Amerikanern wegen Komplikationen abgebrochen worden. Nur bei unserem Sohn haben die das durchgezogen. Dieser Hermanns war dann für uns nicht mehr zu sprechen. Noch nicht einmal zur Beerdigung ist er gekommen und hat nur eine Karte geschickt ..."

„... mit fünfhundert Franken drin", warf Josef Michaeli ein.

Karl Jerusalem hasste seine nächste Frage und wollte sie recht unverfänglich klingen lassen. „Wie gesagt: Ich ermittele ja wegen der Ermordung von Walter Hermanns. Ich bin aber sicher, dass der Prokurator des Königs sich wegen Ihres Sohnes mit den amerikanischen Behörden in Verbindung setzen wird. Sie sagten mir, dass Sie in Südfrankreich in Urlaub waren ...?"

Andrea Michaeli schaute den Kripobeamten lange an.

„Ja, Herr Jerusalem, in La Grande Motte, nur paar Kilometer von Aigues-Mortes entfernt. Ich weiß, was Sie denken, aber wir haben mit dem Mord nichts zu tun. Eher sind wir schuld am Tod unseres Sohnes. Wir hätten ihm das alles mit Amerika verbieten müssen. Und jetzt stellen Sie Ihre Fragen. Es wird ja nicht täglich ein Politiker in Ostbelgien ermordet."

„Ich habe keine Fragen mehr", sagte Karl Jerusalem und verabschiedete sich.

Zwei Stunden später traf er sich in seinem Büro mit Patrick Legros und Staatsanwalt Marcel Leclerc. Jerusalem knackte mit den Fingern.

„Tja, Motive gibt es genug, mögliche Täter gibt es genug. Da liegt ein schönes Stück Arbeit vor uns."

Marcel Leclerc nickte zustimmend.

„Bon, ich habe mir etwas überlegt. Es ist ja schon irgendwie ein Über-Zufall, dass sich alle in der Nähe des Tatorts aufhielten. Nur mal so in den Papierkorb gesprochen: Könnte es nicht sein, dass alle unsere Verdächtigen sich in Südfrankreich getroffen haben, um den Hermanns gemeinsam zu töten?"

Karl Jerusalem zog die Augenbrauen hoch.

„Möglich ist alles."

„Voil..., ich würde vorschlagen", fuhr der Prokurator fort, „dass wir alle unsere Informationen zusammenfassen und sie den französischen Kollegen zur Verfügung stellen. Die sind immerhin zuständig und müssen ihre Schlüsse ziehen. Wir helfen ihnen natürlich bei den weiteren Ermittlungen. Und jetzt verabschiede ich mich."

Nachdem der Staatsanwalt gegangen war, schickte Karl Jerusalem auch den Neuen nach Hause. Als dieser bereits in der Tür stand, rief er ihn noch einmal zurück:

„Übrigens Legros, ich freue mich, wenn Sie morgen wieder mein Büro bevölkern. Bis dann überlege ich mir auch , ob ich nur noch Karl heiße. Aber ziehen Sie sich um Gotteswillen eine Jeans an."

Patrick Legros hob nur die Hand, dann ging er schnell, um auf dem Flur zu erröten.

Als Karl Jerusalem gerade die Füße auf den Tisch legte und die Hände hinter dem Kopf verschränkte, klingelte das Telefon. Er hob ab und hörte dem Anrufer lange zu. Dann legte er kurz den Hörer auf die Schulter, ehe er ruhig antwortete:

„Wissen Sie was! Ich habe diesen Anruf nie bekommen! Und Sie werden auch niemals wieder bei mir oder bei einem anderen anrufen. Und ihr Geständnis vergessen Sie mal schnell. Leben Sie wohl und leben Sie so gut wie Sie es können."

Karl Jerusalem legte den Hörer auf, drehte sich zu seinem Plattenspieler um und startete die LP, die dort noch immer auflag.

„Wenn endlich ein Despot, erschlagen ist und tot ..."

Ulrich Haag

# Stau

Freitag, 22.6., 14.49 Uhr

„Und wo stehst du gerade, Silke?"

„Ich stehe auf der A4 in Richtung Westen zwischen dem Kölner Westkreuz und dem Autobahnkreuz Kerpen."

„Prima, Silke. Wie lang ist der Stau deiner Schätzung nach?"

„Keine Ahnung. Ich stehe auf jeden Fall seit gut zwanzig Minuten hier, und nichts geht mehr!"

„Bei Kilometer wie viel stehst du denn, Silke?"

„Kann ich nicht sagen. Moment. Da vorne steht eine Tafel. Kilometer 67,5."

„Alles klar, Silke. Viel Spaß noch auf der A 4. Zur moralischen Unterstützung spielen wir deinen Lieblingshit."

„Das ist 'What's Love' von Tina Turner."

„Genau. Tschüss Silke, und lass von dir hören, wenn du wieder im Stau stehst! - Und Sie, liebe Hörerinnen und Hörer, wo auch immer Sie sich befinden, greifen sie zum Handy, melden Sie uns Ihren Stau. Stau-Radio Colonia - der schnellste Verkehrssender nach Feierabend.

Aber jetzt erst einmal Werbung."

„Telefon! Dreh das Radio doch mal leise!"

Die Pranke des diensthabenden Oberkommissars legte sich um den Hörer. „Polizeipräsidium Köln, Leitstelle für ..." Er klappte den Mund auf, schnappte nach Luft. „Was? Ein Geldtransport? Mach das Radio aus, Jansen! Ich verstehe kein Wort!"

Mit der Linken fuhr er vor sein Gesicht, presste den Hörer an den Kopf. Die Rechte fischte einen Kugelschreiber von der Tischplatte und kritzelte auf das nächstbeste Blatt.

„Mist! Ja, natürlich Großfahndung, was denkt ihr denn!" Er schnellte aus dem Schreibstuhl. Das Telefon machte einen Satz, baumelte an der Schnur. Er trug es mit Fassung. Irgendwann einmal würde auch seine Leitstelle die längst überfälligen schnurlosen Telefone bekommen!

„Was? Großeinsatz vor dem Düsseldorfer Landtag? Das interessiert mich nicht! Wir brauchen jeden Mann! Meine Güte, das Manöver haben wir doch oft genug geprobt! Was?" Er legte das Kinn auf die Brust und kroch förmlich in den Hörer hinein. „Ja. Jede Frau auch." Seine Stimme klang nach Entschuldigung. „Klar. Gleichwertig und Gleichberechtigt. Natürlich. Jetzt macht eure Arbeit. Ich trommle den Stab zusammen und melde mich."

„Stau nach einem Unfall auch auf der A1 zwischen Bad Münstereifel und Blankenheim, Autobahnende. Stau-Radio Colonia und seine Hörer - immer dabei, immer ganz nah dran. Und schneller, als alle beamteten Staumelder der Republik. Wen habe ich am Apparat?"

„Jetzt dreh endlich den Schwätzer ab!" Der Oberkommissar wühlte hastig ein Papier aus dem Stapel auf seinem Schreibtisch. „Wir sind nicht in der Disco. Hier ist gerade die Meldung von einem Überfall auf einen Geldtransport eingegangen!"

„Eben", meinte Jansen.

„Ich muss mich konzentrieren", der Dienststellenleiter griff nach dem quäkenden Plastikteil auf Jansens Schreibtisch.

„Hör doch mal hin!" Jansen legte seine Hand auf den Arm des Vorgesetzten und bewegte den Kopf in Richtung der Stimme.

„Du stehst auch auf der A4, Maxi? Bei Kilometer 59,5. Olé, da ist ja einiges los bei euch draußen. Du bist schon die vierte, die von dort anruft. Nichts geht mehr zwischen dem Kreuz Köln West und dem Kreuz Kerpen!"

„Jetzt ist aber Schluß!" Der riesige Daumen des Chefs presste den Schalter tief in das schwarze Gehäuse. „Sendepause für Stau-Radio Colonia!" Er schaute sich herausfordernd nach Jansen um, doch der hatte schon nach dem Zeigestock gegriffen.

„Hier!" Er tippte auf den beleuchteten Straßenplan, der die ganze Rückwand des Raumes ausfüllte. „Ausfahrt Frechen, unmittelbar vor dem Kerpener Kreuz. Hier ist der Überfall passiert. Beide, Fahrer und Wachmann sind verschwunden. Einem von beiden ist es offensichtlich gelungen, unbemerkt Alarm auszulösen. Ich frage mich, was ein Geldtransport mit Ziel Köln Mitte auf der Ausfahrt Frechen zu suchen hat. Egal. Von hier aus hat der Gangster drei Richtungen, in die er fliehen kann: Auf der A4 in Richtung Rheinbrücke. Auf der A1 weiter über den Kölner Ring in Richtung Leverkusen. Und ab Kreuz Köln West in Gegenrichtung in die Eifel."

„Und natürlich links ab, auf die A4 nach Aachen." Der Dienststellenleiter streckte sich und fuhr mit der Hand über den Plan. „Von da aus über die Grenze nach Belgien. Und dann sind sie in Nullkommanichts über alle Berge."

„Eben nicht." Jansen angelte das Radio vom Tisch und ließ es an der Tragschlaufe vor dem Gesicht seines Chefs baumeln. „Da ist nämlich Stau. Wenn der Räuber in Richtung Westen entwischen will, kommt er nicht weit."

„Oder er steht mitten drin, verliert die Nerven und nimmt die gesamte Überholspur als Geisel." Der andere zog eine säuerliche Miene.

„Glaube ich nicht", beharrte Jansen. „Wer in der Rush-hour einen Geldtransport plündert, überlässt den Fluchtweg nicht dem Zufall. Die hören auch Radio."

„Hmm."

„Und weil es unwahrscheinlich ist, dass die Banditen zum Kreuz Köln West rasen, wenden und in Gegenrichtung den Tatort noch einmal passieren, bleiben für die Flucht nur zwei Schlupflöcher." Die Spitze des Zeigestocks fuhr die orange markierten Routen entlang. „Die A4 Richtung Westen. Und die A1 nach Norden. Und wenn du mit zwei Millionen das Weite suchen müsstest, welche Richtung würdest du wählen?"

„Osten." Der Diensthabende tippte zur Bekräftigung auf das große freie Feld am rechten Rand der Karte: Den Köln-Bonner Flughafen.

„Eben", meinte Jansen wieder. „Damit können wir unsere ohnehin knappen Einsatzkräfte auf zwei Richtungen konzentrieren, von denen eine die wahrscheinlichere ist!"

„Stau-Radio Colonia. Wozu so ein dämlicher Sender nicht alles nutze ist." Der Oberkommissar hatte den Hörer aufgenommen und nickte. Seine Linke senkte sich auf die Schultern des Kollegen. „Gute Arbeit, mein Junge!"

Freitag, 22.6.2001, 15.04 Uhr

„Geil. Einfach geil die Idee mit den fingierten Staumeldungen." Ines klatschte mit der flachen Hand auf die lederüberzogene Konsole des Handschuhfachs. „Die ganze Autobahn für uns! Und dann mit so einem Schlitten!"

Melanie drückte den rechten Fuß aufs Gas. Mit einem beiläufigen Blick in den Rückspiegel ordnete sie ihre Fönwelle. Beide hatten die Strumpfmaske vom Gesicht gezogen, nachdem sie die zwei Geldboten gut verschnürt im hoffnungslos verunreinigten Buschwerk abseits des letzten Rastplatzes hinterlegt hatten.

„Warum hast du den beiden eigentlich die Hosen ausgezogen?"

„Warum nicht?", Ines kicherte. „Ist doch nicht schlimm, wenn es auch bei Männern mal nach einem Sexualdelikt aussieht."

Melanie runzelte die Stirn und starrte auf das Asphaltband, das unter dem blankpolierten Jaguaremblem verschwand.

„Fahr lieber nicht so schnell", meinte Ines. „Sonst fallen wir noch auf, weil wir die einzigen sind und rasen wie die Verrückten."

Melanie schwieg.

„Außerdem: Da vorne ist es." Ines zeigte auf die blaue Tafel, die jetzt an ihrem Seitenfenster vorbeiflog. „Autobahnkreuz Kerpen. Da müssen wir rüber zur A61."

Melanie hielt die Geschwindigkeit.

„He! Was machst du. Hier müssen wir raus. In Elsdorf wartet Christa mit dem Leichenwagen. Umsteigen. Geld umladen und dann zur Polizei!"

„Vergiss sie."

„Was heißt, vergiss sie?" Ines schrie gegen den Lärm des Motors an. „Und was ist mit Maren, die den Wagen geknackt hat? Und mit Maxi und Silke, die die Staus beim Rundfunk gemeldet haben?"

„Vergiss Silke. Vergiss Maxi, vergiss Maren, Vera und Christa!"

„Was soll das heißen? Die haben mitgemacht. Die wollen ihre Photos. Die wollen ihre Story!"

„Jetzt hör mal zu." Melanie hielt das Steuer gerade und sah sie an. „Hinten im Kofferraum liegen fast zwei Millionen Mark. Die Arbeit dafür haben wir gemacht. Die anderen haben ein bisschen telefoniert und einen Wagen geklaut. Aber glaubst du, die hätten uns da rausgepaukt, wenn etwas schief gelaufen wäre? Die Arbeit haben wir gemacht. Und wir kassieren auch."

„Wir kassieren? Wir wollten das Geld bei der Polente abliefern - mit Presse, Funk und Fernsehen. Als Beweis, dass auch Frauen in der Lage sind, so einen Coup lupenrein zu planen und knallhart durchzuziehen.

„Blödsinn", knurrte Melanie. „Vergiss den ganzen Emanzenklüngel."

„Spinnst du? Die sind nicht dumm. Die warten noch ein paar Minuten, dann riechen die den Braten. Und jede Wette, das erste, was die zu tun haben, ist ihren eigenen Kopf aus der Schlinge zu ziehen."

„Eben."

„Was heißt hier eben? Ich ..."

Gemächlich betätigte Melanie den Knopf für die Warnblinkanlage. Dann trat sie auf die Bremse. Mit rauchenden Reifen kam der Wagen auf der Standspur zum stehen. „Du kannst aussteigen." Sie sah Ines ins Gesicht und machte eine Handbewegung. „Oder du hörst auf zu lamentieren und machst mit."

Fast zwei Millionen!

„Also. Was ist?"

Zwei Millionen im Kofferraum dieses Wagens.

„Ich mache mit."

„Dann los. An der nächsten Ausfahrt müssen wir tatsächlich raus!"

„Wo stehst du jetzt, Silke?"

„Ich befinde mich an der A4, kurz vor dem Kreuz Kerpen."

„Da tobt ja wohl der totale Stau bei euch draußen, Silke. Kannst du das Ende der Kolonne entdecken?"

„Vergiss deinen Stau. Hier ist alles frei, und zwar schon den ganzen Nachmittag!"

„Eh, Silke, ..."

„Ich gebe euch Deppen jetzt durch, mit welchem Wagen die Geldräuber von Frechen auf der Flucht sind!"

„Echt spannend, Silke. Hast du den Raub beobachtet?"

„Habe ich nicht. Die Ladies haben uns gelinkt. Sie sind unterwegs mit einem silbermetallic Jaguar, Kennzeichen K - AR 3."

„Die Ladies? Silke! Willst du damit sagen, dass der Überfall von einzwei-drei Frauen verübt worden ist?"

„K - AR 3", wiederholte die Stimme. Dann knackte es in der Leitung.

Freitag, 22.6.2001, 16.21 Uhr

„Ah. Jetzt einen Quicky mit dem Schaffner!" Ines zog das geblümte Sommerkleid über die Schenkel und ließ sich seufzend in die Polster fallen.

„Du spinnst wohl!"

„Wieso? Der Typ sah doch ganz knackig aus in seiner Uniform. Der Zug ist so gut wie leer und du kannst ja so lange weggucken."

„Lass den Unsinn. Wir können alles mögliche brauchen, aber nicht, dass wir irgend jemandem auffallen."

„Auf jeden Fall war die Idee mit den Strandklamotten und der Badetasche genial", bestätigte Ines und tätschelte versonnen den Karostoff der Tasche. „Zwei Millionen Mark. Und du meinst, den Wagen findet keiner?"

„Den Jaguar? Ich habe die Garage, in der er steht, für drei Monate im Voraus bezahlt. Bis die den finden, bin ich längst auf Mururoa."

„Auf was?"

„Auf Mururoa." Melanie zog ein Flugticket aus dem Seitenfach. „Frankfurt - Sydney - Mururoa." Daneben lag ein Pass, der auf den Namen Veronique Muller lautete.

„Auf Mururoa", wiederholte Ines geistesabwesend. „Und ich?"

„Du auch." Melanie hielt ihr einen zweiten Pass unter die Nase. „Weißer Strand, Palmen, blaugrünes Meer und jede Menge kräftiger, junger Männer, die nur darauf warten, eine gutaussehende Europä-erin ..." Sie brachte den Satz nicht zu Ende. „Vorausgesetzt, du machst keine Zicken und lässt den Schaffner in Ruhe!"

Als Ines den Ausweis aufschlug, schaute ihr das eigene Bild entgegen. Sie wollte etwas sagen, da flog die Abteiltür auf.

„Die Fahrausweise bitte!"

Der Bahnbeamte wirkte muskulös und hatte den Hemdknopf gelockert.

„Wir müssen nachlösen, Herr Schaffner", flötete Melanie und legte alle ihr zur Verfügung stehende Seriosität in ihre Stimme. „Von Düren nach Aachen. Zwei Erwachsene."

„Zweimal Düren - Aachen Hauptbahnhof", echote der Mann und schaute auf Ines' Halsausschnitt. „Macht achtundzwanzigvierzig."

Instinktiv griff Melanie dorthin, wo sie ihre Gesäßtasche vermutete. Das Portemonnaie! An alles hatte sie gedacht: Pässe, Tickets, Perücken und teure Klamotten für den Flug. Aber nicht an das nötige Kleingeld für die Zugfahrt.

„Eh, hast du ein bisschen Geld?" Ohne wirkliche Hoffnung wandte sie sich an Ines, die noch der Feststellung nachhing, dass es gar nicht Düren gewesen war, wo sie den Zug bestiegen hatten, sondern Langerwehe. Aber Melanie würde schon wissen, was sie tat.

„Hast du etwas Geld da?", wiederholte Melanie.

„Klar, hab ich." Ein erwachendes Lächeln huschte über Ines' Gesicht. Ihre Hand schob sich unter das Strandlaken und wühlte in der Badetasche. Dann förderte sie einen Geldschein zutage. „Hier!"

Der Herr in der blauen Uniform bekam runde Augen. „Da muss ich kurz im Dienstabteil nachschauen, ob ich wechseln kann."

Die Schiebetür rasselte in ihrer Halterung.

„Bist du verrückt?!", zischte Melanie.

„Wieso? Eine Zugfahrt muss man bezahlen. Sonst fällt man auf."

„Aber nicht mit einem Tausender, den man mir nichts dir nichts aus einer abgewetzten Badetasche zieht!"

„Meinst du, der hat etwas gemerkt? Glaube ich nicht." Ines zeigte erst auf ihren Bizeps, tippte sich dann an die Stirn. „Bei dem ist viel drauf, aber wenig drin."

Es gab einen Ruck. Der Zug verlor an Fahrt.

„Und ob der etwas gemerkt hat! Jetzt stoppt er den Zug. Jede Wette, der hat der Polente Bescheid gegeben. Am nächsten Bahnhof warten die schon auf uns." Sie riss die Tasche an sich und war mit einem Satz auf dem Gang.

„Die Damen möchten schon aussteigen?"

Melanie hatte sich an der Klinke zu schaffen gemacht und fuhr herum.

Der Schaffner wirkte wirklich ausgesprochen muskulös, beinahe so, als sei die Uniform, die er trug, mehrere Nummern zu klein und gar nicht die seine.

„Schon aussteigen, ohne das Wechselgeld in Empfang zu nehmen?"

„Eh, ja ... nein, wir wollten nur ..."

Der Kerl grinste in Ines Dekolleté, beugte sich hinunter und betätigte zwei, dreimal demonstrativ die Klinke.

„Ich fürchte, das wird nicht gehen. Wir befinden uns auf freier Strecke. Die Türen bleiben arretiert. Die Damen werden bis zur nächsten Station auf ihren Plätzen warten müssen."

„Wie kann man nur so blöd sein, mit einem Tausender aus der Beute zu bezahlen!", zischte Melanie. „Garantiert hat der was gemerkt!"

„Sieht tatsächlich so aus." Ines wies mit dem Kopf durch das Abteilfenster. Der Zug hatte Fahrt aufgenommen und rollte in den Bahnhof Stolberg ein. Die Bahnsteige beiderseits waren grün vor Polizei. Acht oder zehn Einsatzwagen hatten mit rotierendem Blaulicht strategisch Stellung bezogen.

„Das war's dann ja wohl. Tschüß, Frankfurt - Sydney - Murano."

„Muroroa." Melanie drückte sich bleich in das Plastikpolster. „Mororoa, nicht Murano. Wenigstens sollen sie uns holen. Ich komme ihnen nicht auch noch entgegen."

Sie lauschten dem Brüllen der Megafone, den Rufen und dem Schlagen der Abteiltüren, das näher und näher kam.

„Ihre Ausweise bitte."

Während der eine die gefälschten Pässe studierte, kontrollierte der andere aufmerksam das Abteil, klopfte an die Wände und klappte die Sitze nach oben. Zwei schwerbewaffnete Maskierte sicherten den Gang nach links und rechts.

Im Stehen nahmen Melanie und Ines ihre Pässe in Empfang. „Ist sonst noch jemand bei ihnen im Abteil?"

Die beiden verneinten beklommen. Noch jemand?

„Suchen die denn nicht uns?" Die Abteiltür wurde zugedroschen. Das Kommando entfernte sich außer Hörweite.

„Offenbar nicht. Schau!"

Auf dem Bahnsteig gab es einen Tumult. In einer Traube von Polizisten wurde ein wild gestikulierender Mann in einer blauen, sichtlich zu kleinen Uniform abgeführt.

„Verstehst du, was er brüllt?"

„Nein. Die Kriminaler offenbar auch nicht."

Jetzt zeigte der Mann mehrmals auf das Abteilfenster, hinter dem die Gesichter von Ines und Melanie abrupt verschwanden. Einer der Polizisten entriss dem Mann den Geldschein, mit dem er herumgefuchtelt hatte. Zwei andere drehten ihm die Arme auf den Rücken. Unhörbar machte es Klick. Dann saßen die Handschellen.

Freitag, 22.6.2001, 17.52 Uhr

Das Rütteln endete abrupt. Melanie spürte nur noch das Vibrieren der Motoren in der Rückenlehne. Der Flieger war in der Luft. Sträucher. Spitze Dächer. Die Autobahn. Die Lastwagen schon klein wie Spielzeug.

Die Kabine der kleinen Turboprop roch nach Seidenkrawatten, teuren Herrenparfums und Feierabend.

„Meine Damen und Herren, wir sind vor wenigen Minuten in Aachen gestartet und überfliegen soeben die nördlichen Ausläufer der Eifel. Bei einem kurzen Zwischenstopp in Köln werden wir zwei weitere Fluggäste aufnehmen. Nach ungefähr Eineinviertelstunden werden wir Frankfurt Airport erreichen."

„Wann geht denn unsere Maschine nach Sydney?" Ines wechselte mehrfach die Sitzposition.

„Nicht gleich von Frankfurt aus." Melanie wandte den Blick nicht ab, sprach in das schmale gläserne Luk. Wiesen. Straßen. Die Dörfer ein rotgrüner Flickenteppich.

„Nicht?" Ines schob die Sonnenbrille von Armani aus dem Gesicht und glättete das kleine Schwarze, das sie einem Schließfach im Aachener Hauptbahnhof entnommen hatte.

„Natürlich nicht! Irgendwann, wenn sie uns überhaupt nicht finden, werden sie alle Flüge überprüfen, die diese Woche ins Ausland gegangen sind. Ich habe keine Lust, dass sich auf Muroroa plötzlich ein Sonderermittler neben mich an den Strand flegelt."

„Ach so", sagte Ines.

„Deshalb steigen wir in Frankfurt ganz gemächlich in den Nachtzug nach Mailand. Von dort geht die Maschine nach Sydney. Morgen Vormittag."

„Ach so", sagte Ines noch einmal. „Du hast aber auch an alles gedacht. Schau mal da!" Sie beugte sich jäh über Melanies Schoß und presste das Gesicht an die Scheibe. „Das da unten müsste das Kreuz Köln West sein!"

„Tatsächlich", bestätigte Melanie.

„Dann ist das die A61. Ganz schön Stau da unten. Kein Wunder, um diese Uhrzeit."

„Na, immerhin wissen die Leute, wo sie stehen. Wenn sie Stau-Radio Colonia hören jedenfalls."

Stau. Der Flieger beschrieb eine majestätische Linkskurve und querte das silberne Band des Rheins. Die sonnenbeschienenen Hänge der Eifel sanken sacht in den Horizont. Mailand.

Sydney. Muroroa.

Melanie nickte mit halb geschlossenen Lidern. „Das Stau-Radio. Wozu so ein dämlicher Sender nicht alles gut sein kann."

Carola Clasen

# Am Ende des Weges

An seinen Sohn hatte sie nicht mehr gedacht. Sie wollte nicht, dass er erfuhr, dass und vor allem wie sein Vater gestorben war. Er würde das nicht verstehen.

Sein Vater war wie die Schweine gestorben.

Nur, dass sie zu den Schweinen vorher noch zärtlich war und ihnen ihre Lieblingsspeise vorsetzte, bevor sie sie erschoss, einen Bolzenschuss auf die Stirn gesetzt, zwischen die Augen. Sie achteten nicht auf sie, waren zu gierig, starben mit vollem Maul.

Sie tat es nicht gerne. Die Schweine zu erschießen kostete sie Kraft und Überwindung. Sorgfältig überlegte sie, welches an der Reihe sein sollte und legte den Tag seines Todes fest. Das auserwählte Schwein behandelte sie in seinen letzten Stunden besonders aufmerksam, streichelte es oft und lange und verwöhnte es mit Leckerbissen. Nicht etwa, um die Qualität seines Fleisches noch einmal zu steigern, sondern weil sie sich entschuldigen wollte, für die Notwendigkeit seines Sterbens.

Der Tag seines Todes war jedes Mal ein Tag der Trauer. Aber sie hatte keine Wahl. Von dem Fleisch konnten sie eine Zeit lang leben. Der Bauer aß es auch, nicht sie, sie aß nie Fleisch.

Den größten Teil verkauften sie im Ort an das Hotel „Zum glücklichen Schwein", das Werbung mit Bio-Fleisch machte und Gäste von überall her anlockte, seit es Mode geworden war, Fleisch aus artgerechter Haltung zu essen, auch wenn der Preis wesentlich höher lag, als der für Fleisch aus der Massentierhaltung. Gäste, die ihr schlechtes Gewissen damit beruhigten, sanfte Mörder zu sein.

Dass sie die Leiche seines Vaters danach nicht einfach vergraben hatte, lag daran, dass sie es gewöhnt war, alle Dinge zu verwerten, nichts umkommen zu lassen, weil alles von Nutzen ist. Selbst eine Bauernleiche. Als Magd auf einem Bauernhof, ein Leben lang hatte sie gelernt, nichts zu verschwenden.

Sie hatte es nicht geplant, nicht im Voraus, es hatte sich so ergeben. Das fordernde Grunzen der Schweine im Hintergrund hatte den Gedanken naheliegend gemacht. Denn in dem Winter, in dem der Bauer starb, war das Futter für die Schweine knapp. Die Ernte war mager gewesen und der Hotelier hatte die Fleischpreise gedrückt.

Sie wusste sehr genau, was man an Schweine verfüttert. Rohe

Kartoffeln, rohe Karotten und Rüben, die sie selbst anbauten, Gersten- und Maismehl, das sie dazukaufen mussten und tierisches Eiweiß, in Form von entrahmter Milch, Molke oder eben Fleisch, gekochtes Fleisch.

Nach dem Schuss war sie fachmännisch vorgegangen. Sie zog den toten Bauern in den abgeschlossenen Hof, hievte ihn an den Beinen gebunden an einem Flaschenzug hoch, legte eine Lage Stroh unter ihn und schnitt ihm die Kehle durch, traf tief über dem Brustbein die Hauptschlagader und ließ das Blut auf das Stroh laufen. Das Blut würde später auf dem Komposthaufen die Gärung in Gang halten.

Am anderen Morgen war der Körper schön steif, so dass sie das Fleisch zerteilen konnte. Die Knochen wanderten in die Knochenmühle und wurden zu wertvollem Dünger. Das Fleisch geriet Stück für Stück in den riesigen Bottich und kochte lange, sehr lange. Es stank erbärmlich auf dem ganzen Hof, sauer und bitter. Zwischendurch ließ sie das Ganze abkühlen, teilte es in kleinere Portionen auf und kochte es wieder und wieder. Der Gestank jedoch ließ nicht nach.

Die neue, fremde Kost mischte sie zunächst vorsichtig unter das bekannte, gut verträgliche Futter und wartete einen Tag ab. Als sich keine Verdauungsbeschwerden einstellten, sondern statt dessen ein ungewöhnlicher Appetit, zögerte sie nicht länger. Er reichte als Futter für eine gute Woche.

Die Ferkel waren ganz wild auf den Bauern.

Dann schlachtete sie eines der Ferkel und ging mit einer Hälfte im Karren zum Hotel. Neben das Ferkel häufte sie ein paar Kohlköpfe und Möhrenbündel. Mit dem Hotelier war vereinbart, dass der Veterinär zur Freigabe dorthin kam, nicht auf den Hof, der Bauer und sie scheuten jeden Besuch.

Das Fleisch, das sie verkauften, war immer sehr gut. Dass es jetzt noch von hoher Qualität sein konnte, bezweifelte sie, da der Bauer ein durch und durch schlechter Mensch gewesen war.

Er hatte angefangen, sie als sein Eigentum zu betrachten, an dem Tag, als ihre Mutter sie auf seinem Hof abgeliefert hatte. Da war sie vierzehn und, wie alle sagten, zurückgeblieben. Ihre Mutter war heilfroh, sie gut versorgt zu haben, Kost und Logis frei, ein Taschengeld und eine Lebensanstellung garantiert. Wer sonst sollte die Drecksarbeit machen. Aber sie war nicht zurückgeblieben. Sie sprach nur wenig und wirkte deswegen teilnahmslos. Ihre Mutter verlangte Dankbarkeit und der Bauer auch. Als die Frau des Bauern starb, trat er ihr auch nahe. Sie ließ es sich stumm gefallen. So wie alles. Einmal hat sein Sohn sie dabei beobachtet. Sie wird seine entsetzten Augen nie vergessen, danach hat er den Hof verlassen.

Es kamen keine Klagen zwei Wochen später über die letzte Lieferung Fleisch. Der Hotelier war wie immer überzeugt, hochwertiges Grundmaterial in seiner blitzenden Küche zu phantasievollen Gebilden zu verarbeiten. Und so verkaufte sie das Ferkel Stück für Stück.

Sie brachte es auch dieses Mal nicht übers Herz, das Fleisch zu probieren, obwohl sie eine gewisse Neugier verspürte. Aber das lag nicht am Bauern, das lag an dem Schwein, das es einmal gewesen war, mit dem sie sich persönlich verbunden fühlte. Jedes Schwein, das sie aufzog, hatte einen Namen und seine besondere Eigenart. Dieses hier hatte zu Durchfall geneigt und zu Lebzeiten auf dem linken Auge geschielt, es hiess Clarissa. Und keines würde je wieder sein wie Clarissa.

Längst hatte sie das letzte Stück Bauernfleisch an die Schweine verfüttert und sich ihr Leben allein auf dem Hof eingerichtet, Frühling und Sommer genossen. Allein, mit der Katze, dem Hund, den Ferkeln, die sie groß zog und nach und nach schlachtete, und einer Handvoll Hühnern mit ihrem Hahn.

Wobei ihr die Schweine immer die liebsten waren. Kein anderes Tier kann dem Menschen so nahe stehen, wenn er es zulässt. Sie führten ein wonniges Leben bei ihr. Im Sommer im Freien hatten sie die Möglichkeit, sich im Schlamm zu suhlen, ihre prallen Bäuche der Sonne entgegenzustrecken und in der kalten Jahreszeit wärmten sie sich dicht aneinander gedrängt im Stall.

Es war ein Herbstabend, als er zurückkam. Die Kastanien des Weges, der den Hof mit dem Dorf verband, kräuselten ihre Blätter, die Früchte waren eingesammelt, und sie saß auf der Bank neben den drei Eingangsstufen. Von hier aus konnte sie den ganzen Weg hinunter ins Dorf blicken, der schnurgerade war und an dessen Ende das Bauernhaus stand, das jetzt ihr Bauernhaus war.

Hier saß sie gerne, wenn sie mit ihrer Arbeit fertig war, obwohl nie jemand den Weg entlang kam, außer ihr selbst, wenn sie alle zwei Wochen in der Frühe den Handkarren zum Hotel zog, beladen mit Gemüse, Obst und Fleisch, auch Eiern, und wenn sie gegen Mittag zurückkam und der Handkarren leer hinter ihr über das bucklige Pflaster holperte. Im Sommer haben noch Wiesenblumen und Klatschmohn unter den Kastanien geblüht, dahinter lagen weite Wiesen und Äcker. Ihr Bauernhaus war das einzige in Sichtweite.

Sie hatte den dunklen Punkt am Ende des Weges zuerst übersehen. Aber er wurde größer und bewegte sich. Und sie erschrak. Sie lief ins Haus und stellte sich hinter das Küchenfenster. Sie brauchte zwanzig Minuten für den Weg, mit leerem Karren. Der Punkt hatte schon ein

Drittel hinter sich gebracht und war jetzt ganz deutlich zu erkennen, ein Mann.

Sie hatte ihn über zehn Jahre nicht gesehen. Und alles fiel ihr wieder ein, als sie ihn erkannte. Die Szene in der Scheune, sein Vater über ihr und sein Kopf im Tor. Seine Flucht. Das Schlagen des Tores. Das Schimpfen und Poltern des Bauern, wie er hinter ihm herlief. Die Jahre danach, sie und der Bauer allein auf dem Hof, die Qual und die ständige Angst und dann der Tag, als sie zum Bolzenschussapparat gegriffen hatte, ihn an seinen Nacken gesetzt hatte, als er über den Waschtisch gebeugt sich wusch.

Jetzt kam sein Sohn auf das Haus zu und blieb stehen. Dann setzte er sich auf die Bank. Als sie herauskam, stand er auf und gab ihr die Hand. Er hatte sich nicht verändert. Seine Augen hatten sich nicht verändert. Als er nach dem Vater fragte, sagte sie ihm, dass er gegangen wäre.

„Er hat es nicht mehr ausgehalten hier, ohne Frau und ohne dich."

„Du warst doch da."

„Ja. Ich war da."

Er wollte das Haus sehen. Sie führte ihn herum, auch in den Stall. Und er war zufrieden, alles so vorzufinden, wie er es verlassen hatte.

„Ich bin zurückgekommen", sagte er dann.

Sie konnte es ihm nicht verwehren, wieder in seinem Haus zu wohnen und zog sich zurück in die Kammer, in der sie gelebt hatte, bevor der Bauer starb. Sie fürchtete, dass er wie sein Vater sein könnte. Aber er war freundlich und scheu und wagte kaum, sie anzusehen.

Nach einer Weile stellte sie fest, dass sie sich zu ihm hingezogen fühlte und gern in seiner Nähe war. Noch nie war jemand so freundlich und sanft zu ihr gewesen. Sie gab sich besondere Mühe beim Kochen, bügelte seine Hemden mit viel Hingabe und versuchte ihm das Leben auf dem Hof so angenehm wie möglich zu machen. Manchmal hatte sie den Eindruck, dass er ihre Gefühle erwiderte, manchmal schien es nur bequem für ihn zu sein. Dann wieder berührte er ihren Arm ohne Zufall und ein anderes Mal schien er geistesabwesend, wenn sie ihn ansah oder ansprach. Sie hatte keine Übung im Umgang mit Menschen. Sie wusste nicht, was sein Verhalten bedeuten konnte, bis er in einer Nacht an ihre Zimmertür klopfte und, als sie öffnete, sich wortlos an sie drängte. Am anderen Morgen war er wieder so, als sie hätte sie die Nacht nur geträumt.

In ihren Augen lebten sie dennoch gut zusammen. Er fragte nie nach seinem Vater. Er mochte die Schweine ebenso wie sie. Und er nahm ihr das Schlachten ab.

Manchmal nahm er ihr auch den Weg zum Hotel ab, so auch an dem Tag, an dem er nicht zurückkam. Jedenfalls nicht um die gewohnte Zeit, sondern erst in der Nacht, so dass sie schon glaubte, es wäre ihm etwas zugestoßen. Und er war nicht allein. Das Lachen kam aus dem Schweinestall, und dort fand sie sie auch.

Dieses Mal entschloss sie sich dazu, das Fleisch nicht an die Schweine zu verfüttern, sondern es direkt zu verkaufen. Sie wollte nicht noch einmal den ganzen Gestank in Haus und Hof haben und außerdem waren die beiden jung und nicht zäh, das merkte sie schon beim Zuschneiden. Zusammen wogen sie mehr als drei gemästete Ferkel, was bedeutete, dass drei ihrer Lieblinge ein ungewohnt langes Leben auf ihrem Hof genießen konnten.

Erst als sie mit der Fuhre vor dem Hotel stand, fiel ihr der Veterinär ein, und sie wollte schon kehrt machen, da kam der Hotelier ihr entgegen gelaufen, in freudiger Erwartung, und sagte: „Heute ohne Veterinär, ist Ihnen das recht? Wir beide wissen doch, dass Ihr Fleisch einwandfrei ist. Brauchen wir einen Veterinär? Die Kosten können wir uns sparen, nicht wahr?"

Sie nickte.

Der Hotelier versicherte ihr zwei Wochen später wortreich, dass er noch sie so würziges und zugleich zartes Fleisch von ihr gekauft hätte. Die Farbe und die Fasern wären von ungewöhnlicher Art. Und der Duft absolut delikat. Der Geschmack geradezu unbeschreiblich, unvergleichlich.

„Nicht zu fassen. Da braucht man nicht mehr nachwürzen", meinte er, „Wie haben Sie das geschafft?"

Und er wollte ihr Geheimnis wissen. Sie lächelte verlegen und zuckte mit den Schultern. Dass sie nicht antwortete, war er gewöhnt.

„Wenn Sie es mir nicht verraten, werde ich wohl mal vorbeikommen und mir die Tiere anschauen müssen."

Sie wehrte ab, schüttelte den Kopf, wurde bleich und ihre Hände begannen zu zittern.

„Schon gut, keine Sorge. Nicht, wenn Sie nicht wollen. Wenn ich Sie nur ein einziges Mal einladen dürfte, zu einer Kostprobe. Wenn ich einmal für Sie kochen dürfte."

Sie zögerte. Sie hatte kein großes Interesse den Sohn des Bauern oder an diesem Mädchen zu kosten. Aber der Hotelier ließ nicht locker. „Bitte. Ich will es Ihnen beweisen. Ich bin ein Fünf-Sterne-Koch!"

Schließlich gab sie nach.

Sie hatte nichts in ihrer Kammer, was sie in seinem Fünf-Sterne-Hotel anziehen konnte. Und so fuhr sie noch vom Hotel aus mit dem Bus ins Tal nach Trier. Er sollte sich nicht mit ihr blamieren, sie würde nicht in ihrer Arbeitshose kommen. Sie verlor sich in der ungewohnten Menge und war nicht in der Lage sich zu entscheiden und ließ sich schließlich von einer Verkäuferin ein schwarzes ärmelloses kurzes Kleid aufschwatzen, eine dünne, glänzende Perlenkette und hohe Schuhe, Nylonstrumpfhosen und einen Friseur, der ihren spröden Zopf in eine Lockenmähne verwandelte. Sie bezahlte mit dem Geld, das sie für den Sohn des Bauern und das Mädchen bekommen hatte, und es blieb noch etwas übrig.

Nichts an ihr sah mehr aus wie eine Magd, nichts mehr wie eine Frau, die Schweine schlachtet. Nur die Hände, die ungewöhnlich groß und kräftig waren und ohne einen einzigen Ring. Aber sie glaubte nicht, dass jemand auf ihre Hände achten würde.

Natürlich vermisste man das Mädchen, das mit dem Sohn des Bauern weggegangen war, und den Sohn des Bauern auch, doch niemand kam auf die absurde Idee, in der Hotelküche nachzusehen oder den Dünger unter ihren Kohlköpfen zu analysieren. Das konnte man auch von keinem Kommissar erwarten. Obwohl der Kommissar, den man auf diesen Fall angesetzt hatte, sehr entschieden und fähig wirkte. Die Kleidung des Sohnes und des Mädchens hatte sie in winzige Fetzen zerschnitten und auf den Kompost geworfen, da wo auch ihr Blut bereits gärte. Der Kommissar stocherte auch nicht im Komposthaufen herum. Auch das konnte man ihm nicht verübeln, er kam aus der Stadt und hatte eine sehr empfindliche Nase.

Als sie an dem vereinbarten Samstagabend die Hotelhalle betrat, wurde ihr schwindlig. Sie kannte bis zu diesem Tag nur den Eingang zur Küche im Hof, wo sie ihre Waren ablieferte. Die Füße brannten in den hohen Schuhen und das enge Kleid nahm ihr den Atem.

Der Hotelier jedoch ließ ihr keine Zeit, die Meinung zu ändern, stürmte auf sie zu, nahm ihr den alten wollenen Mantel ab, den sie widerwillig hergab, und pfiff anerkennend durch die Zähne.

„Kleider machen Leute!", rief er und ließ seine Augen an ihr auf- und abwandern.

Sie spürte, wie ihr die Röte ins Gesicht stieg und dort blieb. Ihre Wangen waren plötzlich heiß und ihre Lippen trocken.

„Wie darf ich Sie anreden?"

„Anna Bungert", sagte sie leise, sie war es nicht gewöhnt, ihren Namen auszusprechen, und er kam ihr fremd vor.

„Frau Bungert, Frau Anna Bungert", wiederholte der Hotelier, nach dessen Namen sie nicht fragte, „heute ist ein besonderer Abend für mich und dieses Haus. Und ich hoffe, er wird es auch für Sie."

Er führte sie in den Speisesaal, eine Hand auf ihrem Rücken zwischen ihren Schulterblättern, an einen langen Tisch, der zu ihrem großen Entsetzen nicht für zwei, sondern für viele Personen eingedeckt war. Für zwölf, wie sie mit schnellem Blick zählte. Kaum hatte er sie auf den Stuhl am Kopfende gedrückt, entschwand er durch eine Pendeltür. Sie sah sich um. Kein anderer Tisch war gedeckt. Eine große geschlossene Gesellschaft und der Hotelier, und sie würden nicht allein sein. Unruhe überfiel sie.

Vor ihr lagen silberne Messer, Gabel und Löffel in vielen verschiedenen Größen, blinkende Kristallgläser standen aufgereiht und die Teller hatten einen goldenen Rand. Die Tischdecke war steif gebügelt. In der Mitte ragten drei Kerzenleuchter auf, deren rote Kerzen darauf warteten, angezündet zu werden. Nur vor ihrem Teller stand kein Namensschild.

Am Ende des Saales war ein Rednerpult vor einer Leinwand aufgebaut, auf der in großer Schrift der Name des Hotels flimmerte, „Zum glücklichen Schwein", zusammen mit einem Schweinskopf mit einem Rosmarinzweig im lachenden Maul. Vor dem Rednerpult waren in gebührender Entfernung noch einmal zwölf Stühle in zwei Reihen aufgestellt.

Nach und nach kamen junge Männer herein, beachteten sie nicht und suchten sich murmelnd in den beiden Stuhlreihen einen Platz. Männer in schwarzen Anzügen und weißen Hemden, glatten Gesichtern und kurzen Haaren. Sie scharrten mit den Füssen und rutschten auf den Sitzen hin und her. Es waren neun, und auf seltsame Weise sahen sie alle gleich aus.

Dann kam auch der Hotelier zurück und an seiner Seite ein wütend aussehender Mann von besonderem Ausmaß. Er hatte einen weißen gestutzten Bart und eine weiße wehende Haarpracht, sein Gesicht war rot und seine Augen darin waren klein und blitzten in grellem Blau. Er nahm in der Mitte in der ersten Reihe Platz, war demnach die Hauptperson des Abends.

Jetzt holte der Hotelier sie vom Esstisch zu den Stuhlreihen und stellte sie vor:

„Anna Bungert. Die Fleischlieferantin des Hotels. Michel Promeneur. Der berühmte Gourmetpapst."

„Ach! Hören Sie mit dem französischen Firlefanz auf. Ich heiße Michael Wanderer", protestierte der wütend aussehende Mann und fuchtelte mit seinen dicken kurzen Armen herum.

Sie sollte an seiner linken Seite sitzen. Zu seiner Rechten nahm der Hotelier mit einem Seufzer Platz, als hätte er eine große Leistung vollbracht, im gleichen Moment stand Michael Wanderer auf, stellte sich hinter das Mikrophon und ergriff das Wort. Das Hotellogo verschwand sofort zugunsten einer riesengroßen, überdimensionalen Zunge, deren

Ränder in verschiedene Bereiche aufgeteilt waren und die in einem dunkelroten Schlund endete. Die Zunge war großporig und höckerig, die Mitte durchzog eine tiefe Rille.

Striche und Pfeile führten zu der Erklärung, dass die Zungenspitze für süße, die vorderen Seiten für salzige, der darauffolgende Bereich für saure und der hintere Rand schließlich für bittere Speisen zuständig sein sollte, was sie insgesamt für sehr unwahrscheinlich hielt, da die Zeichnung den größten Teil der Zunge, die gesamte mittlere Fläche, anscheinend für völlig bedeutungslos erklärte. Welche Verschwendung der Natur, wenn dies wahr wäre.

Michael Wanderer indes korrigierte die Zeichnung nicht, er würdigte die wohlgemeinte technische Ausstattung des Hotels vielmehr mit keinem Blick.

„Heute haben wir eine junge Dame hier", seine Stimme war donnernd, nur sie konnte gemeint sein, sie war die einzige Frau, seine Augen fixierten sie, „die, wie mir unser Hotelier versichert, Fleisch von völliger, absoluter Reinheit und allerhöchster Qualität herzustellen vermag. Wir wollen nicht in ihr Geheimnis dringen, wissen jedoch mit an Sicherheit grenzender Wahrscheinlichkeit, dass ihre Tiere - junge Schweine - in Harmonie und Eintracht, völliger Abgeschiedenheit und unberührter Natur leben. Und das ist das Ergebnis. Sie haben zu Lebzeiten keine lange Reisen unternommen und haben nicht erbarmungswürdig in Ställen zusammengepfercht ein grausames Dasein gefristet. Und was lernen wir daraus?"

Neun fragende Gesichter.

„Californische Weine!", fuhr er übergangslos fort und mit plötzlicher, rasender Wut. „Wenn ich das schon höre! Wenn Sie glauben, der Kerosingestank würde nicht durch den Korken dringen, sind Sie hier fehl am Platz, mein Herren! Er tut es!"

Niemand wollte fehl am Platz sein, sie duckten sich unter dem Gebrüll.

„Wenn Sie glauben, Abertausende Kilometer Transport würden ihm nichts anhaben, dann vergessen Sie diesen Beruf, werden Sie Krämer! Oder Kiwis! Kiwis isst man in Neuseeland. Sind wir hier in Neuseeland?"

Die neun schüttelten die Köpfe wie Marionetten und Anna Bungert fragte sich, was Kiwis sind.

„Afrikanische Erdbeeren, Irische Butter, das Zeugs muss doch auch alles hergeflogen werden. Das verpestet die Umwelt, und die Umwelt ist nicht irgendwo, sie ist genau hier, wo Sie Ihr erbärmliches kleines Leben führen. Servieren Sie gefälligst den Wein der Region, meine Herren! Kochen Sie heimisches Gemüse, das dort wächst, wo Sie arbeiten! Möhren, Rüben, Kohl! Butter von Nachbars Kuh, Erdbeeren aus Großmutters Garten und schließlich Fleisch, wie diese Frau es anscheinend liefern kann. Und genau das werde ich jetzt überprüfen."

Er verließ prompt das Rednerpult und stapfte auf den Esstisch zu. Schon wirbelten Kellner herbei, zündeten die Kerzen an, und alle folgten ihm brav und ohne Murren. Jetzt stand ein Namensschild vor ihrem Teller. Anna Bungert, direkt neben Michael Wanderer. Es sah gut aus, den eigenen Namen in goldener Schrift zu sehen, es machte sie zu einer wirklichen Person. Die Kellner schleppten Schüsseln und Schalen und tischten auf. Und wieder kam es zu einer Rede, als der Hotelier an sein Glas klopfte, umständlich aufstand und erklärte, dass sich die Herren ja mit besonderer Sorgfalt dem Fleisch und seiner Zubereitung widmen sollen, und er gespannt auf ihr Urteil sei. Er persönlich sei der Meinung, nie etwas besseres gegessen zu haben, und er habe schon viel probiert, er habe die fünf Sterne nicht umsonst. Seine Zunge sei verwöhnt und überaus kritisch.

Und dann aßen sie es alle. Und es war still im Saal, bis auf das Geräusch der schneidenden Messer auf den Tellern. Sie bekam keinen Bissen herunter und starrte in das flackernde Kerzenlicht.

Jetzt. Jetzt.

Tatsächlich sprang Michael Wanderer auf, tat einen Schrei gegen den gläsernen Himmel des Hotels, wie ein sterbender Bär, und brüllte:

„Mein Gott!"

Er trommelte mit den Fäusten wie besessen auf die Tischplatte.

„Darauf habe ich ein Leben lang gewartet!"

Die neun Nachwuchsköche machten überraschte, ahnungslose Gesichter, sie hatten nichts Außergewöhnliches feststellen können.

Nach ein paar Bissen, die Michael Wanderer langsam und mit geschlossenen Augen kaute, in seinem Mund hin- und herspülte wie einen guten Wein, beugte er sich zu ihr vor und flüsterte, wobei kleine Speisereste aus seinem Mund fielen:

„Das, meine Liebe, ist kein Schwein."

Er kaute.

„Kein Rind."

Er kaute.

„Kein Lamm, kein Geflügel, kein Wild, nicht einmal Pferd. Es gibt noch eine einzige Art Fleisch, die ich nicht erwähnt habe."

Er kam noch näher, und sie roch Alkohol und Nikotin. Sein Gesicht war jetzt noch röter und sie fürchtete, dass ihm die Aufregung, die ihn offensichtlich befallen hatte, nicht bekommen könnte.

„Und nur wir beide wissen, was ich meine."

Sie nickte vorsichtig und bereitete sich vor.

Es war soweit.

„Wir beide begeben uns jetzt auf Ihren Hof. Ganz still und leise. Ohne Aufhebens ... und Sie zeigen mir ... die Strauße."

Sie stutzte.

Zwanzig Minuten den Weg entlang, vielleicht würden es mehr, er war nicht mehr nüchtern und in den hohen Schuhen war sie nicht schnell. Sie brauchte Zeit zum Überlegen. Zeit.

„Wir gehen zu Fuß", sagte sie plötzlich und viel zu laut, dass alle es hörten und sich nach ihr umsahen. Sie hatte den ganzen Abend noch kein Wort gesagt.

„Auch das, wenn Sie wollen."

Michael Wanderer hatte es jetzt eilig. Er wischte sich die Speisereste mit dem Handrücken aus den Mundwinkeln, ließ den Rest des Weines in seine Kehle laufen und stand auf. Sein Stuhl kippte um, als er ihn zurückschob, und er stieg achtlos über die Beine. Seine Hand umfasste ihr Handgelenk und er zog sie an seiner Seite hinaus.

Der Hotelier war verzweifelt über das jähe Ende der Veranstaltung. Ohne Michael Wanderer und Anna Bungert schien das gesamte Fest zerstört. Am meisten aber litt er unter der Tatsache, dass er nicht wusste, was sie vorhatten. Trotz aller Bemühungen hatte er kein Wort verstanden, das Michael Wanderer geflüstert hatte. Dabei war er doch derjenige gewesen, der sie zusammengebracht hatte. Wäre es da nicht seine Pflicht und Schuldigkeit gewesen, ihn einzuweihen? Anstatt mitten im Hauptgang sein Hotel zu verlassen. Und zu Fuß! So weit er wusste, ging Michael Wanderer nie einen einzigen Schritt zu Fuß, das verbot sich bei seinem Körperumfang von selbst. Und wohin? Etwa zu Anna Bungerts Bauernhaus, dessen Zutritt sie ihm, ihrem Entdecker und Förderer, bisher verweigert hatte? Und wenn sie vorhatten, in Zukunft ihr Geschäft ohne ihn abzuwickeln?

Er blieb mit einem Berg unbeantworteter Fragen zurück und ohne Appetit auf das Zitronensorbet, während die Nachwuchsköche, befreit von der Nähe des wortgewaltigen Vorbildes, kräftig zulangten, als wäre nichts geschehen. Sie lachten sogar.

Im Foyer des Hotels half Michael Wanderer ihr in den Mantel und hielt ihr die Tür auf. Beides empfand sie als angenehm, beides war ihr noch nie widerfahren.

Den ganzen Weg entlang summte er. Er war guter Dinge. Zwischendurch rieb er sich den enormen Bauch, einmal rülpste er. Seine Schritte waren nicht gleichmäßig und sie drängte ihn nicht. Dennoch schien der Weg kürzer zu sein als sonst. Zu kurz. Es wollte ihr einfach keine andere Lösung einfallen.

Auf dem Hof zeigte sie ihm den Stall, die Schweine, die Hühner und den Hahn, die Katze und den Hund.

„Mädchen", brummte er ungeduldig, „ich will nicht deinen gesamten Hausstand sehen, zeig mir endlich die Strauße."

„Es gibt keine."

Er begrub einen Hocker unter seinem gewaltigen Hintern und sagte: „Ich habe Zeit."

Schließlich nahm sie den Bolzenschussapparat aus der Wandhalterung und hielt ihn in ihren Händen, während sie sprach, und sie stellte fest, dass es schwerer war, es auszusprechen als es zu tun. Es hörte sich auf einmal wie ein Verbrechen an, so grausam und brutal. So war es ihr nicht vorgekommen. Es war ein Handwerk gewesen und selbstverständlich.

Als sie alles gesagt hatte, zielte sie auf seine Stirn, aber er trat keinen Schritt zurück, und anstatt entsetzt zu sein, wie sie es erwartet hatte, weiteten sich seine Augen ... vor Bewunderung. Er zeigte keine Angst und keine Abscheu. Nicht den Gedanken an Vorwurf. Nur echte Bewunderung, Verehrung geradezu, Ehrfurcht fast. Ein Mann wie er, der alles in Grund und Boden toben konnte, der die Welt gesehen hatte und wusste, was Kiwis sind, dieser Mann sah aus, als würde er gleich vor ihr auf die Knie fallen.

Es war diese Reaktion, die sie aus der Fassung brachte und das gute Gefühl, das sich einstellte. Schon wieder. Erst das Kleid, das sie veränderte, ihr Name in goldener Schrift, und jetzt das.

Er nahm den schweren Bolzenschussapparat aus ihren Händen, legte ihn vorsichtig auf den Boden zwischen sie, und zog ihre Hände an seinen Mund. Als sie seine Lippen spürte, zuckte sie zusammen. Er streichelte die rauhen Handrücken mit seinen Daumen.

„Diese Hände sollten nicht schlachten", sagte er nachdenklich und heftete seine Augen auf sie: „Du liebst deine Schweine, nicht wahr?"

„Ja."

„Mehr als alles auf der Welt?"

„Ja."

„Warum schlachtest du sie dann?"

Sie sah ihn fragend an und zuckte mit den Schultern.

„Du musst, ich weiß. Aber ich könnte dir helfen."

„Ich ...", stieß sie hervor.

„Wir könnten einen Weg finden ... zusammen ... damit du die Schweine nicht mehr schlachten musst. Ich könnte jemanden einladen. Ich kenne viele Leute."

„Aber der Veterinär?"

Er füllte den Stall mit seinem Lachen.

„Wo war der Veterinär, als du den Sohn des Bauern und das Mädchen ins Hotel geliefert hast?"

Sie machte die Handbewegung, die man macht, wenn etwas durch Zauberhand verschwunden ist.

„Niemand wird hier etwas finden, nicht wahr? Ich habe auch nichts gefunden. Sagtest Du nicht, der Kommissar war schon da?"

Eine Weile sahen sie sich stumm an, und dann sagte sie leise: „Sind sie jung?" Sie erschrak selbst über ihre Frage.

„Ja", er lächelte, „es wird gutes Fleisch sein, wir werden unserem Ruhm alle Ehre machen. Gut und ökologisch ernährt, keine Raucher, keine Trinker."

Wie seltsam es sich anhörte, als er sagte „unserem" Ruhm. Und wie gut.

„Viele?"

„Ja", sagte er, „neun."

An den folgenden Tagen wollte er alles über die Schweine wissen. Von der Zeugung bis zum Tod. Er hatte Schwierigkeiten, sie auseinander zu halten, nachdem sie ihm ihre Namen genannt hatte, weil er meinte, sie sähen alle gleich aus: „Schwein ist Schwein."

Da zeigte sie ihm die kleinen Unterschiede, die sie zu Einzelwesen machten. Ein Muttermal am Hals, ein Schlappohr hier, ein Unterbiss dort. Martin mit seinem ungestümen Wesen und Josef, der besonders anlehnungsbedürftig war. Berta, die in der Lage war, kleine Kunststükkchen vorzuführen. Sie sprang mit fröhlichem Quieken über einen Stock, ohne mit den Hinterbeinen hängen zu bleiben und vollführte anschließend eine Art Purzelbaum. Zugegeben, der Purzelbaum war noch nicht perfekt, daran mussten sie noch arbeiten. Aber vom Ansatz her bewies er Talent.

Eine gute Woche später saßen sie zusammen auf der Bank neben den drei Eingangsstufen, ihre Hand in seiner, und sie sahen auf den schwarzen Punkt am Ende des Weges, der sich bewegte und größer wurde. Zwanzig wunderbare Minuten lang. Es war ein herrliches, erregendes Gefühl, und drüben im Stall jubelten die Schweine.

Uwe Rhiem

# Oma muss weg

Es gibt Dinge im Leben, an die man, wenn man sie in der Zeitung liest oder sie in einer der unsäglichen „Reality-Soaps", die man bei den Privaten tagtäglich um die Ohren gehauen bekommt, eigentlich gar nicht glauben kann. Noch weniger denkt man daran, dass man selbst einmal in solch eine lebens- und menschenverachtende Situation kommen könnte, in eine, wie sie sich diese kranken Hirne aus dem Vorabendprogramm aus den Fingern saugen.

Bei uns doch nicht!

Dass dies so leider nicht stimmt, musste ich am eigenen Leib erfahren.

Ich bin ein Enddreißiger und hatte im Leben fast alles Erstrebenswerte erreicht. Ich kam einigermaßen gut mit meiner Gattin zurecht, hatte zwei eigentlich ganz nette, zurzeit leider heftig pubertierende Kinder, einen Beruf, der mir zwar keinen Spaß machte, aber dafür reichlich Kohle abwarf und dann noch - Oma!

Diese Oma war die Mutter meiner Frau, und sie war wie eine Mutter zu mir. Auch meinen Kindern war sie meist lieber als die eigene Frau Mama. Sie kümmerte sich um den gesamten Haushalt und passte auf die Kleinen auf, so dass meine Frau und ich ganztags unseren Berufen nachgehen und jede Menge Geld verdienen konnten. Mit diesem Geld hatten wir vor fünf Jahren das Haus, in dem wir mit Oma und Opa wohnten (Omas Elternhaus!), quasi von Grund auf neu gebaut. Die beiden Alten fanden das alles ganz toll und waren froh, ihre letzten Lebensjahre nicht in irgendeinem Seniorenheim zubringen zu müssen.

Sie waren anscheinend ganz froh, dass wir bei ihnen waren, und wir waren auch froh, dass wir sie hatten, weil sie uns einen großen Teil der alltäglichen Pflichten abnahmen.

Das alles änderte sich schlagartig vor drei Jahren. Darmkrebs, Schwindsucht, allgemeine Fäulnis oder sonst eine irgendeine ekelhafte Alterskrankheit hatte Opa innerhalb von sechs Wochen dahingerafft und wir waren allein - mit Oma!

Von diesem Tag an änderte sich dann unser Leben total.

Oma hatte nun, nachdem die Betreuung des Opas ja nun nicht mehr gefordert war, nur noch eines im Sinn: Den Rest der Familie zu tyrannisieren und uns alle fertig zu machen, damit sie dem Rest der Menschheit noch möglichst lange ungestört auf die Nerven gehen konnte.

Jeder von uns vieren hegte seinen ganz persönlichen Groll gegen Oma. Ich schon allein deshalb, weil sie meine Schwiegermutter war. Dabei führte sie sich auf, als sei sie meine eigene Mutter. Ständig fühlte sie sich berufen, uns in allen Lebenslagen mehr oder aber eher weniger hilfreich zur Seite zu stehen. Dauernd wollte sie uns allen ihre Ideale von Familienleben und ihre allgemeinen Lebenserfahrungen mit konstanter Boshaftigkeit doktrinieren und als die einzig selig machende Möglichkeit vorschreiben.

Das Thema, um das es gerade ging, war ihr meist völlig schnuppe. Sie wusste alles besser und hielt es für gut und notwendig, wenn wir ihre Einstellung, also die einer senilen siebzigjährigen Frau als die Lizenz zum Überleben annehmen würden.

Egal, ob es um die alljährliche Urlaubsreise per Flugzeug in die Türkei ging - „Wir sind immer mit dem Fahrrad an die Mosel gefahren, und es hat uns immer viel Freude gemacht!" oder um die Wohnungseinrichtung - „Wozu brauchen die Kinder ein eigenes Zimmer? Wir haben mit vier Kindern in einem einzigen Doppelbett geschlafen und es hat keinem geschadet!"

Seit dem Sechs-Wochen-Amt für meinen Vater hatte sie auch verfügt, dass wir alle gefälligst regelmäßig sonntags zur Kirche zu gehen haben. Um unnötige Diskussionen und Keifereien gar nicht erst aufkommen zu lassen, verließen wir alle brav Sonntag für Sonntag das Haus und gingen spazieren, schwimmen (im Sommer) oder zu einem Brunch in irgendein Café (zu jeder anderen Jahreszeit). Hauptsache, weg von der alten Hexe.

Oma wollte nie zur Kirche mitkommen. Dabei hätte sie den Kirchgang wegen ihrer menschenverachtenden Einstellung uns gegenüber bestimmt viel nötiger gehabt als sonst wer auf der Welt.

Unsere beiden Kinder liebten und hassten Oma zugleich. Einerseits trug Oma mit ihrer viel zu üppigen Rente zu einer spürbaren Aufbesserung des Taschengeldes bei. Andererseits hatte sie aber auch wirklich an allen Aktivitäten, welche Teenager nun einmal so zu treiben pflegen, etwas zu mäkeln. Mal waren es die Haare des Freundes meiner Tochter, die erheblich zu lang waren. Dafür sah der Nächste mit seinem Kurzhaarschnitt ihrer Meinung nach aus wie ein explodierter Handfeger. Und überhaupt, wozu in dem Alter schon einen Freund? Die wäre doch gerade erst mal siebzehn und sollte sich zunächst um eine ordentliche Ausbildung kümmern, bevor sie anfängt, mit den Jungs durch die Dörfer zu ziehen.

Auch die Hip-Hop-Musik aus dem Zimmer meines Sohnes war ihr immer zu laut. Auch wenn mein Sohn gar nicht im Haus war, sondern auf einer viertägigen Klassenfahrt - die Musik (die gar nicht lief) war trotzdem viel zu laut.

Außerdem waren sich die Kinder einig, dass Oma erheblich zu viel Platz für sich beanspruchte.

Wozu brauchte sie ein Wohnzimmer, wenn sie es sich allabendlich auf unserem Sofa bequem machte und penibel darauf achtete, dass nur ja kein produktives Familiengespräch in Gang kam, weil sie sonst unmöglich die hundertste Wiederholung vom „Traumschiff" auch akustisch verfolgen konnte?

Wozu brauchte sie eine eigene voll eingerichtete Küche, wenn sie den ganzen Vormittag in der unsrigen herum lungerte und meiner Frau klarzumachen versuchte, dass sie nun mal nicht kochen könne und Männer meines Formates es nun einmal von Kind an gewöhnt seien, etwas Vernünftiges zu essen?

Wozu brauchte sie ein eigenes Bad, wenn sie das unsere jeden Morgen eine volle Stunde lang in Beschlag nahm, weil ihr die Farbe unserer Kacheln einfach besser gefiel?

Auch die Fragen beim gemeinsamen Frühstück zehrten an unserer Substanz. Sie begannen immer mit den gleichen Worten: „Hört mal, es geht mich zwar nichts an, aber ..." - Danach kam dann für gewöhnlich eine Auflistung ihrer Meinung nach unmöglicher Vorgänge und unhaltbarer Zustände, wie beispielsweise: „... meint ihr nicht, dass es doch etwas spät ist, wenn die Kleine erst um zehn nach Hause kommt?" oder „... würde es nicht auch reichen, wenn ihr nur dreimal im Jahr Kegeln gehen würdet, statt alle vier Wochen?" oder gar „... wenn ihr abends nicht mehr so lange das Licht brennen lassen würdet? Lesen könnt ihr doch auch tagsüber."

So ging sie jedem von uns im Laufe der Jahre immer mehr auf die Nerven. Aber was sollten wir tun? Schließlich gehörte dieses kleine vor dem Verfall gerettete Haus am Ortsrand von Mechernich ihr ganz allein, solange, bis sie sterben würde. - Bis sie endlich sterben würde!

Und das würde, wenn es dem Rest der Familie nach ginge, schon sehr bald sein.

In diesem Sommer war es dann wohl so weit gekommen, dass alle von Oma die Schnauze endgültig gestrichen voll hatten und jeder für sich allein, ohne es dem Rest der Familie mitgeteilt zu haben, einen verwegenen Plan fasste, wie man Oma möglichst elegant um die Ecke bringen konnte.

Dass meine Tochter den Anfang der nun beginnenden Anschlagsserie machen würde, war reiner Zufall und wurde von mir erst viel später registriert.

Ich jedenfalls hatte meine Schwiegermutter für den Samstagnachmittag zu einem Ausflug eingeladen, angeblich damit sie mal wieder an die frische Luft käme und wir beide uns einmal ungestört unterhalten konnten. Wie bei anderen Ausflügen dieser Art üblich ließ sie sich von mir in einem Rollstuhl fahren, obwohl sie auf kurzen Strecken durchaus noch sehr gut laufen konnte. Das merkten wir immer daran, dass sie es jeden Tag mühelos schaffte, vor jedem anderen Familienmitglied an der Gartenpforte zu sein, wenn der Briefträger kam. Nur so hatte sie auch die Kontrolle darüber, wer wann Post von wem bekam. Konnte sie mit einem Absender nichts anfangen, hatte sie keine Hemmungen, die Briefe zu öffnen und sich Einblick in den Inhalt zu verschaffen. Stellte man sie zur Rede, bekam man jedes Mal die gleiche Antwort: „Ach, ihr wisst doch, meine Augen sind nicht mehr so gut. Ich dachte, der Brief wäre für mich. Ich habe aber sofort gemerkt, dass es wohl nicht so war und dann auch nicht weiter gelesen." - Wer's glaubt ...

Na ja. Ich war also mit meiner Schwiegermutter samt Rollstuhl direkt nach dem Mittagessen - an dem sie natürlich wieder mal nur rumgenörgelt hatte - zu einem verträumten Parkplatz in der Nähe von Iversheim aufgebrochen. Dieser Platz schien mir ideal für meinen Plan. Der Parkplatz grenzte an eine mindestens zehn Meter tiefe steile Böschung, an deren unterem Ende die Bahnlinie Bad Münstereifel - Euskirchen verläuft.

Nach nur wenigen Minuten - ich hatte Oma gerade in den Rollstuhl manövriert - hörte ich aus Richtung Euskirchen schon einen Zug herannahen.

Jetzt musste alles sehr schnell gehen!

Ich schubste Oma samt ihrem AOK-Chopper mit viel Schwung die Böschung runter und stellte mir vor, wie sie sich nun etliche Male überschlagen und schließlich mit gebrochenem Genick auf den Schienen landen würde. Den grausigen Rest würde dann der schon bedrohlich nahe gekommene Zug erledigen.

Ohne nochmals nach Oma zu sehen, stieg ich wieder in mein Auto und fuhr eiligst vom Parkplatz runter auf dem schnellsten Weg nach Hause.

Ich konnte gut darauf verzichten, mitzuerleben, was hier gleich los sein würde. Polizei, Rettungswagen, Schaulustige ... Nein, ich legte keinen Wert darauf, hier gesehen zu werden.

Auf der Heimfahrt horchte ich insgeheim immer wieder, ob nicht schon von irgendwoher das „Tatütata!" des Notarztwagens zu hören war.

Schon um zwei Uhr war ich wieder zu Hause.

Am Abend, so hatte ich mir vorgenommen, würde ich Mutter bei der Polizei als vermisst melden und erklären, ich hätte sie mittags nach Bad Münstereifel gefahren, wo sie häufig in der Fußgängerzone den Ausflüglern mit ihrer Karre in die Hacken zu fahren pflegte, um sie dann auch noch unflätig zu beschimpfen: „Städterpack! Nehmt gefälligst Rücksicht und geht mir aus dem Weg!"

Im Haus konnte ich zunächst niemanden von meiner Familie entdecken. Es war, als sollte ich mit meiner Bürde zunächst mal allein zurecht kommen.

Ich dachte bei mir, dass meine Kinder wohl mit Freunden unterwegs seien und meine Frau sich nach dem Essen einen Mittagsschlaf gönnen würde. - Das dachte ich jedenfalls!

Meinen Sohn fand ich am unteren Ende der Kellertreppe. Als ausgesprochen seltsam empfand ich den Draht, der in etwa zwanzig Zentimetern Höhe im Türrahmen der Kellertür gespannt war. Jeder, der unbedarft in den Keller gehen würde, musste einfach darüber stolpern und auf der steilen Treppe mal probieren, wie er das ohne Genickbruch überstand. Mein Sohn hatte es jedenfalls nicht überstanden.

In Omas Küche im ersten Stock fand ich meine Tochter. Sie lag auf dem Boden, hatte blaue Lippen und roch irgendwie ganz seltsam nach Chemie. Ich wollte sie aufheben, konnte sie aber nicht bewegen, weil sie schon ganz steif und klamm war.

Ich rief, nein - ich schrie den Namen meiner Frau, bekam aber keine Antwort. Im Geräteschuppen hinter dem Haus fand ich sie dann schließlich. Sie hing mit dem Hals in einer Schlinge einer roten Nylon-Wäscheleine. Das obere Ende war an einem Dachbalken befestigt, und mein Liebste war mausetot.

Auf dem Kopfkissen unseres Ehebetts fand ich einen Brief von ihr:

„Mein lieber Schatz.

So konnte ich nicht mehr leben. Die Kinder wohl auch nicht. Melanie hat einen Stolperdraht in die Kellertür gespannt und Oma gefragt, ob sie mal eben eine Flasche Cola raufholen kann. Aber Marcel war schneller und rief noch: „Ich mach das schon!" Dann hörte ich es nur noch krachen und danach nichts mehr.

Ich hatte vorher der Alten den Melissengeist zur Hälfte mit E 605 gemischt.

Wusstest Du eigentlich, dass unsere Tochter trinkt?

Jedenfalls hat sie Omas Melissengeist fast ganz ausgetrunken und mir danach nur noch kurz was von Bauchschmerzen vorgelallt. Danach hat sie sich nur noch mal kurz geschüttelt, und es war aus mit ihrem jungen Leben.

Das alles geschah, als Du Omas Rollstuhl ins Auto gebracht hast.

Jetzt, wo die Kinder nicht mehr da sind, ist das Leben für mich sinnlos geworden. Was soll ich hier ohne die Kinder, nur mit Dir und diesem

Drachen? Da bin ich doch lieber auch tot. Nimm's nicht so tragisch, das Leben geht für Dich und Mutter ja weiter. Das alles hat nichts mit Dir zu tun.

Ich liebe Dich ..."

Ich musste weinen, ich schrie meine ganze Trauer und Verzweiflung aus mir heraus. Alles, aber auch wirklich restlos alles hatte diese alte Ziege kaputt gemacht. Und ausgerechnet jetzt, wo ich die Angelegenheit ein für allemal erledigt hatte, passierte so was. Hätten wir doch nur gemeinsam einen vernünftigen Plan ausgeheckt.

In meine Gedanken hinein drang plötzlich der schrille Ton unserer Türklingel. Wie benommen taumelte ich die Treppe hinunter und hörte von draußen die bekannte Keifstimme:

„Mach doch mal jemand auf! Warum hast du mich nicht festgehalten? Du musst doch gemerkt haben, dass ich mit dem Rollstuhl in die Böschung gerutscht bin! Gut, dass da dieser Holunderstrauch stand. An dem hat sich der Rollstuhl irgendwie verhakt, sonst wäre ich womöglich noch bis auf die Gleise gerollt!"

Meine Schwiegermutter stand vor der Tür und kam mir vor wie eine Vision aus dem Reich der Toten, von denen ich seit kurzer Zeit umgeben war. Ich öffnete die Tür. Da stand sie quicklebendig neben ihrem leicht lädierten Rollstuhl.

„Gut, dass da gerade Spaziergänger vorbeikamen. Die haben mich gefunden. Dann wollten die mich ins Krankenhaus bringen, aber mir fehlt doch gar nichts. Also haben sie mich bis hierhin gefahren. Wo warst du denn auf einmal?"

Diese kitschige blöde Löwenfigur aus Beton, die auf einem Pfeiler neben unserem Eingang postiert war, hatte mich schon immer gestört.

Genau wie meine Schwiegermutter eigentlich.

Wie in Trance ergriff ich das kalte steinerne Vieh und ...

Jacques Berndorf

# Der Mann, der immer da war

An den Herrn
Leitenden Oberstaatsanwalt
Dr. Bernard Watzlawik
Landgericht/Justizbehörden

Sehr geehrter Herr Oberstaatsanwalt!

Verzeihen Sie, dass ich mich auf diesem Weg an Sie wende, aber andere Wege hat der Herr mir nicht gegeben, zumal ich über keinen Computer verfüge, also auch keinen Zugang zum Internet habe. Nun könnte man das über Internet-Cafés und ähnliche Institutionen erledigen, aber ich muss immer an die Spuren denken, die ich hinterlassen könnte. Ich schreibe, dies zur Kenntnis für ihre findigen Mitarbeiter der Mordkommission, auf einer elektrischen Schreibmaschine des Typs Brother AX 410. Es ist eine der meistverkauften Schreibmaschinen der Welt, und ich kaufte sie nicht in diesem Lande, sondern vielmehr irgendwo anders. Es macht also keinen Sinn, mich zu suchen. Auch das verwendete Papier wird Sie nicht weiterbringen, und Fingerabdrücke wird es keine geben.

Das war, wie ich finde, eine lange, aber notwendige Einleitung, und jetzt kann ich zum eigentlichen Zweck meines Schreibens an Sie kommen: Es geht um den Mordfall Sven Darscheid, oder besser gesagt, es geht um den Tankstellenmord, der so viel Wirbel auslöste und nun zur Beruhigung des Publikums in einer lebenslangen Freiheitsstrafe für besagten Sven Darscheid mündete.

Darscheid war, wie wir alle wissen, geständig. Es gab für Sie zwar einige Ungereimtheiten, aber das haben Sie vor Gericht meisterhaft verborgen. Zum Beispiel die fehlenden Fingerabdrücke auf dem Griff des Messers, mit dem die junge Frau, die alle Katinka nannten, getötet wurde. Zu anderen Ungereimtheiten komme ich gleich.

Ich bin kein Psychologe, erst recht kein klinischer Psychologe. Und von der Psychiatrie verstehe ich im Grunde wenig bis gegen Null. Aber das Geständnis des Sven Darscheid ist falsch.

Ich weiß mit absoluter Sicherheit, dass auch der Leiter der Mordkommission, der Kriminalrat Sigurd Blaschke, gar nicht froh war über dieses Geständnis. Nach seiner Einlassung „ist da irgendetwas faul".

Sie brauchen keine Furcht zu haben, dass Blaschke sich in irgendeiner Form gegen Ihre Auffassung gewendet hat oder bei Nichteingeweihten negative Kommentare zu ihrer Person äußerte. Die Bemerkung, da sei irgendetwas faul, fiel nach einigen Vierteln Wein in irgendeiner der schmutzigen Kneipen rund um den Straßenstrich.

Sie, verehrter Herr Oberstaatsanwalt, mussten eine schnelle Aufklärung in diesem tragischen Fall der Katinka der Öffentlichkeit servieren. Denken wir doch einmal daran, dass innerhalb dieses ersten Halbjahres 2001 im Bereich des Rotlichtviertels und der schmuddeligen Nacht schon drei Menschen zu Tode kamen. Ihre Karriere, das erscheint sicher, hätte einen vierten, unaufgeklärten Fall nicht so ohne weiteres ertragen.

Und verzeihen Sie mir einen weiteren erheiternden Schlenker in Ihre Privatsphäre. Eine Ehe, die nicht mehr funktioniert, zwei beinahe erwachsene Kinder, die ihren eigenen Weg gehen und Sie nicht gerade lieben. Eine höchst attraktive Geliebte, die, gelinde gesprochen, eine merkwürdige Zickigkeit an den Tag legt und selbstverständlich geheiratet werden will ... oh ja, den Druck kann ich nachempfinden.

Kommt sehr blumig hinzu, dass Sie ihre Familie versorgen müssen, also nicht auf Rosen gebettet sein werden. Wie trifft es sich da so lebensfroh und positiv zu Ihren Gunsten, dass die Zicke aus der vorhergehenden Ehe sehr viel Geld bringt? Schließlich hat sie Ihnen schon einen 320er CLK geschenkt, hübsch zurückhaltend schwarz. Ja, wir sind alle armselige Sünder vor den Augen des Herrn.

Das Leben geht gut mit Ihnen um, Herr Oberstaatsanwalt. Die Partei, der Sie angehören, übrigens auch. Nein, nein, werden Sie jetzt nicht panisch, bisher weiß noch niemand davon. Ihre Leute regieren seit neuestem dieses Land, und Sie werden in gewisser Weise direkt mitregieren. Sie werden nach behutsamer, langer Planung Abteilungsleiter im Justizministerium. Sie können also diese Stadt und Ihre bisherige Familie sehr gründlich vergessen. Das wollten Sie doch immer schon, oder?

Allerdings besteht die Möglichkeit, dass der Prozess gegen Sven Darscheid wieder aufgerollt wird, weil nicht nur der Leiter der Mordkommission, gelinde gesagt, ein ungutes Gefühl hat, sondern auch der behandelnde Therapeut des Mörders schon jetzt, also kurze Zeit nach dem Urteil, eine ganze Latte höchst unbequemer Fragen notiert hat. Diese Fragen allerdings werden einen quälend langen Weg in die Öffentlichkeit vor sich haben, denn der Therapeut ist ein Parteifreund. Wie auch immer: Sie werden im Ministerium sitzen und taub und blind sein, wie Ministerielle das zuweilen so an sich haben.

Erlauben Sie mir jetzt, zum Mord an Katinka zu kommen, denn das ist schließlich der Kern meines Schreibens und sollte unter keinen Umständen untergehen.

Da liegt also die 28-jährige vor der Verkaufstheke an der Tankstelle, in der sie des Nachts arbeitete. Sie liegt in einem See aus Blut, sie war nach dem ersten Stich schon tot, wenngleich der Mörder insgesamt neunmal sein Messer in ihr versenkte. Daneben steht dieser Unglücksrabe Sven Darscheid, 35 Jahre alt, seit Jahren arbeitslos, im Grunde höchst schmutzig vor sich hinvegetierend, nie rasiert, immer ein wenig derb riechend, immer unter Alkohol. Er steht dort wie ein bedröppelter kleiner Junge, der sich vor Angst in die Hose gemacht hat.

Und Sven Darscheid hat sich tatsächlich in die Hose gemacht, wie der sehr ausführliche Tatortbericht Ihrer Mordkommission vermerkte. Er hat rund drei Promille, und er kann es nicht fassen, dass er die Katinka getötet hat. Aber er muss sie getötet haben. Es ist drei Uhr nachts, und niemand außer ihm ist dort in der Tankstelle. Der letzte Kunde, der tankte, ist nach dem Kassenbon zu urteilen, sechzehn Minuten her. Es ist niemand dort, außer der verblutenden jungen Frau und Sven Darscheid. Neben Katinka liegt im Blut das Messer, das merkwürdigerweise keine Fingerabdrücke hergibt.

Sie selbst, Herr Oberstaatswalt, haben im Prozess eindeutig festgestellt, dass Sven Darscheid das Messer wahrscheinlich aus dem Körper der sterbenden Frau zog und es ganz mechanisch, gewissermaßen automatisch abwischte. Und genau das hat nicht stattgefunden, kann nicht stattgefunden haben.

Hätte er das Messer abgewischt, dann hätte er es an seiner Hose oder an seinem Pullover abgewischt. Anderes Textiles gab es dort nicht. Nur Schokoladenriegel, Zeitungen, Magazine, Einwegfeuerzeuge und ähnlichen Kram. Das alles ohne eine Spur von Blut.

Auf der Kleidung von Darscheid fand man nur hingetupftes Blut, weil er sich zu der Sterbenden nieder bückte und so gänzlich hilflos war in seinem Schmerz. Man hätte aber die obligaten winzigen Blutspritzer auf seiner Hose und auf seinem Pullover finden müssen, Herr Oberstaatsanwalt. Der Spurenspezialist fand auch keine verwischten Fingerabdrücke auf dem Messergriff, stattdessen Spuren des Puders, mit dem Einweghandschuhe aus Latex eingepudert werden, damit man sie leichter über die Hand streifen kann. Natürlich, so hieß es, seien dies Puderspuren der von den Mitgliedern der Mordkommission gebrauchten Einweghandschuhe gewesen. Leider eine kleine, technische Panne.

Ich sage Ihnen: Das war nicht der Fall.

Ich erinnere Sie an die Titelseite der Tageszeitung: Der Mann, der immer da war. Tatsächlich war Sven Darscheid immer da an der Tankstelle, beinahe jede Nacht. Das hatte Gründe. Der Mann tat nichts, er war unruhig, er konnte nicht schlafen. Er trabte jede Nacht zu Katinka, er sprach mit ihr, er scherzte mir ihr. Im Morgengrauen trollte er sich heim. In sein elendes Quartier. Er kochte kaum noch, er aß die Spaghetti kalt aus der Dose, kaufte sich Frikadellen aus dem Tiefkühlfach zu Tiefstpreisen. Dann legte er sich auf seine Couch und schaute sich Pornofilme an. Er war wirklich ein Fehlgeleiteter, ein großer Sünder vor dem Herrn.

In der letzten Phase zwang ihn das Arbeitsamt, für das Grünflächenamt der Stadt zu werkeln. Er war todunglücklich damit, denn zum Wege harken und Gras mähen war er wirklich zu intelligent. Und er wusste es.

Wissen Sie, was er vorhatte? Er wollte, übrigens zusammen mit Katinka, eine Kneipe pachten. Ob Katinka mitgemacht hätte, weiß ich nicht, er behauptete das. Aber die Ereignisse hatten ihn längst überholt.

Da steht er nun neben der Frau, die in ihrem Blut liegt. Er ist geschockt, zweifelsfrei. Und er denkt, dass er es getan haben muss, denn wer, um Gotteswillen, soll es denn sonst getan haben? Drei Promille, ich bitte Sie: Was sollte er sonst denken?

Hat er Katinka geliebt? Zweifelsfrei. Aber natürlich nur auf seine ekelhafte, primitive, sexuelle Art und Weise. Hat sie ihn erhört? Ich würde sagen: Durchaus. Und zwar gelegentlich auf der Damentoilette der Tankstelle. Nachts, wenn Nebel war, wenn kein Kunde kam, weil niemand fuhr, wenn die Nächte kalt waren und nass. Dann eilten die beiden um die Tankstelle herum auf die Toilette. Alles ging schnell und ohne Gefühl und nur voller Gier - sonst nichts. Er war im wahrsten Sinne des Wortes, ein armselig Getriebener, er hungerte nach ihrem sündigen Leib. Und sie wölbte die Hüften vor und freute sich an seiner Erregung und seiner sexuellen Not. Und wissen Sie, wie er bei Katinka angefangen hat?

Sie wissen es nicht, also sage ich es Ihnen.

Anfangs, in den Nächten des frühen Herbstes, trat sie genau aus dem schäbigen blauen Neonlicht über der Kasse und den dort feilgebotenen Waren. Sie kam für Minuten an die frische Luft. Sie rauchte dann mit gierigen Zügen eine Zigarette. Der Tankstellenbesitzer - übrigens der, der unmittelbar nach dem Mord am Tatort auftauchte und die Polizei rief - eben dieser Besitzer der Tankstelle hatte ihr verboten, in diesem Geschäftsraum zu rauchen. Es war ein groteskes Verbot, weil die Kunden neben Benzin ja auch Rauchwaren erstanden und nicht selten rauchend bei Katinka an der Kasse standen. Sie rauchte also vor der Tür, und neben ihr stand wie ein treuer Schildknappe Sven Darscheid. Kam dann ein Kunde, reichte Katinka Darscheid die Zigarette und ging kassieren. Darscheid begann seine Karriere bei ihr also als Zigarettenhalter.

Dann die Hauptfigur des tödlichen Spiels: Katinka. Sie war eine durch und durch schlechte Frau. Geboren vor achtundzwanzig Jahren in Warschau, aufgewachsen ohne Eltern in Heimen, früh schon kriminell, früh schon zur Hure geworden. Sie war eine der Kindfrauen, die jenseits der Grenze zu Polen, gleich neben Frankfurt an der Oder, die deutschen und polnischen Autofahrer geil machen. Sie kennen sie, ich muss sie Ihnen nicht vorstellen. Sie war auf eine rein weibliche Weise hübsch, primitiv aufreizend, immer aufgeilend.

Irgendwie ist sie mit einem LKW-Fahrer in den Westen gelangt, erst drei Jahre nach ihrem illegalen Grenzübertritt erstmals erwischt, nicht abgeschoben worden, weil irgendein Bürgerverein, der in völlig falsch verstandener Menschlichkeit Jugendliche retten wollte, seine Hand über sie hielt. Dann für ein Jahr Haushaltshilfe bei dem katholischen Monsignore Pfeifer in A.

Ganz richtig, Sie kennen den gut, er traute Sie!

Mein Gott, diese Frau hat diesem unserem Land gerade noch gefehlt!

Irgendwie geriet sie an den Tankstellenbesitzer, der sie zunächst eindeutig auf der Straße einsetzte, gelegentlich auch selbst benutzte. Er hat bekanntlich als Zeuge ausgesagt, dass er Katinka für absolut ehrlich hielt. Als könne eine solche Frau ehrlich sein!

Wie auch immer: Die Schilderungen der Nächte in der Tankstelle während des Prozesses wiesen eindeutig Lücken auf, große Lücken. Da kam heraus, dass Katinka eine hart arbeitende junge Frau war, natürlich gelegentlich etwas mit Männern hatte - welche Frau hatte das nicht? Da stellte sich heraus, dass Sven Darscheid beinahe jede Nacht bei ihr an der Tankstelle verbrachte. Da wurde sogar seitens eines Gutachters festgestellt, dass sein Alkoholkonsum durch den Einfluss dieser Frau erheblich zurückgegangen sei. Kurzum, es wurde ein Bild dieser Frau entwickelt, das letztlich nicht stimmte.

Glauben Sie mir, verehrter Herr Oberstaatsanwalt, diese Frau war ein menschliches Tier, vertiert, mit Sicherheit ein Schwein. Und wenn gelegentlich aufschimmerte, zwischen ihr und Darscheid habe es so etwas wie eine stille, gar tiefe, unausgesprochene Liebesgeschichte gegeben, so kann ich nur warnen, dem zu glauben. Die Frau war die Sünde, ein ständig feuchtes Tier, wenn Sie verstehen, was ich meine.

Sie war unter dem Spitznamen Katinka, „die schnelle Nummer", stadtbekannt, und nicht wenige Autofahrer kamen nachts an die Tankstelle, um mit Katinka der reinen, schnellen, schmutzigen Lust zu frönen. Das kostete jeweils fünfzig Mark und dauerte drei bis sechs Minuten. Auf der Damentoilette!

Gott ist mein Zeuge: Dass diese Frau starb, ist ein Segen für unser gepeinigtes, sittenlos gewordenes Land.

Zweifellos ist Sven Darscheid nicht der Täter. Davon werde ich Sie noch zu überzeugen wissen. Aber wer dieser Sven Darscheid ist, wusste so recht niemand in diesem Prozess zu erklären, nicht einmal der Sachverständige Nummer drei, der zweifellos einige Fakten ausgegraben hatte, die für diesen Täter sprachen.

Sven Darscheid war wie ein herrenloser Hund. Sein Vater starb früh, war Beamter beim Finanzgericht, ein umsichtiger, kluger Kopf, fleißig zudem und die Inkarnation eines deutschen Mittelstandsbürgers, aufrecht, sparsam, von zutiefst christlicher Gesinnung, letztlich das Salz dessen, was wir das Christliche Abendland nennen. Er war übrigens Mitglied Ihrer Partei unter der Nummer 0897-6890-713.

Die Mutter brachte sich und den Sohn mühsam durch. Sie nähte Kleider für jedermann, der den Weg zu ihr fand. Die Rente war schmal. Die Frau fand sich in dieser zunehmend verrohenden Welt nicht mehr zurecht, wurde krank, erlag dann einem Krebsleiden. Der Junge, der das Handwerk des Bäckers gelernt hatte und anfangs sehr strebsam gewesen war, geriet aus der Bahn. Er verkam. Die Stufenleiter, die ihm blieb, führte unaufhaltsam bergab, nichts bremste diesen Niedergang.

Ich habe das alles mühsam in Erfahrung bringen müssen, denn bekanntlich sprach er selbst nicht viel, schwieg zu den meisten Dingen, über die man ihn befragen wollte, wirkte gehemmt, vollkommen verzweifelt, in sich gekehrt. Er muss nun mit der nahezu vollendeten Gewissheit leben, die Katinka getötet zu haben. Und eigentlich soll man ausgerechnet dies so schnell wie möglich korrigieren.

Über eine mögliche Korrektur haben ich lange nachgedacht und bin zu dem Schluss gekommen, dass es sehr wohl eine Hilfe gibt. Im Grunde nämlich ist dieser noch leidlich junge Mann ein ausgezeichneter Deutscher. Das scheint durch Vererbung innerhalb dieser Rasse sehr gut möglich und spricht im Grunde eher für ihn denn gegen ihn. Lassen Sie uns also zusammen mit vereinten Kräften etwas für diesen Mann tun, den ein leidiges Schicksal in eine jahrelange schwere Krise stürzte.

Erinnern Sie sich, verehrter Herr Oberstaatsanwalt, an den Mord an der Dirne Claudia Bergzaber im Januar dieses Jahres? Nun, wir hatten in dieser Sache das Problem, keinen möglichen Mörder mit einem möglichen Motiv zu entdecken. Ich weiß allerdings, wer der Mörder ist. Es handelt sich um den arbeitslosen Deutschrussen Stanislaw Ruicki, im Milieu dieser Stadt zu Hause und bekannt als jähzorniger, gewalttätiger Mann. Wenn Sie ihn überraschend festnehmen, wird er nicht abstreiten können, dass zwei Dinge in seiner Wohnung der toten Dirne gehörten. Der Reisewecker TCM und das Langwellen-Radiogerät. Das sollte reichen. Ich weiß aus sicherer Quelle, dass Ruicki in der Nacht, als Katinka starb, kein Alibi hat. In dieser Nacht nämlich fertigte er in

Heimarbeit Kopien eines Pornostreifens, der Sex mit Kindern zeigt. Und erinnern Sie sich: Ruicki tötete die Dirne auf die gleiche Art wie auch der Täter im Falle Katinka: Ein langes, schweres Messer, sehr viele ungeordnete Stiche! Und schon der erste Stich war laut Obduktionsbericht tödlich.

Und noch etwas wird Sie an dieser Sache interessieren: Immer wieder haben Zuhälter versucht, Katinka unter ihre Fittiche zu nehmen. Einer von ihnen war Ruicki. Er schickte ihr zuweilen auch Kundschaft und nahm ihr dann jeweils 20 Euro ihres Lohnes ab. Da lässt sich leicht ein glaubwürdiges Motiv finden.

Nun werden Sie möglicherweise einwenden, dass ja dann ein zweiter Unschuldiger wegen des Mordes an Katinka verurteilt wird. Nun ja, Ruicki ist niemals unschuldig, war immer der Typ des Affenmenschen, schon ein Greuel an sich. Und Sven Darscheid muss freikommen. Ich bitte Sie also, dafür Sorge zu tragen. Sie haben in ihrer ministeriellen Position sicherlich die Möglichkeit, diese Nachrichten auf den sicheren Weg zu bringen, so dass man sicher sein kann, die einzig wirklich Richtigen hinter Schloss und Riegel gebracht zu haben.

Nun werden Sie sich sicher fragen, woher ich all das Wissen denn nehme. Nun, mein Lieber, ich bin ein vollkommen unbekannter, freischaffender Informationshändler. Man kann sich vieles erarbeiten, man muss nur seine Pflicht tun und zu den eigenen Zielen in Treue stehen. Und ich sehe meine vornehmste Pflicht darin, Schaden von unserem Volke abzuwenden, unsere Rasse rein zu erhalten und sie langsam, aber sicher, im missdröhnenden Konzert der Völker wieder zu der einsamen Größe zu machen, die sie nun einmal verdient hat.

Die noch zur Klärung anstehenden weiteren zwei Fälle von Morden an Frauen, Personen aus dem Milieu, werde ich zu gegebener Zeit an Sie durch persönliche Post nachreichen, so dass Sie den hiesigen Polizeibehörden wie der Zauberer vorkommen werden, der die fertigen Lösungen aus dem Zylinder ziehen kann. Das wird intern ihre Position stetig stärken. Männer wie Sie und ich müssen unentwegt und nicht erlahmend zur Stärkung unseres Volkes beitragen.

In Sachen Sven Darscheid noch ein Hinweis, der die Richtigkeit meiner Aussagen sicherlich bestätigen wird: Ich trug in jener Nacht Latex-Einweghandschuhe. Sie stammen aus einem Einbruch in das Sanitätsgeschäft Willi Weber, Turmstraße, in der Nacht vom 2. zum 3. März dieses Jahres. Kennzeichen der entwendeten Kartons waren rote Aufkleber mit dem Werbespruch: Man kauft gut bei Weber! Frau auch!

Bemühen Sie sich nicht, ich war nicht der Einbrecher, und der Einbruch selbst wird im entsprechenden Dezernat als „nicht aufgeklärt" geführt.

Wie Sie sehen, komme ich Ihnen mit meinem Wissen entgegen. Nun hoffe ich, dass Sie ihre Aufgabe in dieser Sache bald angehen. Und scheuen Sie keine Mühe. Ich bin gespannt darauf, wie Sie vorgehen werden.

Mit freundlichen Grüßen
von einem, der es ernst meint, und der darauf warten wird, was Sie unternehmen. Sie unternehmen doch sicherlich etwas, oder?

Ingrid Peinhardt-Franke

# Dünner Boden unter den Füßen

Krauser hatte müde braune Augen und einen melancholischen Zug um den Mund. Er schüttelte seine dunklen Locken und schaute von seinem Skizzenblock auf, um aus dem Fenster zu gucken. Sein Blick fiel über einen Stapel Brennholz auf eine fast leer gegraste Wiese vor einer Wand aus alten Fichten.

„Langweilig genug, um viel zu arbeiten", sagte der Künstler zu sich selbst.

Niklas Krauser war vor zehn Jahren aus Aachen nach Kalterherberg gezogen, um intensiver malen zu können. In Aachen hatte er sich kein Atelier leisten können, in Kalterherberg war Platz genug in dem alten Fachwerkhaus mit Scheune, das bereits einmal als Pension genutzt wurde. Doch als die Gäste ausblieben, weil es im Sommer zu kalt und regnerisch war und im Winter kein Schnee lag, verkauften die Besitzer das Haus.

Krauser schaute über seinen trostlosen Garten Richtung Vennbahn und lauschte, ob sie sich vielleicht mit einem Tuten ankündigte. Nichts regte sich. Stille herrschte, nur die Fichten bewegten sich leise rauschend. Darüber hing regenwolkenschwer ein grauer Himmel. Krauser schaute wieder auf seine Skizze. Er hatte eine Frau gezeichnet, nackt, jung und schlank, mit langem Haar und entrücktem Blick. Ihre Arme hatte sie über den Kopf gehoben, und ihre jugendliche Silhouette betonte Krauser mit einer Art Aura, die gleichermaßen anzog wie Distanz schaffte.

Fröstelnd zog Krauser seine grobe, naturfarbene Strickjacke fester um sich und legte Holz in den eisernen Ofen nach. Links und rechts vom Ofen standen farbige Portraits an der Wand, Menschen-Fratzen mit seltsamen Mienen, offenen Mündern und verdrehten Augen. Erscheinungen wie aus einer anderen Welt. Figuren, die unter schrecklichen Eindrücken zu stehen schienen. Verwirrung, Wahnsinn, Angst, Schrecken, Horror. Figuren in Übergangszuständen zwischen Klarheit und Wirrnis, Leben und Tod. Sterbende, Zombies, Wiedergänger, Untote. Viel Lila, Grün und Silber dominierte, aber auch feierliches Gold, Schwarz und Blutrot. Krauser schaute auf seine Armbanduhr. Gleich 15 Uhr. Da wollten sie kommen. Presse hatte sich angesagt, um dem renommierten Künstler bei seiner Arbeit am Rande der Welt ein wenig über die Schulter zu schauen.

Er hörte das Geräusch eines Autos. Es kam näher, und der Wagen parkte vor dem Haus. Krauser eilte zur Tür: „Willkommen in Kalterherberg, am Ende der Welt", begrüßte er die Frau und den Mann.

„Anna Katzenstein, *Rheinische Zeitung*", stellte sich die zierliche, rothaarige Frau vor und gab Krauser die Hand.

„Reinhard Hock", grüßte der dunkelhaarige, eine starke Brille tragende Journalist von der *Rheinischen Volkszeitung*.

„Bei Ihnen pfeift aber ein kalter Wind", klagte Anna.

„Wir sind ja auch in Kalterherberg, am Rande des Hohen Venns", klärte Krauser auf. „Das raue Klima gehört zur wilden Natur."

Die beiden Aachener nahmen an einem alten, runden Ikea-Tisch Platz.

„Tafiki", witzelte Reinhard Hock, „Tanne, Fichte, Kiefer."

„Ich lebe ein einfaches Leben, wissen Sie", sagte Krauser ernst. „Meine Frau und ich, wir leben mit allem, was wir haben. Der Tisch gehört zu uns. Wenn wir einen neuen hätten, wären wir nicht mehr die gleichen. Das würde ich nicht wollen."

„Und jetzt wollen Sie also, nach Jahren der Pause, hier in der Region einen künstlerischen Impuls setzen", brach Anna das Gespräch über den ideologischen Wert abgenutzter Tische für Ehepaare ab. „Erzählen Sie doch mal, wie Sie als internationaler Künstler, mit der Erfahrung großer Biennalen und Ausstellungen in ersten Häusern, hier draußen auf dem Lande vorgehen wollen."

Beide Journalisten klappten ihre Notizblöckchen auf und schauten den Künstler erwartungsvoll an.

„Wollen wir nicht erst mal einen Schluck trinken?", bremste der den Schwung ab. „Kaffee oder Tee?" „Tee", antworteten die zwei wie aus einem Munde, und Krauser verschwand in die Küche.

„Hoffentlich macht der mal bald voran", raunte Hock seiner Kollegin zu. „Auf so was Gedehntes, Langweiliges habe ich keine Lust."

„Ich glaub, der ist gar nicht vorbereitet", flüsterte die Katzenstein. „Dem müssen wir gleich alles aus der Nase ziehen."

Ihre Vorahnungen wurden bestätigt. Krauser hatte nichts Konkretes vorbereitet, es gab weder ein klares Thema noch feste Termine.

„Wissen Sie, diese Randlage hier am Ende der Zivilisation, wo kilometerweit Wald und Venn alles beherrschen, ist die reinste Inspirationsquelle für kreative Menschen. Hier wird jeder, der sich noch ein bisschen selber spürt, auf sich selbst zurückgeworfen. Dann kommt ein Thema, das existentiell und ehrlich ist. Damit kann man dann arbeiten."

Krauser schüttete Tee aus einer uralten, braunen, am Henkel mehrfach geklebten Kanne mit zersprungenem Deckel nach.

„Ich liebe diese Teekanne", schwärmte der Künstler, „sie stammt aus der Familie meiner Mutter. Über die Flucht aus Ostpreußen und die Zeit in den Übergangslagern haben wir sie retten können."

„Sind Sie da geboren worden?", hakte die Katzenstein nach.

„Waren die Eindrücke der Flucht die ersten bewussten in Ihrem Leben?", ergänzte Hock.

„Ja", sagte Krauser nachdenklich, und die traurigen brauen Augen wurden noch trauriger. „Ich sehe mich noch ganz genau als kleinen Jungen durch die Trümmer laufen. Sie rauchten teilweise noch. Tote habe ich auch darin gefunden. Sie hatten schreckliche Gesichter, voller Angst und Entsetzen. Wenn ich Fotos oder Filme von Kriegskindern sehe, auf dem Balkan, in Russland oder sonst wo, entdecke ich mich darin wieder. Das ist auch mein Leben."

„Und auf diesen Erfahrungen bauen Sie Ihre Kunst auf?", hakte Anna Katzenstein fast schon verzweifelt nach. „Wie machen Sie das denn?"

„Ich halte die Energie von Einsamkeit und Armut, Todesangst und Perspektivlosigkeit fest. Deshalb male ich das Entsetzen, deshalb baue ich elende Hütten, und deshalb plane ich Objekte, die im Wasser stehen, untergehen und wieder auftauchen. Im Untergang liegt schon der neue Anfang. Es geht keinerlei Energie verloren. Das ist das Gesetz der Natur", dozierte Krauser.

„Das sind ja nun keine neuen Erkenntnisse", warf Reinhard Hock ärgerlich ein.

„Was wollen Sie denn konkret tun - was haben Sie vor und wann?"

„Sehen Sie, das Projekt ist bereits bewilligt und mit einer Million Mark aus dem Interreg-III-Programm veranschlagt. Monschau, Bütgenbach und Eupen als gemeinsame Grenzregionen schlagen aus ihrer Randlage kulturelles Kapital, indem sie spektakuläre Kunstaktionen in entlegenen Gebieten ermöglichen, die sonst niemals einen überregionalen Bekanntheitsgrad erreichen würden", zitierte Krauser aus einem Arbeitsprotokoll der drei Bürgermeister. „Diese Aktionen sollen dann nach und nach den Tourismus ankurbeln."

„Ja, müssen Sie die Geschichte dann nicht viel gefälliger aufziehen? Mit Malkursen für Kinder und Hausfrauen, ein bisschen Töpfern, ein Hauch von Sommerakademie zwischen Seidenmalerei und Zeichnen für Anfänger?"

„Ich mache das auf keinen Fall", antwortete Krauser erregt. „Mit so was gebe ich mich nicht ab. Das können ja andere machen. Ich arbeite nur mit Leuten, die extreme Anforderungen an sich selbst stellen und etwas erreichen wollen, das ihre Grenze berührt." „Werden Sie doch bitte mal endlich konkret", sagte die Katzenstein. „Haben Sie Themen, einen Zeitplan, Räume, in denen Ihre Aktionen stattfinden sollen?"

Krauser winkte ab. „Noch nicht. Aber es muss doch die Presse interessieren, wenn jemand wie ich hier draußen am Rande der Welt Leute an ihre Grenzen führen möchte."

„Tut mir leid", sagte Hock, „das ist viel zu wenig. Das ist noch nicht mal 'ne Meldung wert." Gnädig meinte er dann: „Aber wenn wir schon mal hier sind, können wir ja noch mal was über Sie machen. Künstler am Arsch der Welt oder so."

„Erzählen Sie doch mal. Wie leben Sie denn eigentlich hier?", fragte die Katzenstein.

„Ich war sechs Wochen lang gar nicht hier", wich Krauser aus und zog seine Jacke enger um sich. „Ich habe an einer Nordkap-Expedition teilgenommen. Wir waren zu viert. Ich habe fotografiert, aber die Filme sind noch nicht entwickelt." Krauser zeigte auf ein gutes Dutzend Filmrollen auf einer Anrichte. „Die anderen haben gezeichnet - Flechten, Moose, Spuren. Farben aufgenommen, die Ursprünge und Überlebenswillen zeigen." „Das wäre doch vielleicht ein Thema", meinte Hock.

„Nein, nein", wehrte Krauser ab, „das Nordkap ist nur eine Facette in einem Gesamtwerk. In ein paar Wochen reise ich nach Island."

„Da ist es ja schon wieder so kalt", warf die Katzenstein ein. „Fahren Sie denn nie dahin, wo es warm und sonnig ist?"

„Ich bin doch kein Tourist", wurde Krauser heftig. „So kann man als ernsthafter Künstler nicht leben. Wer keine extremen Herausforderungen sucht, kann keine gute Kunst machen."

„Also gut, Sie fahren nach Island. Wollen Sie da Geysire fotografieren?", fragte Hock genervt.

„Die Energie der Geysire ist äußerst beeindruckend. Aber das Wichtigste ist etwas anderes. Wenn ich dort wandere oder reite, spüre ich jederzeit, an jedem Ort, den dünnen, brüchigen Boden unter den Füßen. Kein Schritt ist sicher, jederzeit könnte ich an jedem Ort einbrechen. Die Energie unter der Oberfläche brodelt, obwohl man sie nicht sieht. Aber ich spüre die Kräfte unter der Oberfläche." Krauser schloss die Augen und schwieg. Er begann merklich zu zittern, und die Katzenstein und Hock sahen sich an. Er klopfte sich an die Stirn.

„Herr Krauser, wir gehen dann mal", sagte die Katzenstein.

„Nein, nein, ich bin noch nicht am Ende. Setzen Sie sich wieder", wurde Krauser definitiv.

Die Katzenstein blieb stehen. „Dieser Zustand, dass man bei jedem Schritt nur dünnen Boden unter den Füßen hat, ist mir sehr wichtig. Das ist wie beim Seiltanz. Gute Kunst ist immer mit Lebensgefahr verbunden. Deshalb lebe ich hier am Rande des Hohen Venns, wo man die Kräfte der Tiefe und die Härte des Klimas spürt. Lebensgefährlich ist es hier nicht, aber die Gefahr schwingt immer mit."

„Ich verabschiede mich, Herr Krauser", gab die Katzenstein Krauser die Hand.

„Auf Wiedersehen." Hock folgte ihr.

Rasch stiegen die beiden Journalisten in den alten Golf. Die Katzenstein raste los.

„Mein lieber Schwan", sagte sie. „Der ist ja nicht mehr ganz dicht. Ich bin richtig froh, dass ich da raus bin."

Hock zündete sich eine Zigarette an und nahm einen genüsslichen, tiefen Zug.

„Ja", zelebrierte er seine Worte. „Das Klischee vom bekloppten Künstler greift. Leider. Was solche Leute sich eigentlich einbilden! Nur weil die mal vor Jahrzehnten tolle Preise bekommen haben, halten die sich für Gott weiß was. Ich hab keine Lust auf solche Existenzen."

Die Katzenstein zündete sich ebenfalls eine Zigarette an. "Ich ruf gleich mal den Bürgermeister von Monschau an. Mal hören, was der sagt. Vielleicht kann man ja wenigstens 'ne Meldung aus dem Termin machen."

Als der Golf gerade in die Kurve vor Gut Reichenstein einbog, warf die Sonne einen kräftigen Strahl auf den seerosenbewachsenen Teich.

„Wie romantisch", entfuhr es der Katzenstein. „Ich halte mal an." Sie parkte ihren Wagen und stieg aus. Mit raschen Schritten ging sie an den Zaun und schaute auf das Wasser. Hock folgte ihr.

„Ja, das ist wirklich schön", sagte er, nachdem er auch das alte Gehöft in einen ersten Augenschein genommen hatte. „Unberührte Natur", freute er sich über die Seerosen im leicht bewegten Wasser. „Und keine unberechenbaren Kräfte unter der Oberfläche." Die beiden lachten.

„Mein lieber Schwan", seufzte die Katzenstein wieder, „ich glaub, da kommt noch was nach."

„Bitte nicht", richtete Hock ein Stoßgebet nach oben, „ich bin schon ausreichend von Bekloppten umgeben." Er trat einen Schritt zu Seite, um einen dicken roten Karpfen zwischen den Seerosen besser beobachten zu können. Er stolperte.

„Hoppla", meinte die Katzenstein. „Du willst doch nicht schwimmen gehen?"

„Komm her, schnell", rief Hock, nachdem er sich wieder gefangen hatte. „Hier liegt jemand im Gebüsch."

Hock beugte sich über einen alten Mann, der im Ufergestrüpp lag. Völlig verdreckt, ein Schuh fehlte. Der Schuh, über den Hock gestolper war. Er lauschte, ob der Mann noch atmete und vernahm ein leises Röcheln.

„Schnell, ruf den Notarzt", schrie er der Katzenstein zu. „Er atmet noch."

Während Hock versuchte, den Mann anzusprechen, rief die Katzenstein den Rettungsdienst. Dann rannte sie auf das Gutshaus zu. Schwer atmend schellte sie Sturm. Eine dicke Frau in Kittelschürze und Gummihandschuhen öffnete.

„Wir brauchen Hilfe", rief die Katzenstein. „Am See-Ufer liegt ein Mann und atmet schwer."

Die Frau ging ein paar Schritte in den Flur zurück und rief ins Treppenhaus: „Frau Doktor! Kommen Sie mal helfen! Da liegt einer am Ufer und röchelt!"

Die Katzenstein schaute die Treppe rauf und erblickte eine flotte ältere Dame in Jeans und Pullover.

„Bitte", beeilte sie sich zu sagen, „kommen Sie schnell, es sieht sehr ernst aus."

Sofort rannte sie die Treppe hinunter und schnappte sich ihren Arztkoffer, der neben der Haustür auf einem Tisch stand. Die Katzenstein lief vorweg, die Landärztin hinterher. Mit Blaulicht, aber ohne Sirene bog der Rettungswagen in die Einfahrt.

„Hier liegt er", rief Hock ihnen aus dem Gebüsch zu. Zu zweit stürzten sich Notarzt und Sanitäter in die Büsche, um gleich darauf wieder schlammbedeckt herauszukommen. Die Landärztin kam gar nicht zum Einsatz.

„Der Mann lebt", brüllte der Notarzt. Auf einer Bahre wurde der Alte in den Wagen gehievt. Hock konnte gerade noch einen Blick auf das Gesicht werfen, ehe die Tür geschlossen wurde. Mit offenen Augen starrte der alte Mann ins Leere. Er wirkte vollkommen verwirrt. Hock glaubte für einen Moment, den Mann zu kennen. Wo hatte er dieses Gesicht schon einmal gesehen?

Während der Rettungswagen unschöne Muster in die kiesbedeckte Einfahrt rangierte, bog ein Polizeifahrzeug ein. Zwei Beamte stiegen aus und ließen die Türen offen stehen. Hock ging auf sie zu und berichtete.

„Schon der dritte Verwirrte in den letzten beiden Wochen", seufzte der ältere Polizist.

„Guten Tag, Frau Doktor", begrüßten die Beamten die Herrschaften aus dem Gut.

„Hock, *Rheinische Volkszeitung*", stellte sich der Journalist vor. „Meine Kollegin und ich haben den Mann ganz zufällig entdeckt."

„Erika Huppertz-Meyer, ich bin Ärztin in Kalterherberg", reichte ihm die Dame die Hand.

„Schaut mal, was ich habe", rief derweil die Katzenstein aus dem Gebüsch. Mit lehmverschmierten, hellblauen Einmal-Handschuhen präsentierte sie den Deckel eines Filmdöschens und den Schuh des alten Herrn, über den ihr Kollege gestolpert war. „Da unten im Schlamm sind zwei verschiedene Fußspuren. Eine Spur stammt von diesem Schuh, und die andere, da müssen Sie mal nachforschen", meinte die von Schlammspritzern übersäte Katzenstein zu den Polizisten und überreichte ihnen ihre Fundstücke. Der Dickere griff zu und setzte an, die Dinge einfach in den Wagen zu werfen.

„Stopp, Mertens", bremste ihn sein Kollege, „bist du bekloppt?" Dann holte er Altpapier aus dem Kofferraum, schlug den Schuh und den Deckel locker darin ein und verstaute das Papier sorgfältig.

„Möchten Sie vielleicht einen Kaffee trinken?", lud die Ärztin die beiden Journalisten ein. „Dann kommen Sie doch einfach mit." Dankend nahmen die Katzenstein und Hock an. Auf dem Weg zum Haus riefen sie in ihren Redaktionen an.

„Erst in Kalterherberg und dann im Schlamm, haha", mussten sie sich anhören. „Na, dann bis später. Vielleicht findest du ja noch 'ne Moorleiche."

„Am Teich von Reichenstein wurde heute Nachmittag ein alter Mann gefunden, Niklas", sagte Carola Krauser zu ihrem Mann. Mit einem Korb voller Lebensmittel war sie war aus Simmerath zurückgekehrt, wo sie als Altenpflegerin arbeitete. Während sie die Nudeln einräumte, sprach sie weiter: „Er war vollkommen verwirrt und redete von einem Mann, der ihn fotografieren wollte."

„Woher weißt du das?", forschte Krauser nach.

„Von Billa im Supermarkt."

„Und? Was ist passiert?"

„Billa meint, die Polizei hätte im Uferschlamm von Reichenstein Fußabdrücke und einen Deckel von einem Filmdöschen gefunden."

„Ja, und?"

„Niklas, bei uns geht ein Verrückter um. Er bedroht alte Leute. Der alte Herr von heute ist der dritte in zwei Wochen!"

„Verrückte gibt es überall", meinte Krauser lakonisch.

„Aber hier, auf dem Land, da müsste man doch ein bisschen sicherer leben können", jammerte Carola Krauser.

Sie war Mitte fünfzig wie ihr Mann, grau-blond und vollkommen ungeschminkt.

Auch sie trug eine grobe Strickjacke, dazu Jeans und Gesundheitsschuhe.

„Niklas", sagte plötzlich die Krauser und rührte in ihrem Tee. „Da gibt mir etwas zu denken." Eindringlich schaute sie ihren Mann an. Er schaute zurück. „Wo warst du heute morgen, als der alte Meyers bei uns aus dem Heim verschwand?"

„Wer ist der alte Meyers?", fragte Krauser. „Na der, den du immer mal malen wolltest. Der Mann, der immer von seinen Kriegserlebnissen in Russland erzählt. Du hast ihn doch kennen gelernt bei uns im Heim."

„Ich? Warum fragst du? Ich war hier", antwortete Krauser. „Wo sollte ich sonst gewesen sein?" Krauser stand auf und schaute aus dem Fenster auf seinen Stapel Brennholz.

„Niklas, komm her und setz dich zu mir", sagte Carola zärtlich.

Krauser rührte sich nicht. Sie holte ihn ab und führte ihn wie einen ihrer Patienten zum Tisch. „Hier, trink mal einen Schluck Tee." Krauser setzte sich und schaute seine Frau schweigend an.

Plötzlich ging ein Ruck durch ihn. Abrupt griff er in ihr Haar und schlug brutal ihren Kopf auf den Tisch.

Tonlos richtete sie sich auf. Ihr Gesicht war aufgeplatzt und blutete. Ihre Augen waren leer, und sie wirkte unendlich verlassen.

Sie sagte nichts.

Nur ein leises Schluchzen war zu hören.

„Hör auf", schrie er sie an. „Hör endlich auf. Lass mich in Ruhe."

„Ja, furchtbar", sagte die Katzenstein ein paar Tage später zu Hock ins Telefon. „Wir sollen noch mal rauskommen zu dem Krauser nach Kalterherberg. Hast du Lust?"

Die Katzenstein wühlte auf dem Schreibtisch nach der Einladung.

„Geben wir uns die Ehre, Sie anlässlich meiner Ausstellung 'Faces' in mein Atelier in Kalterherberg einzuladen ...." Sie lachte ins Telefon.

„Was meinst du? Ja, okay, wir fahren."

Die Straße vor Krausers Haus war völlig zugeparkt. Lauter fremde Nummernschilder. „Die Vernissage scheint ja gut besucht zu sein", meinte die Katzenstein zu Hock, während sie nach einem Parkplatz suchten.

„Tja, der ist ja auch wer. Da sehen wir mal, in welch illustre Gesellschaft wir eingeladen sind. Welche Ehre, darüber berichten zu dürfen!"

Krauser hatte sein Atelier leergeräumt und seine „Faces" gut gehängt. Es waren im wesentlichen die Bilder, die Hock und die Katzenstein bereits flüchtig gesehen hatten. Hocks Blick blieb an einem lila-grünlich-silbrigen Gesicht hängen. Weit aufgerissene Augen, ein offener Mund, in dem das Entsetzen wortlos schrie. Ein schwerer Schock, ein Trauma, Horror spiegelte sich in exzellenter, malerischer Perfektion.

Der Katzenstein stockte der Atem.

„Weißt du, wer das ist? Das ist der alte Mann, den wir im Schlamm von Reichenstein gefunden haben!"

„Mein Gott", entfuhr es Hock. „Ja, das ist er." Die beiden Journalisten schauten sich an.

„Weißt du, was das bedeutet?", fuhr die Katzenstein fort.

„Bedeuten könnte", sagte Hock vorsichtig.

Krauser kam mit einem Tablett voller Sektgläser: „Ich komme gleich mal zu Ihnen, wenn ich meine Gäste begrüßt habe. Ich habe etwas für Sie vorbereitet."

Während Hock sich unter die Gäste mischte, ging die Katzenstein aufs Klo. Es hatte ein Fenster in einen Gemüsegarten, den man vom Atelier nicht einsehen konnte. Dort saß eine Frau und weinte. Sie sah fürchterlich aus - die eine Gesichtshälfte war mit Schürfwunden bedeckt, das Auge blau und geschwollen.

„Komisch", dachte die Katzenstein, „was ist der denn passiert?"

Carola Krauser erwiderte ihren Blick und nickte ihr zu. Die Katzenstein öffnete das Fenster.

„Was ist mit Ihnen?", fragte sie.

„Psst", machte Carola Krauser. „Kommen Sie mal zu mir. Neben der Toilette gehen Sie in den Keller, und dann raus in den Garten."

Die Katzenstein schaltete ihr Handy ein und rief Hock an. „Hier ist was faul", sagte sie leise. „Eine Frau sitzt heulend im Garten. Ich gehe durch den Keller neben der Toilette zu ihr."

Hock antwortete, Krauser im Blick, mit Floskeln: „Aber natürlich. Selbstverständlich. Ich weiß Bescheid. Auf Wiederhören."

Krauser ging mit Hock weiter an seinen Bildern entlang. „Sehen Sie, hier draußen am Rande der Zivilisation erleben Sie tagtäglich die Härte des Klimas und die Düsternis des Hohen Venns. Die Menschen hier, besonders die alten, haben gelernt, sich zu arrangieren. Die halten alles aus. Selbst alte Männer, die schlimme Kriegserlebnisse hatten, sind viel belastbarer als Städter."

Krauser zeigte Hock das Portrait des alten Mannes, den Hock am Teichufer gefunden hatte.

„Wie lernen Sie eigentlich Ihre Modelle - wenn man sie so nennen darf - kennen?", fragte Hock.

Krauser schaute Hock durchdringend an.

„Meine Frau arbeitet im Altersheim", sagte er müde. „Da ist es für mich einfach, Kontakte zu knüpfen. Und manchmal, da gehe ich auch mit dem einen oder anderen älteren Herrn spazieren. Ich bin sehr gerne mit alten Menschen zusammen. Ihre Zustände interessieren mich. Das sind Zustände, in denen alle Erinnerungen sich überlappen und gemeinsam einen vollständig neuen Kosmos von Wahrnehmungen bilden. Hier wird eine Grenze überschritten, die kaum jemand kennt. Mich interessiert dieser Bereich sehr, eine Ästhetik des Vergehens und punktuellen Aufblühens, das aber das Vergehen nur beschleunigt."

Hock gähnte: „Ich bin gleich wieder da", und ging zur Toilette, um sich durch das Fenster mit der Katzenstein zu verständigen. Doch im Garten war niemand.

Hock war beunruhigt. Dann verschwand er im Keller, um in den Garten zu gelangen. Die Tür war versperrt, und ein Fenster zum Hinausklettern gab es nicht.

Hock hörte plötzlich Schritte oben auf der Treppe.

Das Licht ging aus.

Er spürte, dass es Ernst wurde und rief die Polizei an.

„Ich werde im Keller von Niklas Krauser in der Malmedyer Straße in Kalterherberg festgehalten. Meine Kollegin, Anna Katzenstein und eine weitere Frau sind verschwunden. Es ist Ernst. Kommen Sie schnell."

Er blieb an der Tür und rüttelte an der Klinke.

Nichts bewegte sich.

Leise Musik füllte den Keller. Mahlers Adagietto aus der fünften Sinfonie.

„Tod in Venedig, auch das noch!", stöhnte Hock. Ihm schlotterten die Knie. Kleine Lichtpunkte flackerten auf allen vier Wänden auf. Daraus wurden Dias, die alte, kranke, verletzte, sterbende oder tote Menschen zeigten. Die Musik schwoll an.

Hock sah plötzlich Bilder aus dem Film in sich aufsteigen, spürte Gustav von Aschenbachs fließendes Vergehen auf den Wassern von Venedig.

„Tod in Kalterherberg, bitte nicht", flehte Hock in sich hinein, „bitte nicht."

Plötzlich stand Krauser vor ihm. In seinen Augen lag ein weicher Glanz, und sein Gesicht wirkte seltsam entspannt. Er trug ein weißes, bodenlanges Gewand und verneigte sich vor dem Journalisten.

„Die Stunde ist gekommen", sprach Krauser feierlich. „Niemand soll mich hindern, in der Ästhetik des menschlichen Vergehens zu leben. Deshalb werden Sie jetzt selbst Teil meiner Kunst, indem ich Ihren Tod mit einer Videokamera festhalte. Sie werden durch mich berühmt werden. Legen Sie sich bitte dort auf die Bahre."

Mit Entsetzen gewahrte Hock Elektroden und Schläuche an der Wand.

Entschlossen schlug er Krauser in den Magen und sprang zur Seite, ehe dieser sich wehren konnte. Krauser ging zu Boden, dabei fiel ihm eine Fernbedienung aus der Hand. Hock griff hastig nach ihr und rannte die Treppe hoch. Auch hier war die Tür verschlossen. Hock hörte Krauser stöhnen. Mit voller Wucht warf er sich ein paar Mal gegen die Tür, bis diese Risse aufwies.

Hock hörte Schreie von der anderen Seite.

„Helfen Sie mir hier raus", brüllte er. „Öffnen Sie die Tür."

„Gehen Sie zurück", rief ein Mann, „ich schlage die Tür ein."

Nach zwei drei Schlägen gab die Türe nach.

Hock stürzte in den Flur. „Wo ist Anna Katzenstein, wo ist die andere Frau?", herrschte er die drei Männer an, die ihm die Türe geöffnet hatten.

„Mensch", schüttelte Hock den erstbesten, „Der Krauser ist wahnsinnig. Der liegt inmitten von Dias von Leichen im Keller und hört die Filmmusik von 'Tod in Venedig'. Meine Kollegin und eine Frau sind verschwunden. Suchen Sie mit mir!"

Ungläubig starrten die drei den aufgebrachten Journalisten an. Dann begriffen sie.

„Ihr in den Keller", kommandierte der Älteste und schickte die beiden kräftigsten nach unten, „wir gehen raus."

Hock und der ältere Herr rannten um das Haus, bis sie die Gartenseite erreicht hatten.

Es gab kein Tor.

„Wir müssen über die Hecke", sagte Hock schnell und suchte sich einen Ast als Aufstieg über die grüne Mauer.

„Zum Glück nicht zu hoch", kommentierte der Mann. Im Garten begann Hock zu rufen.

„Anna! Anna!", brüllte er aus Leibeskräften. Ein schwaches Wimmern war die Antwort. Die Journalistin und die Künstlergattin lagen gefesselt und mit verklebten Mündern hinter einem großen Reisighaufen.

Hock fingerte hektisch sein Taschenmesser aus der Hosentasche und zerschnitt den Frauen die Fesseln. Der andere nahm ihnen vorsichtig die Klebestreifen vom Mund ab.

„Mann o Mann", stöhnte die Katzenstein und stand umständlich auf. Reisig steckte ihr im Haar, Gras und Brombeerranken bedeckten ihre schwarze Kleidung. Frau Krauser weinte und rollte sich über den Boden.

Bäuchlings blieb sie liegen, um endlos zu schluchzen.

„Frau Krauser, erkennen Sie mich?", sprach sie der ältere Herr freundlich an. "Ich bin Klaas van Rheen von der Galerie Ihres Mannes in Düsseldorf."

Lauteres Schluchzen war die Antwort. Klaas van Rheen setzte sich neben sie auf den Boden und streichelte ihre Schultern.

"Alles wird gut", sagte er leise. "Es wird gut. Gleich kommt ein Arzt und wird Ihnen helfen."

Wenig später stürmten die beiden Polizisten, die Hock und die Katzenstein am Teich von Reichenstein kennen gelernt hatten, ins Atelier. Auch der Notarzt war derselbe. Ein Sanitäter kümmerte sich um Carola Krauser.

Mit gezückten Pistolen schlichen die Polizisten in den Keller, der Notarzt, ein Sanitäter und Hock folgten.

Hier saß Krauser inmitten seiner Horror-Show wie ein Guru meditierend auf einem roten Kissen. Noch immer lief die Mahler-Musik, noch immer dämmerte von Aschenbach seinem Untergang entgegen. Der Meister rührte sich nicht von der Stelle. Der Notarzt schüttelte ihn. Krauser blickte ihn mit leeren Augen an.

„Ich komme schon", sagte er, „ich komme schon."

Krauser ließ sich zum Krankenwagen bringen und fuhr mit dem Notarzt und den Sanitätern weg. Carola Krauser schaffte es mit Hilfe der Katzenstein in die Küche.

Hock, die Katzenstein und Klaas van Rheen gingen in das Atelier, wo sich die Vernissage-Gäste auch ohne Künstler angeregt zu unterhalten schienen.

„Ja, ja, so was kann man nur malen, wenn man sich von dieser Landschaft auf sich selbst zurückwerfen lässt", sinnierte eine in Designer-Leinen gehüllte Dame mit streichholzkurzem Haar. „Das ist die Ästhetik des Vergehens. Krauser ist ja der einzige, der sich ihr widmet. Ein Künstler aus der Stadt könnte das gar nicht so, der wird ja immer abgelenkt."

„Meine Damen und Herren", begann der Galerist, „leider muss ich unsere Zusammenkunft beenden. Herrn Krauser ist etwas zugestoßen, und seiner Frau geht es auch nicht gut."

Ein Raunen ging durch die Menge.

„Was ist denn mit Ihnen?", fragte eine gelockte Dame im wollweißen Schneiderkostüm mit Perlenkette die geschundene Katzenstein. „Wie Land-Art-Theater sehen Sie ja wirklich nur auf den ersten Blick aus!" Die Katzenstein konnte nur müde lächeln und ging in die Küche. Hock und der Galerist kamen hinterher.

Hier erholte sich Carola Krauser bei einem Kaffee, den die Polizisten ihr gekocht hatten. „Sie sollen alles erfahren", sagte Carola Krauser. „Mein Mann war fasziniert von alten Leuten, ihren Gebrechen und Verfallszuständen. Das war sein Thema, und damit wurde er berühmt. Mein Lebensziel war, einen berühmten Mann zu haben. Damit er mehr und schneller arbeiten konnte, habe ich ihm Zugang zu unserer Krankenstation, zum Sterbezimmer und zur Leichenaufbewahrung verschafft. Hier hat er gefilmt und fotografiert. Hier hat er die wesentlichen Impulse für seine Ästhetik des Vergehens erhalten.

Als er dann aber anfing, alte Leute auf angeblichen Spaziergängen zu bedrohen und ihre Schrecken, ihre Angst zu fotografieren, wollte ich nicht mehr mitmachen. Aber da war es zu spät. Mein Mann hat die drei verwirrten Alten aus den letzten beiden Wochen für seine Kunst missbraucht."

Hock trank einen Schluck Kaffee. „Tod in Kalterherberg statt Tod in

Venedig. Das hat doch was." Die Katzenstein zupfte sich noch immer Brombeerranken aus der Jacke: „Tja, da sag'ste was. Das ist doch nur pervers. Der einsame Künstler vom Hohen Venn. Kalterherberg als Brutstätte einer gefeierten Ästhetik. Und lauter Leichen im Keller."

Harald Bongart

# Neumond im August

I.

Nachdem das Fahrtziel bekannt gegeben worden war, saßen wir auf den Lastkraftwagen auf. Ein ungutes Gefühl machte sich in meiner Magengrube breit, und mir wäre es recht gewesen, wenn die Fahrt ohne lange Gespräche vonstatten gegangen wäre. Mein Sitznachbar zur Rechten sah das anders. Er war eher der Typ, der seiner Nervosität nachgab und plapperte, was das Zeug hielt, nur um sich von dem bevorstehenden Einsatz abzulenken. In die Unterhaltung, die er mit unserem Kollegen auf der gegenüberliegenden Sitzbank führte, bezog er mich mit ein, indem er alle Sätze, auf die er eine Antwort auch von mir erwartete, mit einem Ellbogenstoß in meine Richtung begleitete.

So gut ich konnte, versuchte ich abzuwiegeln, immer mit dem Hinweis darauf, dass mir als gebürtigem Kattowitzer die Westgrenze gänzlich fremd sei. Das war eine glatte Lüge, wie überhaupt mein Leben auf Zufällen, Irrtümern und Lügen aufgebaut war. Aber das durfte ich weder Xaver Hübner noch Willi Latzke erzählen.

„Üble Geschichte, die sich da an der Grenze abspielt", fuhr Latzke jedenfalls fort. „Eigentlich kann man es den Leuten in Zeiten wie diesen nicht einmal verdenken, wenn sie sich selbst zu helfen versuchen."

„Also bittschön", warf Hübner ein, „wir sprechen hier letzten Endes über Schmuggel, und der ist immer noch strafbar."

„Ja, ja, aber stell' dir doch nur mal die Lage der Menschen an der Grenze vor. Bei uns ist sowohl der Kaffee als auch der Zucker überteuert. Und warum? Weil der Staat kräftig Steuern kassiert."

„So! Und weil man halt näher an der Grenze wohnt, darf man mal eben so ein bisschen schmuggeln, und damit man die Zöllner auch schön übertölpeln kann, bringt man Frauen und sogar Kinder mit, die dann zur Ablenkung dienen, damit ihre Väter, Onkel oder wer auch sonst immer die heiße Ware unbehelligt über die Grenze bringen können."

Hübner hatte sich in Rage geredet. Er schnaubte und legte dann nach:

„Ist es etwa unsere Aufgabe, als Überfallkommando gegen eine Schmugglerarmee aus Frauen und Kindern vorzugehen? Was ist, wenn von denen einer oder eine verletzt oder gar getötet wird? Bei den letzten Auseinandersetzungen ist es zu Schusswechseln gekommen. Du wüsstest das, wenn du Zeitung lesen würdest."

„Was meinst du denn dazu?"

Wie es seine Angewohnheit war, hatte Latzke die an mich gerichtete Frage wieder mit einem Ellenbogenstoß unterstrichen. War ich während des Gesprächs bislang immer weiter ans Ende der Sitzbank gerückt, so war dies jetzt nicht mehr möglich, sofern ich nicht riskieren wollte, vom LKW zu fallen. Ich holte daher aus und versetzte Latzke mit den Fingerknöcheln einen Schlag an den Oberarm, dorthin, wo die Schultermuskulatur an den Bizeps anschließt.

„Autsch", machte Latzke und rieb sich verwundert die schmerzende Stelle.

„Da du meine Ansicht hören willst, erkläre ich dir hiermit folgendes: 1. Hübner hat Recht. Der Schmuggel - und insbesondere Frauen und Kinder mit hineinzuziehen - ist eine niederträchtige Sache. Dass die Not groß ist, ist für mich keine Entschuldigung, die ist nämlich für fast alle groß. 2. Ich schätze es überhaupt nicht, wenn mich jemand nur anredet, indem er mir gleichzeitig den Ellenbogen in die Rippen rammt. 3. Ich hoffe, unser Einsatz wird glimpflich verlaufen. Die Vorgaben sind eindeutig: Wir sollen die Schmuggler beim Übertreten der Grenze stellen, möglichst viele in Gewahrsam nehmen, die Schmuggelwaren sicherstellen und die restlichen Schmuggler auf belgisches Territorium abdrängen."

„Gut gesprochen", meinte Hübner, „aber ganz so einfach wird das nicht gehen. In den letzten Nächten haben sich die Schmuggler trotz arger Bedrängung durch Zoll und Polizei nicht abhalten lassen. Und diese Nacht sind die Bedingungen für die Schmuggler noch besser."

„Wieso?", wollte Latzke wissen.

„Weil, und dazu braucht man nicht einmal Zeitung gelesen zu haben", antwortete Hübner gedehnt, „heute Nacht Neumond ist."

„Wahrscheinlich ist deshalb das Aufgebot heute Nacht am größten und wahrscheinlich ist das auch der Grund, weshalb heute sogar das Überfallkommando gegen die Schmugglerarmee eingesetzt wird."

„In der Tat", pflichtete Hübner mir bei.

Es trat für kurze Zeit Stille ein, die nur vom Motorengeräusch des LKWs sowie den kurzen Schlägen auf der unebenen Straßendecke durchbrochen wurde. Latzke nahm den Faden wieder auf:

„Da ihr beiden euch an der Grenze nicht auskennt, wäre es am besten, wir drei würden einen Trupp bilden."

„Möglichst unter deiner Führung. Aber glaub bloß nicht, dass ich mich nicht zurecht finden kann. Bei mir als Bajuwaren sind die alten Instinkte noch vorhanden und wach wie eh und je", grinste Hübner ihn an. „Wie es allerdings um das Orientierungsvermögen unseres Schlesiers bestellt ist, das weiß wohl niemand so recht zu sagen."

Damit war natürlich ich gemeint, weil in meinen Papieren als Geburtsort Kattowitz zu lesen ist, die größte Stadt im Osten Oberschlesiens, die seit dem Ende des Weltkrieges nicht mehr zum Reich, sondern zu Polen gehörte.

Ich hätte eine Antwort auf Hübners Stichelei gerne vermieden, aber er und Latzke ließen nicht locker. Schließlich erwiderte ich:

„Ich habe einen guten Orientierungssinn und mir im übrigen die Grenzverläufe mehrfach auf Kartenmaterial angesehen. Im Gelände werde ich mich sowieso zurecht finden." Damit war das Gespräch zwar noch nicht beendet, aber ich ließ keinen Zweifel daran, dass ich nicht beabsichtigte, noch einmal das Wort zu ergreifen.

II.

Tatsächlich kannte ich die Gegend der deutsch-belgischen Grenze nur zu gut. Dort bin ich in einem kleinen Dorf zur Welt gekommen. Ich besuchte in Aachen das Kaiser-Karls-Gymnasium, das ich allerdings ein Jahr vor dem Abitur verließ. Mit mir gingen viele. Von patriotischer Begeisterung ergriffen, die unsere Lehrer uns über Jahre hinweg eingebläut hatten, hatten wir uns so früh es ging von der Schulbank weg zur Front gemeldet. Nach einem sehr kurzen, harten Drill waren wir dann auch schon bald an der Front eingesetzt worden. Unser Gegner schoss die patriotische Begeisterung dann sehr schnell aus uns heraus. Wir lagen im Dauerfeuer der Geschütze, die mal Splittergeschosse, mal Gasgranaten abfeuerten. Unsere eigene Artillerie antwortete im gleichen Rhythmus. Den Glauben an die Ritterlichkeit der Soldaten hatten wir verloren. Stacheldraht, Handgranaten, Maschinengewehrfeuer - das bestimmte unseren Tag, nicht die Vorstellung von Kavallerieattacken, die mein Großvater mir vermittelt hatte, der in den Kriegen 1864, 1866 und 1870/71 mitgekämpft hatte. Die schönen Formationen der Ulanen und Husaren waren schon zu Beginn des Krieges vom Sperrfeuer der Maschinengewehre niedergemäht worden.

Ich hielt in unserem Frontabschnitt engen Kontakt zu Karl Schneider, einem Jungen aus Aachen, der sich mit mir gemeldet hatte. Die alten Frontschweine nahmen sich unser an. Sie waren instinktsicher und hatten etwas geschafft, was die wenigsten erreicht hatten, die sich wie wir von der Schulbank weg zur Schlachtbank gemeldet hatten: Sie hatten das wechselseitige Töten zwei Jahre lang überlebt. Uns vermittelten sie eindringlich, wann man sich besser zu Boden warf, wie man den Spaten im Nahkampf einsetzte und wie man ihn nutzte, um in den Unterständen wenigstens zeitweise die Ratten von den Brotvorräten fernzuhalten. Sie brachten uns auch das Organisieren von Lebensmitteln bei. Alles Dinge, die man in keiner Kaserne lernte, die aber überlebenswichtig waren. Und vor allem versuchten sie uns einzubläuen, dass es schon genug tote Helden in unserem Alter gab.

Als ich diese Lektion als die wichtigste von allen begreifen lernte, war der Krieg für Karl Schneider schon vorbei. Bei einem Sturmangriff waren wir bis zu einer Stacheldrahtsperre vorgerückt. Auf dem Boden liegend hatten wir den gegnerischen Schützengraben unter Feuer genommen. Einige hatte Handgranaten eingesetzt und die Franzmänner hatten mit gleichen Mitteln geantwortet. Die MGs knatterten und spuckten heißes Metall. Ich hatte unsagbare Angst. Selbst die Zusatzration Alkohol, die uns Heldenmut einflößen sollte, versagte bei mir die Wirkung. Bei Karl Schneider hatte sie funktioniert. Während ich mich so tief es ging in das Erdreich vergrub und Schutz suchte, begannen seine Hände einen Weg durch das Hindernis zu suchen. Ob er sich einbildete, er könne den Draht mit bloßen Händen entzwei reißen? Wir lagen nicht nur genau im Schussfeld, auch die Einschläge der Handgranaten rückten immer näher an uns heran. Verzweifelt drückte ich den Kopf so tief es ging an die Erde. Ein greller Blitz zwang mich, das Gesicht ganz in das aufgewühlte Erdreich zu pressen. Die fast zeitgleiche Detonation fegte über mich hinweg. Ein Zittern schüttelte meinen ganzen Körper. Vorsichtig drehte ich den Kopf zur Seite, um nach meinem Kameraden und Freund Karl Schneider zu sehen.

Der Stacheldraht wippte leicht auf und ab. Karls Hände hielten ihn noch immer fest umklammert. Unterhalb der Handgelenke, dort wo sie von den Armen abgerissen waren, konnte ich undeutlich Splitter erkennen, bei denen es sich um Überreste von Elle und Speiche handeln mochte. Etwas weiter weg lagen die zerfetzten Leichenteile eines Karl Schneider, geboren am 28. Mai 1898, Schüler des Kaiser-Karls-Gymnasiums zu Aachen, Berufswunsch: Tierarzt: „Damit ich den Bauern auf den Dörfern helfen kann."

Mir wurde schwarz vor Augen. Als ich wieder zu mir kam, lag ich im Saal eines Lazaretts. Die Granatsplitter, die mich am Oberarm und am Rücken gestreift hatten, stellten keine lebensgefährliche Verletzung dar. Man hatte die Wunden gesäubert, so gut es ging desinfiziert, und jetzt lag ich mit einem frischen Verband in einem Bett, umgeben von teils ruhigen, teils leise stöhnenden Männern, um die sich Ärzte kümmerten, die in ihre Gesichter Monokel einklemmten. Ihre Haare waren kurz geschoren, manche trugen Schnurrbärte, aber fast jeder hatte sein Gesicht durch die auf der Mensur erhaltenen Schmisse entstellt. Ihr Ton erinnerte mich an die Zeit vor der Front. So hatte man mit uns in der Kaserne geredet, um uns auf den Fronteinsatz vorzubereiten. Karl Schneider hatte die Lehren besser befolgt als ich. Er war tot, ich war noch einmal davon gekommen.

Zu Weihnachten bekam ich Heimaturlaub. Aber in meinem Dorf war alles anders für mich. Die alten Männer erwarteten von mir Berichte über den Krieg und über den zu erwartenden Sieg. Sie konnten es nicht verstehen, dass wir den Gegner noch immer nicht niedergerungen hatten. 1870/71 hatten sie es uns doch vorgemacht. Es konnte nur daran liegen, dass wir zu weich waren. Eben noch keine richtigen Männer.

Die Jungen, die noch vor gar nicht langer Zeit in den unteren Klassen der Volksschule gesessen hatten, reagierten anders. Sie schauten zu mir auf, aber nicht so wie damals, als sie von ihren Eltern erfahren hatten, dass der Lehrer und der Pfarrer meinen Eltern den Vorschlag unterbreitet hatten, ich solle im nahen Aachen das Gymnasium besuchen. Meine Mutter war bleich geworden. Mein Vater hatte anders reagiert. Dem Lehrer hätte er vielleicht noch die Tür weisen können, den Pfarrer hinaus zu werfen, traute er sich jedoch nicht. Erst nachdem die beiden gegangen waren, reagierte sich mein Vater an mir ab.

Wir waren zu dritt in der Scheune. Er, ich und sein Lederriemen, mit dem wollte er mir die Flausen vom Gymnasium, vom Besser-sein-wollen schon austreiben. Ein paar Wochen später lenkte er ein, als ihm der Pfarrer versprochen hatte, aus eigener Tasche einen Zuschuss zum Schulgeld zu geben, wenn ich andererseits das Versprechen gab, nach der Reifeprüfung Theologie zu studieren. Damals war es mir mit diesem Versprechen ernst. Ich wollte heraus aus dieser Enge, auch wenn ich später wieder in einem Dorf leben sollte, so würde ich als Priester doch eine andere Stellung haben. Ich hatte mir noch keine Gedanken darüber gemacht, was es mit der Berufung zum Priester auf sich hatte. Erst recht hatte ich noch nicht an Frauen gedacht, das kam erst, als ich auf dem Gymnasium die Obertertia erreicht hatte.

Leni hieß diejenige, an die ich dachte. Ein Mädchen aus unserem Dorf. Die Schönste, die ich mir vorstellen konnte. Mit dicken blonden Zöpfen und dem glockenhellsten Lachen. Leni, die Tochter des reichsten Bauern im Dorf. Ihr Vater war Vorsitzender im Pfarrgemeinderat und gleichzeitig auch Mitglied im Gemeinderat und in der Amtvertretung. Ein rotgesichtiger, schwerer Mann, über dessen Bauch sich am Sonntag beim Kirchgang eine schwere silberne Uhrkette spannte und der seine Familie mit ebenso strenger Hand regierte, wie seinen Hof. So stark meine Schwärmerei auch war, an eine Verbindung mit Leni war natürlich nicht zu denken.

Ich war also zumindest für die Jungen aus dem Dorf zu einer Art Held aufgestiegen. Wo und wann immer mich einer von ihnen im Ort erblickte, umlagerten sie mich. Auch sie hatten - wie die Alten im Dorf -

ihre Vorstellungen vom Krieg und vom Heldentum, und jeder versicherte mir unaufgefordert, dass er sobald wie möglich selbst einrücken wollte, um noch gemeinsam mit mir den Sieg über die Franzmänner zu erringen - falls ich bis dahin nicht doch den Heldentod erlitten hätte. Das waren Aussichten, die mich abschreckten. Sie implizierten, dass dieser sinnlose Krieg noch einige Jahre weitergehen würde. Abgesehen davon stand mir der Sinn überhaupt nicht nach Heldentod, ich wollte leben.

So stand ich also am Tag vor Heiligabend in einem Pulk von Jungen am Dorfweiher und bemühte mich so gut ich konnte, ihnen Rede und Antwort zu stehen. Ich war unkonzentriert. Meine Blicke eilten über das Eis des Weihers, auf dem die Mädchen Schlittschuh liefen. Deutlich konnte ich Leni in einer Gruppe von vier Mädchen ausmachen, die besonders ausgelassen auf dem Eis herumkreisten. Sie trauten sich sogar bis zur Mitte des Weihers, wo das Eis nicht so stark war wie an den Rändern.

Es fiel mir immer schwerer, den Jungen das Bild vom Krieg zu bestätigen, das sie von ihren Vätern und besonders von ihren Großvätern übernommen hatten. Ein plötzlicher Aufschrei schreckte uns alle auf. Die Jungen fuhren herum und versuchten, die Ursache auf dem Weiher auszumachen. Ich löste mich aus ihrem Kreis und erkannte, dass statt der vier Mädchen nur noch drei in der ungefähren Mitte des Weihers zu sehen waren. Schnell rief ich den Jungen zu, sie sollten Leitern und Seile holen, dann gab ich den Mädchen Zeichen, das Eis zu verlassen, damit sie nicht auch noch einbrächen. Zögernd lösten sie sich von dem Loch im Eis, das eine von ihnen verschluckt hatte. Mit den Seilen, die die Jungen gebracht hatten, verband ich die Leitern, die ich Stück für Stück auf das Eis vorschob. Die ersten Meter legte ich gehend zurück, dann ließ ich mich auf alle viere nieder, um mich schließlich kurz vor Erreichen des Lochs nur noch liegend voran zu schieben.

Als ich die Stelle erreichte, erkannte ich, dass die Eingebrochene ungefähr einen halben Meter von mir entfernt unter der dünnen Eisdecke war. Ich griff in das kalte Wasser und versuchte, den Körper zu erreichen. Beim vierten Versuch bekam ich ein Stück Stoff so fest zu packen, dass ich den Körper zu mir heranziehen konnte. Es war nicht einfach, den Kopf aus dem Wasser zu holen, schließlich führte ich ein Seilende unter den Achseln des Mädchens hindurch und verknotete es auf ihrem Rücken. Ein paar Männer, darunter auch der Pfarrer, waren in der Zwischenzeit zu Hilfe geeilt. Sie hatten eine zweite Leiterreihe auf das Eis gelegt, direkt neben meiner ersten. Gemeinsam gelang es uns, den Körper aus dem Wasser zu ziehen. Ich blieb erschöpft auf den Leitern liegen, während die anderen das durchnässte Etwas ans Ufer brachten und dort seine Lebenskräfte wieder anfachten.

Die beinahe Ertrunkene war eine Freundin von Leni, Christine Schwarz, im Dorf allgemein „Schmitze Trin" genannt, die Tochter des Schmiedes. Die Männer boten mir von dem Schnaps an, den sie Trin eingeflößt hatten. Ich musste fürchterlich husten, das Zeug war scharf und bitter. Sie lachten herzhaft, während mir der Pfarrer ein Lächeln schenkte. Es war das erste Mal, dass er mir überhaupt eine Gefühlsregung zuteil werden ließ, seit ich vom Gymnasium abgegangen war.

„Wir sehen uns morgen in der Kirche", sagte er. Die anderen Männer nickten ihm zu, als er gemessenen Schrittes zum Pfarrhaus ging.

Am Abend kamen der Schmied und seine Tochter, um mir zu danken. Erst jetzt fiel mir auf, dass aus dem kleinen Mädchen aus der Schmiede ein nett anzusehender Backfisch geworden war, mit lustigen, neugierigen, grünen Augen und dichtem schwarzen Haar, das ihr in den Rükken fiel. Ich sprach ihren Namen aus, nannte sie nicht Trin, wie das alle im Dorf taten, und sie errötete leicht. Christine gefiel mir. In der nächsten Nacht sahen wir uns in der Christmette, auch Leni war da, aber meine verstohlenen Blicke gingen in Richtung Christine, die neben ihrer Mutter in den Bänken, die für die Frauen bestimmt waren, Platz genommen hatte.

Wenige Tage später hatten wir die Gelegenheit, uns allein zu treffen. Es sollte nicht das letzte Treffen bleiben, und als ich in der zweiten Januarwoche wieder einrückte, nahm ich ihr Versprechen mit, dass sie auf mich warten würde. Fast jeden Tag schrieb ich ihr, und ich erhielt auch regelmäßig Feldpost von ihr, obwohl Schreiben nicht ihre starke Seite war. Kurz vor Ostern riss jeglicher Kontakt ab. Selbst auf meine drängenden Briefe erhielt ich keine Antwort von ihr. Meine Mutter teilte mir schließlich die Verlobung von Christine Schwarz mit Hans Pütz mit, dem Bruder von Leni Pütz.

III.

Die Lastwagen hatten gehalten. Wir warteten auf das Kommando „Absitzen". Latzke plapperte munter vor sich hin. Hübner hörte ihm kaum zu und ich überhaupt nicht. Ich ging zum wiederholten Mal meine Ausrüstung durch. Es war erst 19.00 Uhr, und wir würden noch mehr als zwei Stunden Tageslicht haben, bevor die Dämmerung einsetzte. Eine gute Gelegenheit, die Augen sich langsam an die Dunkelheit gewöhnen zu lassen. Es würde sehr dunkel werden, denn die vor uns liegenden Hügel mit den Wäldern würden heute nicht vom Mondlicht erhellt werden. Endlich durften wir absitzen. Nach der mehrstündigen Fahrt hatten wir es alle nötig, uns die Beine zu vertreten. Einige begnügten sich nicht damit, auf und ab zu gehen, sondern sie dehnten ihre Muskulatur auf, indem sie ein Knie durchdrückten, während sie in die Hocke gingen. Ich rieb mir die Waden und ging dann ein paar Schritte, um dann und wann einen kurzen Sprint einzubauen. Hübner sah mir grinsend zu, während Latzke ihn weiter mit seiner Sicht der Dinge zuschwallte. Kurz darauf kam der Befehl zum Appell. Unsere Aufgabenstellung wurde uns noch einmal eingebläut: Die Schmuggler stellen, entwaffnen, Schmuggelgut sicherstellen. Alle, deren wir nicht habhaft werden konnten, sollten in Richtung der belgischen Grenze, von der wir nur noch wenige Kilometer entfernt waren, abgedrängt werden.

Erst nach 23:00 Uhr sollten wir ausschwärmen und einen undurchdringlichen Schleier bilden. Hierzu sollten wir uns in Rufweite voneinander aufstellen. Die mitgebrachten Lampen sollten erst eingeschaltet werden, wenn die Schmuggler in unmittelbarer Nähe waren. Sie sollten dann das Gefühl bekommen, gegen eine Wand aus Licht zu laufen. Im Zentrum würden hierzu unsere Kräfte massiv eingesetzt werden, um so ein Durchbrechen durch unsere Reihen zu verhindern. Mit Latzke und Hübner war ich mir einig, das Ende der linken Flanke zu übernehmen, wo wir in erster Linie auf Schmuggler Jagd machen konnten, die einzeln unsere Sperre umgehen wollten. Als Überfallkommando waren wir in Eins-zu-Eins-Situationen geschult. Noch einmal wurden wir eindringlich gewarnt, dass einige Schmuggler auch vor dem Einsatz von Waffen nicht zurückschrecken würden.

Bevor wir ins Gelände ausrückten, wurden jedem von uns aus einer Feldküche zwei Tassen Tee ausgeschenkt. Langsam rückten wir Richtung belgische Grenze vor. Es war für mich nach neun Jahren der erste Kontakt mit dieser Grenze. 1923 hatte mich der Grenzübertritt vor der Verhaftung gerettet. Das war noch in meinem alten Leben gewesen, bevor ich mir bei einem versierten Fälscher in Aachen neue Papiere hatte ausstellen lassen, die aus mir den gebürtigen Kattowitzer Georg Brogalla machten, der 1923 unter dem Druck der Polen seinen Heimatort verlassen hatte, um sich im Raum Köln-Düsseldorf eine neue Existenz aufzubauen, und der schließlich in den Dienst der Schutzpolizei getreten und dort zuletzt dem Überfallkommando zugeteilt worden war.

Nach dem Krieg hatte ich nicht wieder Fuß fassen können. Eine erneute Aufnahme auf dem Gymnasium hatte ich nicht in Betracht ziehen können. Meine Mutter war gestorben und mein Vater trank mehr, als er vertrug. Er versuchte dann, den starken Mann zu spielen, bis ich mich zur Wehr setzte und ihm die Faust in den Magen schlug. Er klappte zusammen wie ein Klappmesser. Sein Mund öffnete sich und sein Mageninhalt ergoss sich von der Brust abwärts über mich. Rasend vor Zorn schleppte ich ihn zum Dorfweiher, in den ich ihn immer und immer wieder mit dem Kopf hineindrückte. Der Pfarrer, der die Szene am Weiher vom Pfarrhaus aus beobachtet hatte, riss mich schließlich von dem Betrunkenen weg, der sonst vielleicht sein Leben gelassen hätte. Hals über Kopf habe ich danach das Dorf verlassen. Kurze Zeit später habe ich mich den Separatisten angeschlossen, die den schönen Traum von einer rheinischen Republik träumten. Als wir unsere Zeit für gekommen hielten, griffen wir zu den Waffen. Es war wieder ein aussichtsloser Kampf. Ich habe ein untrügliches Gespür für derlei Dinge entwickelt. Immer findet man mich bei diesen aussichtslosen Unternehmungen, meist in der ersten Reihe.

Bei Adenau kam es im November 1923 zu einem der letzten Gefechte. Teile meiner Einheit wurden versprengt. Wir stimmten darüber ab, in welche Richtung wir uns absetzen sollten. Ich war dafür, jeder sollte auf eigene Faust versuchen, sich durchzuschlagen. Die Mehrheit aber war der Ansicht, geschlossen von der Grenze weg zu eilen, weil man uns in dieser Richtung wohl am wenigsten vermuten würde. Immerhin war mit Verfolgern zu rechnen. Ich trennte mich von der Gruppe, die den Weg nach Münstereifel wählte, um dort Unterschlupf für die Nacht zu finden. Mein Ziel war mein Heimatdorf, von wo ich den Weg über die grüne Grenze ins sichere Belgien einschlagen wollte. Es war keineswegs Sentimentalität, erst ins Dorf zu gehen, bevor ich mich über die Reichsgrenze absetzte. Ich wollte nicht gehen, ohne zuvor noch die letzten persönlichen Sachen an mich zu bringen.

So weit es mir möglich war und ich mich orientieren konnte, vermied ich die Straßen und lief tagsüber durch die Wälder, wo ich mich im Gestrüpp und im Dickicht versteckte, um den Einbruch der Nacht abzuwarten. Es war schon empfindlich kalt, und so zog ich es vor, in Scheunen unterzukriechen, wann immer sich die Gelegenheit bot. Hunger und Kälte quälten mich. Ich benötigte mehrere Tage, um endlich in die Nähe meines Dorfes zu gelangen. Die Dunkelheit abwartend konnte ich von einem schützenden Dickicht aus verfolgen, dass zwei Polizisten mit Fahrrädern im Dorf von Haus zu Haus gingen. Offenkundig suchten sie nach mir.

Nach Einbruch der Nacht verschaffte ich mir Zutritt zu meinem Elternhaus. Der Platz, an dem Mutter immer das Haushaltsgeld aufbewahrt hatte, war verwaist. Mein Vater lag sturzbetrunken auf dem Sofa in der Stube. Vor ihm hatte sich eine Lache Hochprozentiger auf dem Boden ausgebreitet. Eine Kerze stand ausgelöscht auf dem Tisch, daneben lagen seine Pfeife und sein Tabak sowie einige Schachteln Streichhölzer. Ich durchsuchte den Keller und die Kammer. Geld konnte ich nirgends auftreiben, aber im Keller hing im Fleischschrank ein schöner Schinken, unter dem ein paar Mettwürste zu einem malerischen Stillleben drapiert waren. Die Regale waren mit Schnapsflaschen gut gefüllt. Der Grund hierfür eröffnete sich mir in der Waschküche, wo eine Milchkanne mit mehreren Metern gewundenem Kupferdraht verbunden worden war. Ein gasbetriebener Brenner räumte jeglichen Zweifel aus.

Ich packte ein angeschnittenes Brot in einen Rucksack, gab den Schinken und die Mettwürste dazu. Dann nahm ich eine der Flaschen in die Rechte, umfasste mit den Zähnen den Korken und zog, bis er mit einem deutlich vernehmbaren Plopp nachgab. Ich roch an dem Fusel, den ich dann vorsichtig kostete. Aber auch die wenigen Schlucke zogen mir die Kehle zusammen. Nur mit Mühe konnte ich mein Husten unterdrücken. Drei Flaschen unter dem Arm und eine vierte in der Hand ging ich vorsichtig wieder in die Stube. Eine nach der anderen öffnete ich und tränkte damit das Sofa, ohne meinen alten Herrn zu wecken. Dann kippte ich eine weitere Flasche rund um das Sofa aus und legte eine Spur bis zur Kellerluke und zur Waschküche. Neben dem Brenner leerte ich die restlichen Flaschen in einen Waschzuber aus. Dann öffnete ich den Gashahn am Brenner, ohne eine Flamme zu entzünden. Wieder in der Stube nahm ich Kerze und Streichhölzer vom Tisch, stellte mich in eine Ecke und entzündete die Kerze. Die Streichhölzer steckte ich ein, dann nahm ich meinen Rucksack auf. Neben der umgekippten Schnapsflasche am Sofa stellte ich die brennende Kerze auf den Boden. Mit einem sanften Fußtritt brachte ich sie aus dem Gleichgewicht. Sie entzündete den Fusel auf dem Fußboden unverzüglich. Gierig leckten Flammen an dem Sofa hoch, während ein blaues Licht sich in Windeseile den Weg in den Keller bahnte. Zeit, das Haus zu verlassen.

IV.

Nie im Leben hatte ich vorgehabt, jemals wieder so nahe an meinen Heimatort zu kommen, wo man mich seit dem Scharmützel bei Adenau für tot hielt, bis uns das Überhandnehmen des Schmuggels ausgerechnet in diese Gegend führte.

Die Nacht war hereingebrochen. Späher hatten eine große Menschenmasse noch bei Tageslicht über die Grenze gehen sehen. Die Schmuggler machten sich nicht einmal mehr die Mühe, den Schutz der Nacht abzuwarten. Sie fühlten sich sicher durch ihre Zahl und setzten bei ihrem Vorgehen auf eine Taktik, die einer Ähnlichkeit mit dem Vorgehen der Sturmtrupps im Krieg nicht entbehrte.

Hübner, Latzke und ich setzten uns wie alle anderen auch in Marsch. Unsere Augen hatten sich schnell an die Dunkelheit gewöhnt. Trotz des hügeligen Geländes, das hin und wieder Dickichte, Gestrüpp und Baumgruppen aufwies, kamen wir gut voran. Das Gros unserer Einheit hatte sich auf der linken Flanke der Zöllner verteilt und sich immer stärker ausgedünnt, während die Zöllner eng beieinander blieben und sich entlang eines Weges, der einen Wald durchschnitt, in einen Hinterhalt legten. Ihre Taktik war eindeutig. Die Schmuggler konnten sich erst in Sicherheit wähnen, wenn sie den Weg überquert hatten und sich damit wieder deutlich auf deutschem Boden befanden. Es ging hinter dem Weg ein paar Meter die Böschung hinunter und dann steil in den Wald hinein. Wer den Anstieg überwand, war vor dem Zugriff sicher. Daher wählten die Zöllner eine Staffelung in dem Anstieg, damit die anstürmenden Schmuggler zum Stillstand gebracht und in die Böschung zurück gedrängt würden, wo man sie dann zu überwältigen hoffte. Schmuggler, die einen anderen Weg wählten, mussten häufig freies Feld und nur wenig Deckung einkalkulieren.

Uns stand es demnach an, Versprengte aufzugreifen. Es fiel Latzke deutlich schwer, den Mund zu halten. Hübner hatte damit überhaupt keine Probleme. Wenn nötig, vermochte er es auch, sich mit einfachen Zeichen zu verständigen. Latzke und Hübner suchten Deckung in einer Baumgruppe, während ich mich isolierte und mich in einem im Tal gelegenen Dickicht versteckte. Mitternacht war schon vorbei, als wir einzelne Schüsse aus der Richtung des Waldes hörten, in dem sich die Zöllner aufgebaut hatten. Abgesehen von dem Knallen der Schüsse drang aber kein Kampflärm zu uns. Angestrengt spähte ich in die Dunkelheit. Ich bemerkte einige Schemen, die sich der Baumgruppe mit Hübner und Latzke näherte. Es war mir nicht möglich zu erkennen, um wie viele Personen es sich handelte. Latzke und Hübner bewahrten vorbildlich die Nerven und ließen die Schmuggler nahe genug an sich herankommen. Dann sprangen sie aus der Deckung und schalteten die mitgebrachten Lampen ein. In ihrem Licht konnte ich sechs oder sieben Männer erkennen. Sie schienen sich zu ergeben, denn ich vermeinte zu sehen, dass sie die Hände hoben. Dann aber löste sich einer aus der Gruppe und versuchte nach links auszuscheren. Einer meiner Kameraden stellte sich ihm entgegen und drohte mit dem Einsatz der Schusswaffe. Der Stimme nach musste das Hübner, der besonnenere der beiden sein. Diese Situation nutzte einer der Männer, sich auf Latzke zu zu bewegen. Latzke schoss in die Luft. Fünf Männer verharrten daraufhin, aber derjenige, der meinen Kameraden auf der rechten Seite entgegen gestanden hatte, nutzte die Gelegenheit und lief davon. Schon auf den ersten Metern entledigte er sich des Rucksacks, der ihn auf der Flucht nur behindern konnte.

Es war klar, dieser war jetzt meiner. Ich ließ ihn herankommen und sprang dann aus meiner Deckung. Ohne Vorwarnung feuerte ich einen Schuss in den Himmel, mit der Linken den Strahl der Lampe in Richtung seines Gesichts haltend. Wenige Meter vor mir kam er zum Stehen. Ich forderte ihn auf, die Hände hoch zu nehmen. Kaum hatte ich die Worte ausgesprochen, nannte mich mein Gegenüber bei dem Namen, den ich getragen hatte, bevor ich als Georg Brogalla ein neues Leben begonnen hatte. Für einen Augenblick war ich starr vor Schreck, dann richtete ich die Lampe auf sein Gesicht.

Kein Zweifel. Vor mir stand Hans Pütz, Bruder von Leni Pütz, verheiratet mit Christine Schwarz, dem Mädchen, dem ich aus dem Eisloch geholfen hatte. Ich war viel zu verwirrt, um gleich reagieren zu können. Pütz hatte seine Fassung vor mir wiedergewonnen. Ich ließ die Waffe sinken und stammelte: „Hans ..." Dann: „Hör zu, ich lass dich abhauen. Aber du darfst niemandem erzählen, dass du mich hier gesehen hast. Hans ... ich habe deiner Frau einmal das Leben gerettet." Aber er hörte nicht, sondern duckte sich zum Sprung und warf mich um. Lampe und Waffe entglitten meinen Händen. Schnell war er wieder auf den Beinen. Und im Laufen schrie er: „Nie, Vatermörder, nie!"

Ich rappelte mich auf. Auf allen vieren kriechend, tastete ich nach der Waffe und nach der Lampe. Pütz hatte indes einen guten Vorsprung herausgeholt. Von der Verzweiflung getrieben, setzte ich ihm nach. Es ging einen Hang hinauf. Da ich weder wusste, wie das Gelände dahinter aussah, noch wie weit Latzke und Hübner entfernt waren, von denen ich annehmen musste, dass vielleicht einer von beiden mir folgen könnte, zählte jetzt jeder Augenblick. Der Lichtkegel erreichte Pütz und ich zielte, verfehlte ihn jedoch. Pütz, obwohl nicht getroffen, hatte sich zu Boden geworfen. Das gab mir die Gelegenheit, ein paar Meter gut zu machen.

„Bleib stehen", schrie ich ihm in meiner Verzweiflung hinterher. Natürlich reagierte er nicht. Es war eher so, als ob ihn mein Zuruf noch weiter anspornte. Er hatte das Ende des Hangs erreicht, ohne dass ich ihn eingeholt hätte. Als ich selber oben anlangte, sah ich auf der anderen Seite in ein Tal hinunter, in dem einzelne Bäume standen. Ich suchte mit dem Strahl der Lampe die Gegend ab, konnte aber Pütz nicht erkennen. Die Angst, mein neues Leben verpfuscht zu haben, sprang mich hinterrücks an. Ich sollte hinter Pütz herlaufen und wenigstens die letzte Chance suchen, ihn auszulöschen.

Noch einmal suchte ich mit der Lampe das Tal ab und dann sah ich das Dickicht, das sich auf der Talsohle, nahe einem kleinen Bach, abzeichnete. Langsam ging ich darauf zu. Ich brauchte es nicht einmal ganz zu umrunden. Pütz lag auf dem Boden. Er hielt sich den rechten Knöchel. Im Schein der Lampe war seine ganze Kleidung mit Gras und Erde verschmutzt. Er musste gestürzt sein. Aber er war nicht mehr allein. Neben ihm hockte ein blonder, etwa 14 oder 15 Jahre alter Junge.

„Hör zu", presste Pütz hervor. „Ich hab es mir überlegt. Ich sage niemandem etwas. Kein Wort über dich. Auch mein Sohn hier wird dich nicht verraten. Du hast seiner Mutter damals das Leben gerettet. Ihr Leben damals, dein Leben heute. Wir sind dann quitt. Einverstanden? Einverstanden?"

„Stehen bleiben oder ich schieße", schrie ich. „Wirf das Messer weg!" Dann schoss ich Pütz in die Brust. Er sackte zusammen. Sein Sohn sah mich mit schreckensweiten Augen an. Er begriff nicht, welches Messer ich meinte. Ich legte die Lampe ins Gras und griff mit der linken Hand in meine Brusttasche. Die Messerklinge schnappte mit einem Geräusch auf.

Das Messer in der Hand nahm ich die Lampe wieder auf. Ich leuchtete die Gestalt des verängstigten Jungen ab. „Es tut mir leid", sagte ich leise, „dass es so kommen musste. Leid für deine Mutter und Leid für dich. Hab keine Angst, es geht schnell vorbei." Nachdem getan war, was getan werden musste, wischte ich den Messergriff mit meinem Taschentuch ab. Sodann umfasste ich den Griff mit dem Taschentuch und stach mir das Messer in den linken Oberarm. Ich zog das Messer wieder heraus und drückte es dem Leichnam des Jungen, mit dem ich mich zuvor auf dem Boden gerollt hatte, in die rechte Hand. Dann setzte ich mich zu Boden, presste das Taschentuch auf die blutende Wunde und wartete auf Latzke und Hübner.

Das Gesicht des Jungen kann ich nicht vergessen. Es hat sich in mein Gedächtnis eingegraben, so wie ich mich in die Erde zu graben versuchte an dem Tag, als Karl Schneider fiel. So wie ich seine am Stacheldraht wippenden Hände immer noch vor mir sehe, so verfolgen mich die starren Augen und der weit aufgerissene Mund des Jungen in meinen Träumen bis heute. Er sah aus, wie ich in seinem Alter ausgesehen habe.

Dr. Ulrich Mehler

# Telekom oder: Schießen Sie bitte nicht auf die Apparate

„Das gibt's bei uns nicht", sagte Fançois Spickelmann im Brustton der Überzeugung.

„Tja", kam es von der anderen Seite, „aber bei uns."

„Du musst ja schon zugeben, M-R, dass das nicht normal ist."

Sie hatten sich seit langer Zeit wieder einmal getroffen, um ‚etwas Vernünftiges zu essen', wie M-R sich ausdrückte und saßen nun in Weywertz im ‚A la Belle Époque'. Sie hatten Hirschbraten bestellt. Ardenner Hirsch, eine Spezialität des Hauses. Nicht die einzige, übrigens. Spickelmann, geboren in Bütgenbach, seines Zeichens Kriminalkommissar in Büllingen, sprach mit seinem alten Freund Max-Rainer Maybach, dem Journalisten, der von allen seinen Freunden nur M-R genannt wurde. Seit sie den „Fall" mit dem Zahnarzt und seinen Windrad-Abschreibe-Projekten gemeinsam gelöst hatten - na ja, mehr oder weniger gemeinsam, eher weniger würde M-R wohl sagen - hatten sie sich nicht mehr gesehen. Zwei alte Eifeler unter sich.

„Du willst doch was von mir", sagte Spicki. „Also. Da gibt es bei Euch in der Nordeifel Leute, die auf Telefonapparate schießen."

M-R nickte: „Sie schießen nicht nur drauf, sie erschießen sie. Sie richten sie regelrecht hin."

„Vandalismus", sagte Spicki. „Blinde Zerstörungswut. Jugendliche, die alles kaputtmachen."

„Quatsch", antwortete M-R. „Das weißt du auch genau. Vandalismus ist, wenn Du das Telefonhäuschen beschmierst und reinpinkelst, oder wenn Du den Hörer abreißt. Aber nicht, wenn Du mit Spezialmunition auf öffentliche Telefone schießt. Immer auf die gleiche Stelle. Immer auf das Display, da, wo die Zahlen angezeigt werden, die Telefonnummern, verstehst Du?"

Spicki nickte: „Versteh' ich. Du wirst es kaum glauben, aber auch ich kann schon telefonieren. Sogar in Ostbelgien gibt's Telefone."

'Die Empfindlichkeit der Ostkantone', dachte M-R, und er nahm sich zum x-ten Male vor, seine Zunge im Zaum zu halten und besser aufzupassen.

„Entschuldige. Ich hab das nicht so gemeint", sagte er schnell.
„Weiß ich", nickte Spicki, „aber es klang so."
Die beiden kannten sich seit Jahren. Sie hatten manches gemeinsam erledigt, beileibe nicht nur Kriminalfälle. Ab und zu kam Spicki zu den Maybachs nach Schleiden. Aber die Besuche waren in letzter Zeit ziemlich selten geworden.
'Schade eigentlich', dachte M-R. 'Der Spicki ist auf der richtigen Seite.'
„Schade eigentlich", sagte Spicki, „dass wir uns so wenig sehen."
„Komm mal wieder zum Essen", lud M-R ihn ein. Spicki nickte. Er wolle kommen. Vielleicht bald. 'Also nie', dachte M-R.
„Aber jetzt erst die erschossenen Telefonapparate." Bei Spicki schlug der Kriminalist durch. „Was hast du überhaupt damit zu tun?"
„Das ist eine tolle Story. Die läuft bundesweit. Ich kann als Journalist nicht die Finger von sowas lassen, und ich sitze vor Ort, verstehst du?", antwortete M-R. Spicki nickte. Das ging ihm ganz genauso. Wenn sie eine Spur aufgenommen hatten, dann waren sie wie die Jagdhunde. Das hatten gute Journalisten und gute Kriminalbeamte gemeinsam. 'Und deswegen mögen wir uns auch', dachte Spicki. 'Wir sind zwei vom gleichen Schlage'.
„Also", fing M-R wieder an, „irgendjemand schießt nachts auf die öffentlichen Telefone der Telekom. Mit Hochgeschwindigkeits-Stahlmantel-Munition. Mit diesen panzerbrechenden kleinen Schweinereien, die durch alles durchknallen. Egal ob Glas oder Stahl. Terroristen-Munition. Niedliche kleine Löcherchen, der Einschuss jedenfalls. Die Munition geht durch Blech und Stahl durch wie eine heiße Stricknadel durch die Butter. Immer auf das Display. Und immer nur Telekom-Apparate. Nie andere."
„Gibt's bei Euch überhaupt andere?", fragte Spicki.
„Hier und da schon", antwortete M-R. „In Euskirchen zum Beispiel. Aber nur wenige. Jedenfalls bleiben die ganz. Der schießt nur auf Telekom-Apparate."
"Und die gibt's in der Nordeifel jede Menge?", grinste Spicki. „Und alle werden erschossen?"
„Na ja. So viele sind's auch wieder nicht. Aber in manchen Dörfern steht noch einer. Nicht in allen natürlich. Und da passiert dann auch nichts."
„Klar", sagte Spicki, „er schießt nur auf existierende Apparate."
M-R überhörte den Spott. ‚Das war die Retourkutsche für das Telefonieren von eben', dachte er und hielt den Mund.
„Er oder sie", sagte M-R. „Es kann auch eine Frau sein."
Spicki nickte. „Und was willst Du jetzt von mir?", fragte er sein Gegenüber.

Der Hirschbraten kam und duftete. Für eine Weile herrschte gefräßiges Schweigen, wie man so sagt.

„Diese panzerbrechende Munition kannst du nur aus bestimmten Gewehren verschießen", fing M-R wieder an. „Wegen der hohen Anfangsgeschwindigkeit der Geschosse, der V-Null, verstehst du? Und die gibt es nur bei euch. Die Dinger kommen aus Belgien."

„Die Munition oder die Knarren?", fragte Spicki.

„Im Prinzip beides", antwortete M-R. „Sie stammen direkt von der Firma. Oder vielleicht vom Flohmarkt."

„Oder sind bei euch in der Bundesrepublik ganz normal über den Versandhandel gekauft worden." Aber Spicki korrigierte sich gleich: „Nein, eher nicht. Wegen der Adressen und so weiter."

M-R nickte. „Exakt. Wenn du so was machen willst, dann kaufst du das anonym. Zum Beispiel eben auf dem Flohmarkt. Und wo?"

„In Lüttich. Oder in Eupen." Spicki stimmte zu. „Und was soll ich jetzt dabei tun?"

„Also: Gehen wir einmal davon aus, dass der Täter oder die Täterin ...". Spicki unterbrach ihn.

„Du kannst Täter sagen. Ich denke die weibliche Form schon mit. Ich denke sowieso zu viel an Frauen." Spicki war seit einiger Zeit nicht mehr verheiratet und lebte allein, sozusagen. Jedenfalls meistens.

„Okay." M-R machte weiter. „Der Täter geht also zielgerichtet vor. Er zerstört nicht mal eben einen Telefonapparat. Nein, er sucht sich erstens nur Telekom-Apparate aus, zweitens nur öffentliche, und drittens schießt er immer auf die gleiche Stelle. Das bedeutet ..."

Spicki unterbrach ihn: „Schon klar. Das bedeutet Absicht, planmäßiges Vorgehen, Demonstration. Er will Aufmerksamkeit erregen. Frage eins: Hat er das? Frage zwei: Warum tut er das?"

„Genau", stimmte M-R bei. „Die Antwort auf Frage eins kommt gleich. Ich habe dir dazu etwas mitgebracht. Zu Frage zwei. Warum tut er das? Keine Ahnung. Vielleicht kann er Telefonapparate nicht leiden?"

„Dann muss er sie doch nicht gleich erschießen", sagte Spicki. „Die Dinger gehen bei euch doch sowieso nie."

„Bei euch aber", konterte M-R gereizt.

„Jedenfalls öfter als in Deutschland", sagte Spicki. „Ein funktionierender Apparat der Deutschen Telekom ist eines der letzten Wunder dieser Welt."

M-R nickte: „Da hast du Recht. Aber immer noch besser als die Aktien."

„Eins ist so schwach wie das andere." Spicki war nicht zu schlagen. „Vielleicht arbeitet er für eine Mobilfunk-Firma."

„Jetzt fang doch nicht an zu spinnen." M-R wurde ungeduldig.

„Wenn die Apparate nie gehen, dann kauft sich sowieso jeder ein Handy. Und das tun die Leute auch. Da brauchst du nicht noch extra auf die Dinger zu schießen."

„Oder die Telekom macht es selbst?", überlegte Spicki. „Nein, eher unwahrscheinlich. Zu teuer. Zu dämlich."

„Als Werbung vielleicht?", überlegte M-R.

Spicki schüttelte den Kopf. „Auf solche Ideen kämen die nie."

Sie tranken einen Schluck. Es war ein herrlich trockener Roter.

„Sag mal" - Spicki sah M-R hinterhältig an -, „du bist es doch nicht etwa selber?"

M-R lachte. „Heiß ich Spickelmann?", fragte er zurück. Beide grinsten. Es war klar, dass sie an ihre letzte Geschichte mit den Windrädern und an Herrn Dr. Krupp dachten.

„Nein, ich bin's nicht", beteuerte M-R. „Ich würde dir darauf mein Ehrenwort geben ..." M-R brach ab.

„Das lass mal besser", sagte Spicki. „Deutsche Ehrenwörter stehen zur Zeit nicht besonders hoch im Kurs, weißt du. Es reicht, wenn du sagst, du bist es nicht."

M-R nickte: „Also noch mal: Ich bin es nicht. Wirklich. Außerdem habe ich seit Ewigkeiten ein Handy. Ich benutze diese Telekom-Telefone gar nicht. Nie. Und nun? Weiter, bitte."

„Ich kann mal nachfassen, wo die Waffen so hingehen", sagte Spicki. „Aber auf dem Flohmarkt ist auch unsere Kunst zu Ende."

Das war M-R schon klar. „Er arbeitet mit allem, was es so gibt: Nachtsichtgerät, Schalldämpfer und Zielfernglas. Vielleicht hilft das was?"

„Ehemaliger Soldat? Jäger?" Spicki überlegte. „Ein Profi jedenfalls."

„Muss Scharfschütze sein", bestätigte M-R. „Schießt aus ziemlicher Entfernung. Soweit man weiß, trifft er immer. Immer nur ein Schuss, sagt die Polizei. Nie mehr. Mit einem kommt er aus."

„Du wolltest mir noch was zeigen", erinnerte Spicki ihn. „Das war zu Frage eins. Hat er was erreicht? In den Medien?"

M-R griff in seine Tasche und zog eine Mappe mit Presseberichten heraus. Spicki stürzte sich begierig darauf. Dann lachte er.

„‚Der unheimliche Apparate-Killer hat wieder zugeschlagen'. Das ist von dir. Typisch M-R. ‚Die einzige öffentliche Telefonzelle im Schleidener Tal wurde regelrecht hingerichtet'. Nicht schlecht, mein Lieber."

M-R grinste und Spicki las weiter.

„Und was schreibt die liebe Konkurrenz? Ah, da ist er ja. Christoph Steub von der *Rundschau*. Die Polizei stochert mit der Stange im Eifelnebel. Ist der Telefon-Killer ein Phantom?. Und hier, sieh mal einer an: 'Schießen Sie bitte nicht auf die Apparate. Wir brauchen sie doch.' Da sind die Jungs vom *Express* aber traurig. Ich heule gleich mit."

„Brauchst du nicht. *Bild* hat sogar schon ein Bild von dem Phantom", sagte M-R, „ein Phantombild sozusagen."

Spicki nahm den Ausriss in die Hand und fing schallend an zu lachen: „Nicht schlecht. Gute Idee." Er lachte und lachte.

M-R sah ihn fragend an: „Was wieherst du denn so?", fragte er seinen Kumpel. „So lustig ist das Bild doch auch wieder nicht."

Spicki meinte trocken: „Hast du das Bild denn nicht erkannt?"

„Nee", sagte M-R.

Spicki zeigte es ihm: „Euer ehemaliger Postminister. Der Schwarz-Schilling. 'Ein irrer Typ killt unsere Telefone. Sah er vielleicht so aus?' Das ist als Bildunterschrift doch nicht schlecht!"

„Na ja", sagte M-R etwas säuerlich, „so lustig ist das nun auch wieder nicht." Aber er ärgerte sich, weil dieser Ostbelgier besser in der deutschen Politik Bescheid wusste als er und weil die *Bild*-Leute wirklich gekonnt zugeschlagen hatten.

„'Die Eifel war schon immer etwas seltsam, nun aber wird es abartig'. Mann, M-R, das ist ja sogar schon im *Spiegel*!" Spicki war beeindruckt. „Und warum weiß ich davon nichts?"

„Du könntest ja auch mal unsere Zeitungen lesen, statt immer nur *Le Figaro*. Und außerdem weißt du es ja jetzt aus allererster Quelle. Nämlich von mir. Übrigens sind Hörfunk und Fernsehen auch schon dran. ARD und ZDF, nicht Radio Euskirchen, wenn du das wissen willst. Von den Privaten ganz zu schweigen."

„Na schön", sagte Spicki, „und was ist das hier? 'Die Wut, der Täter und das Objekt. Vom Mittelalter bis heute'. Wer hat denn das geschrieben?"

„Ein gewisser Mario Rössler in der *Zeit*. Ich kenn den Mann nicht. Eine ganze Seite. Nicht schlecht übrigens."

Spicki las. „Da sind ein paar ganz clevere Ideen drunter", sagte er dann. „Der Mann kann beobachten. Psychologie muss man können, jedenfalls für diesen Fall. Stimmt. Das ist kein Psychopath, kein Geisteskranker, der das macht. Da hat *Bild* Unrecht."

„Nicht nur da", knurrte M-R immer noch leicht verärgert. Aber dann fasste er sich. „Das ist einer, der hat die Schnauze voll von der Telekom."

„Halt!", sagte Spicki, „du hast da vorhin was gesagt. Du benutzt die Dinger nie, hast du gesagt. Weil du schon immer ein Handy hattest. Also. Wer ist der Täter, wenn es jemand ist, der sich rächen will? Dann muss das jemand sein, der auf diese Telefone angewiesen ist. Der sich stinkig ärgert, weil sie nie funktionieren."

„Alle haben heute ein Handy", sagte M-R.

„Nicht alle. Und der eben auch nicht", antwortete Spicki. „Oder er hat nur eins zur Reserve, und seine Frau telefoniert damit rum."

„Jedenfalls hat er nicht viel Geld", meinte M-R. „Sonst hätte er ein eigenes."

„Geld hat er", sagte Spicki. „Auch auf dem Flohmarkt in Eupen kriegst du ein Gewehr mit einer solchen Ausrüstung nicht geschenkt. Ganz egal, wo du es kaufst. Es ist auf jeden Fall teurer als ein Handy. Aber er könnte ein Öko-Freak sein. Einer, der gegen Mobil-Telefone ist, wegen der Strahlen und der Frequenzen." Spicki dachte nach.

„Und der sich dann auch noch die Telekom-Apparate eigenhändig kaputt schießt", spottete M-R. „Das glaubst du doch selbst nicht." Dann stockte er.

„Ja, klar doch!" Er schlug sich mit der flachen Hand vor die Stirn. „Das ist es! Er muss telefonieren, sagen wir mal: beruflich. Und er will im Festnetz telefonieren, weil er Öko-Freak und gegen Mobiltelefone ist. Aber immer sind alle Apparate kaputt. Deswegen ist er sauer. Und da rächt er sich auf seine Weise."

„Er kann doch von zu Hause oder von seiner Firma aus telefonieren, soviel er will", sagte Spicki.

„Aber er ist nicht zu Hause, und er hat keine Firma!", rief M-R. „Vielleicht will er auch kein Handy haben, weil er nicht dauernd angerufen werden will. Ich kenne solche Leute. Die wollen ihre Ruhe haben. Aber er muss dauernd von draußen telefonieren, von Berufs wegen vielleicht, und das geht nicht. Und da ..."

„Könnte sein", gab Spicki M-R Recht. „Das könnte sein."

Sie waren beim Kaffee angekommen und verabredeten sich für den übernächsten Tag zum Abendessen bei M-R. ‚Na endlich', dachte M-R. Bis dahin wollte M-R einmal etwas bei den Mobilfunkgegnern herumhorchen, und Spicki versprach, sich in der Lütticher Szene und bei den Nachfolgern von FN einmal 'ein bisschen umzusehen', wie er sich ausdrückte. Viel wäre da wohl nicht zu erwarten, meinte er. Aber versuchen könne man es ja.

Am übernächsten Abend war Spicki zeitig in Schleiden. Er hatte sich Reibekuchen mit Apfelmus gewünscht. Und dazu ein anständiges Bier und einen Schnaps. Er wolle auch nicht mehr nach Hause fahren an diesem Abend, hatte er bedeutet. Maybachs bessere Hälfte war's zufrieden. Spicki machte keine Probleme, und ein Bett würde man für ihn finden. Spicki rollte, nein: eierte also mit seinem Museumsauto, einem uralten 2 CV, in die Einfahrt vor die Maybachsche Garage. M-R kam heraus und schüttelte ihm die Hand. Für Frau Maybach gab's natürlich ein Küsschen links, ein Küsschen rechts. Auch wenn man in Schleiden war. 'Tja, die paar Kilometer', dachte M-R. 'Es ist doch ein Unterschied.

Obwohl wir in allererster Linie erst einmal Eifeler sind. Na, Ardenner. Egal. Jedenfalls hier aus der Gegend.'

Sie waren noch nicht beim Begrüßungsschnaps angekommen, als Spicki schon losschimpfte: „Alles voll von Grünen. Drei Mal bin ich angehalten worden. Das ist mir noch nie passiert in den letzten hundert Jahren. Sie wollten wissen, woher ich käme und wohin ich wollte."

„Das ist wegen dem Telefonkiller", sagte M-R. 'Schlechtes Deutsch, aber eindeutig', dachte er. „Sie machen Jagd auf ihn."

„Blödsinn", sagte Spicki. „Selbst für die deutsche Polizei ist das Unsinn. Sie bewachen nahezu jedes öffentliche Telefon in der Eifel. Da kommt er nicht."

„Nicht jedes", sagte M-R. „So wenig sind es nun auch wieder nicht. Oder andersherum: So viele Polizisten haben wir hier nicht. Ein paar mehr Telefone sind es schon. Aber sie bewachen einige sichtbar, damit der Killer an die anderen geht. Und die werden auch beobachtet."

„Aber nicht alle", sagte Spicki. „Hast du gerade selbst gesagt. So was geht nur lückenlos. Das weiß auch die deutsche Polizei. Nein. Sie machen Wellen. Sie wollen das Volk beunruhigen."

„Beruhigen, meinst du", korrigierte M-R.

„Ich meinte genau das, was ich sagte: beunruhigen. Sie machen die Leute heiß. Damit sie was verraten."

„Das klappt nun wieder in der Eifel nicht", sagte M-R. „Darauf fallen die Eifeler nicht rein. Die kennen bei so was nicht mal mehr ihren eigenen Namen, wenn's sein muss."

Beide lachten.

„Und was soll dann das Ganze?", fragte Spicki.

„Weiß nicht", meinte M-R nachdenklich. „Politische Gründe? Die Nerven unserer Wirtschaft werden angegriffen oder so?"

„Das glaubt denen doch keiner. Big Business hat seine eigene Telekommunikation. Die kratzt euer Apparate-Killer nicht im mindesten. Nein, es muss etwas anderes sein. Aber was?"

„Jedenfalls schlägt er nach deiner Erfahrung heute nicht mehr zu", sagte M-R.

Spicki nickte: „Und was war gestern?"

„Eine Telefonzelle in Bleibuir. Das ist so ein Dorf bei Mechernich. Von der Kirchentür aus geschossen. Altes Modell ohne Display. Aber genau auf die Tastatur."

„Von der Kirchentür aus?", fragte Spicki, „und keiner hat was gesehen oder gehört?"

„Nichts", bestätigte M-R.

„Komisch", sagte Spicki, „da muss er sich aber gut auskennen."

„Das muss er sowieso", sagte M-R. „Also François Spickelmann, was hast du rausgekriegt?"

Spicki hatte im Prinzip nichts Neues. Die Waffen und die Munition waren in Belgien nicht ungewöhnlich; man konnte alles auf dem Flohmarkt in Eupen oder Lüttich kaufen, wenn auch teuer wegen der Spezialgeschosse. Aber im Prinzip war das ganze Equipment auf dem Markt, und zu Spickis Erstaunen wurde es auch relativ oft verkauft.

„Wer kauft so etwas?", fragte er M-R. „Die Zeiten der Terroristen sind lange vorbei!"

„Deutschland rüstet auf. Über fünf Millionen nicht zugelassene Waffen sind im Umlauf. Geschätzt. So was kaufen Wehrsportgruppen, Neonazis, Waffennarren, Bekloppte und Bescheuerte."

„Und unser Telefonkiller möglicherweise auch", sagte Spicki.

„Der auch. Natürlich. Er wusste jedenfalls, wo er Waffe und Munition kriegen konnte. Und er hat sie eingesetzt."

Dann war M-R dran. Aber auch der hatte nicht viel zu berichten. Die Handy-Gegner hätten Stein und Bein geschworen, dass sie alle selbst kein Handy besäßen. Sie fürchteten Handys wie der Teufel das Weihwasser, hatten sie gesagt. Aber sie telefonierten wie die Wilden, meinte M-R, und nicht von öffentlichen Telefonzellen aus.

„Wie das?", fragte Spicki.

„Ganz einfach. Sie telefonieren in der Firma oder zu Hause. Im Festnetz. Oder mit dem Handy ihres Partners. Das sogar ziemlich oft."

„Wie heißen diese Leute in der Bibel noch?", fragte Spicki.

„Keine Ahnung", sagte M-R. „Ich bin nicht bibelfest. Aber das war bei den Windrädern doch genauso."

„Die sind das nicht", sagte Spicki. „Das spür ich. Solche Leute schießen nicht auf Apparate. Unser Mann ist jemand anderes."

„Aber wer?", überlegte M-R. „So kommen wir nicht weiter."

„Psychologie", sagte Spicki. „Du musst das psychologisch angehen. Da hat dieser Mensch von der *Zeit* Recht. Du musst fragen: Was ist das für ein Typ, dieser Apparatekiller. Wie denkt er? Wie handelt er? Warum handelt er so und nicht anders? Welche Gründe hat er dafür? Was wissen wir über ihn, was für ein Persönlichkeitsprofil können wir von ihm machen. So was, in der Richtung."

„Wir wissen eigentlich nicht viel von ihm", meinte M-R.

Spicki wiegte zweifelnd den Kopf: „Teils ja, teils nein. Im Ganzen stimmt das so nicht. Tatsachen, Fakten, die haben wir nicht bis auf die erschossenen Apparate. Aber wir wissen doch eine ganze Menge mehr, als es auf den ersten Blick scheint. Zum Beispiel, dass er sehr wahrscheinlich nicht aus der Öko-Szene kommt, jedenfalls vermute ich das. Und dass er irgendetwas macht, das nichts mit einer Firma oder einem eigenen Büro zu tun hat."

„Eine freie Tätigkeit", fügte M-R hinzu.

„Genau. Weiter: Wir wissen, dass er ein sehr guter Schütze ist und sich prima mit Waffen auskennt."

„Und aus der Gegend hier kommt, ein Einheimischer sozusagen. Oder einer, der schon lange hier lebt." M-R taute auf. „Er ist auf die Telekom-Apparate angewiesen. Vielleicht hat er zu Hause kein Telefon, oder er ist viel unterwegs."

„Exakt", sagte Spicki, „aber er will kein Handy, weil er seine Freiheit haben will. Das Handy stört ihn. Er will nicht ständig für andere verfügbar sein. Was ist das für ein Mensch? Überleg mal: Frei, unabhängig, guter Schütze, beruflich viel unterwegs, Handygegner. So einer hat auch kein Fernsehen und vermutlich noch nicht einmal ein Radio. Vielleicht hat er es anderswo schon mit seinem Protest probiert, aber das hatte keinen Erfolg. Daher die Gewalt. Sie ist für ihn das letzte Mittel."

„Nicht bei den Handygegnern", sinnierte M-R, „kein Fernsehen - aber woanders. Ja, das ist es!" M-R blickte von seinem achten Reibekuchen auf. „Wir müssen in die Redaktion."

„Kannst du denn da rein?", fragte Spicki. Er verstand nichts mehr.

„Ich hab den Schlüssel, immer. Für sonntags und Sondersachen hat jeder von uns in der Redaktion einen Schlüssel. Ich muss da was nachsehen."

„Was?", fragte Spicki.

„Du hast mich da gerade auf eine Idee gebracht. Ich muss ans Archiv."

„Du fährst nicht mehr", bestimmte Frau Maybach, „und Spicki auch nicht. Bei eurem Schnaps-Verbrauch. Wo doch die Grünen alle unterwegs sind."

Das waren schlagende Argumente. Sie erklärte sich aber bereit, den Chauffeur zu machen. Hin und zurück, und es dauerte auch nicht lange, meinte M-R.

„Was suchst du denn?", fragte Spicki während der Fahrt neugierig, als es von Schleiden nach Euskirchen zur Redaktion ging.

„Das wirst du gleich sehen", antwortete M-R. „Wenn ich es dir jetzt sage, ist die Luft raus. Denk lieber einmal noch etwas weiter. Was für einen Beruf kann unser Mann haben oder unsere Frau? Da gibt's nicht viele Möglichkeiten. Das meiste an Berufen scheidet aus. Frei, ohne Büro, guter Schütze, etwas gewaltsam. Will auf ein Problem aufmerksam machen. Wird nicht wahrgenommen. Wählt daher Mittel außerhalb der Legalität. Und plötzlich schreibt sogar der Spiegel über ihn. Wer kann das sein?"

„Keine Ahnung. Ein Jäger, ein Förster, ein ehemaliger Soldat?", meinte Spicki.

„Das hatten wir alles schon. Außerdem ist nur ein einziger Beruf dabei, denn Jäger können viele sein und ehemalige Soldaten auch. Weiter."

„Ein Journalist."

„Nein, Journalisten arbeiten aus der Redaktion heraus. Mit dem Telefon dort. Und ansonsten nur mit Handy."

„Ein Penner", schlug Spicki vor.

„Klasse, das würde gut passen. Aber der hat kein Geld für die Ausrüstung."

„Ein Schriftsteller." Die nächste Wahl Spickis.

„Das schon eher. Allerdings sollte man vermuten, dass ein Schriftsteller erst einmal sein ureigenes Handwerk einsetzt, nämlich schreibt. Und deswegen muss ich auch ans Archiv. Du hast mich nämlich da auf eine Idee gebracht ..."

Frau Maybach unterbrach sie: „Wir sind da."

Oben in der Redaktion warf M-R sofort den Computer an. Das Archiv erschien und Spicki blickte seinem Freund neugierig über die Schulter.

„Da kannst du jetzt alles suchen, was du willst?", fragte er ungläubig.

„Suchen kann ich alles", grinste M-R. „Ob ich es finde, ist die Frage. Aber im Ernst. Alles ist nicht drin, aber fast alles und nur aus den letzten Jahren. Das spielt für unseren Fall allerdings keine Rolle", sagte M-R und gab das Stichwort „Leserbriefe" und „Telefon" ein. Es dauerte keine Sekunde und die Meldung erschien. Er hatte drei Treffer aus dem letzten Jahr und rief sie auf. Es waren drei Leserbriefe über den miserablen Zustand der Telekom-Telefone, drei Briefe mit bitterbösem Inhalt. Drei Beschwerden, drei Briefe im gleichen Stil und alle drei vom gleichen Absender.

„Anonyme Briefe werden nicht veröffentlicht. Solche mit Scheinadressen auch nicht. Außerdem kenne ich den, der sie geschrieben hat", sagte M-R. „Siehst du die Unterschrift?"

Spicki nickte: „Friedrich Kremer, Mechernich", las er laut vor. „Das sagt mir nichts."

„Aber mir", sagte M-R. „Das ist er. Los, wir fahren zu ihm."

Spicki protestierte, das ginge doch nicht, mitten in der Nacht, aber da kam er bei M-R schlecht an. Es sei erst gegen 22:00 Uhr, meinte der, und außerdem kämen sie da sowieso fast vorbei. Und wie er Friedrich Kremer, genannt Fitti, kenne, wäre der sowieso noch auf. Woher er ihn so gut kenne, wollte Spicki wissen. Aber M-R sagte nichts darauf außer „später". Er wollte augenscheinlich dazu jetzt nichts erklären.

Es wurde immer dunkler und einsamer, und schließlich standen sie in einem kleinen Dorf vor einem alten Bauernhof, der ziemlich verfallen aussah.

„Da drin wohnt er", sagte M-R. „Wir müssen klopfen. Er hat keine Klingel."

Spicki wunderte sich einmal mehr, wie gut M-R Bescheid wusste, sagte aber nichts. Irgendwo brannte Licht. Sie klopften. Es tat sich nichts. Sie klopften noch einmal. Lauter. Nichts. Schließlich hämmerte M-R gegen das große grüne Tor.

„Er schläft schon", wagte Spicki zu bemerken.

„Quatsch", sagte M-R. „So ist das immer hier. Man weiß nie, wo er steckt."

Da hörten sie von innen eine Stimme „Augenblick. Ich komme gleich", und bald darauf knirschte der Schlüssel im Schloss. Die Tür ging auf und ein zerfurchtes, bärtiges Gesicht wurde sichtbar. So viel Falten hatte Spicki in einem einzelnen Gesicht noch nie gesehen, aber es wirkte eigentlich nicht unfreundlich.

„Ach, M-R", sagte der Bart, „da bist du ja endlich. Kommt rein."

M-R stellte Spicki vor. Bei seiner Frau war das nicht nötig. Fitti Kremer kannte sie schon.

„Tja", sagte M-R, „wir kommen ..."

Fitti unterbrach ihn: „... wegen der Schüsse auf die Telefonapparate. Ich hab' mir schon gedacht, dass du kommst. Bisschen verspätet. Aber immerhin. Musste ich erst auf den Apparat in Bleibuir schießen, damit du kapierst, wer das ist?"

Fitti schien nicht im Mindesten überrascht zu sein, eher etwas entrüstet, dass M-R nicht schon viel früher gekommen war. Der bemühte sich seinerseits zu erklären, dass sie nicht über die Schüsse auf das Bleibuirer Telefon, sondern über Spickis Idee mit dem Persönlichkeits-Profil und der Täter-Psychologie auf die Leserbriefe und damit auf ihn gekommen seien.

„Bisschen umständlich", knurrte Fitti, „findest du nicht?"

„Jetzt ja", sagte M-R, „wo wir dich haben."

„Wie seid ihr genau draufgekommen?", wollte Friedrich Kremer genauer wissen. „An welcher Stelle?"

„Als Spicki die Idee hatte, dass sich so ein Typ schon früher bemerkbar macht. Also, bevor so jemand zur Waffe greift, da wehrt er sich anders, meinte Spicki. Und da fielen mir Deine Leserbriefe ein. Und als Spicki sagte, so einer habe kein Fernsehen und vielleicht auch kein Radio."

„Alle Achtung", sagte Kremer und verbeugte sich leicht vor dem belgischen Kommissar.

„Ich hab kein TieWie und mein Radio ist auch gerade kaputtgegangen."

„Dein Radio ist schon mindestens seit zwei Monaten kaputt", sagte M-R.

„Kann sein", meinte Fitti. „Ist das schon so lange her?"

„Du solltest uns die Knarre samt den Spielereien und die Munition mitgeben. Die Grünen werden bald hier sein. Spicki kann sie in Eupen auf dem Flohmarkt verscheuern."

„Okay", sagte Fitti, „aber besser in Lüttich. In Eupen kennen sie die Dinger schon."

Sie verstauten alles in M-Rs Wagen. In Spickis 2 CV würden sie sowieso nicht auffallen, morgen, wenn alles vorbei war.

„Und jetzt?", fragte Fitti.

„Jetzt hältst du besser mal das Maul", riet ihm M-R. „Jedenfalls eine Zeitlang. Falls du das überhaupt kannst. Was ich bezweifle. Aber die Schüsse waren mehr als grober Unfug. Und die Kästen sind teuer."

„Aber sie funktionieren nie", sagte Fitti verzweifelt, „nie. Wo bleibt das schöne Geld, das sie gekostet haben? Die Dinger sind schon Schrott, wenn sie brandneu sind."

„Klar", sagte M-R. „Die Knete kassiert die Telekom-Mafia. Damit so Leute wie du sich ärgern. Du bist zwar intelligent, aber in solchen Sachen so was von blöd!"

Und mit diesen freundlichen Worten und dem ganzen Equipment schieden sie von Friedrich Kremer, genannt Fitti. Der stand in der Tür, als sie abfuhren, und winkte ihnen freundlich nach.

„Wer ist das?", fragte Spicki ziemlich konsterniert, als sie weg waren. Frau Maybach lachte am Lenkrad vor sich hin. M-R grinste.

„Das ist Fitti. Dein Persönlichkeitsprofil passte auf den wie angegossen. War zehn Jahre bei der Bundeswehr. Dann hat er studiert. Manche sagen, er wäre sogar Professor. Aber sie hatten keinen Job für ihn. Sie wollten ihn nicht haben. Jetzt ist er Geschichtenerzähler und reist viel rum. Er erzählt den Kindern Märchen und ..."

„Und schießt auf Telefone", sagte Spicki.

„Schoss", fügte Frau Maybach hinzu. „Es war einmal."

„Aber die Kinder lieben ihn", sagte Spicki.

M-R nickte.

Alex Kuffner

# Geil

I.

Es war beileibe nicht seine erste Leiche. Aber was sich ihm an diesem heißen Frühsommermorgen dort vor seinen Augen bot, ließ seinen Magen, der von jeher ein eigenes Hirn zu besitzen schien, kurz überlegen, ob er den eben noch hastig im Wagen geschlürften Kaffee wieder hergeben soll. Schnell zog sich Hauptkommissar Herbig den Kragen seines vom Schweiß fast komplett durchnässten Polo-Shirts über die Nase. Als er aus dem Auto ausstieg, hatte er noch einen Blick auf die Uhr geworfen. Halb elf - und draußen herrschten mindestens schon 27 Grad. Die Hitze hatte nicht vor, das kleine Appartement zu verschonen. Hier stand er nun, in der Mitte des Raumes und kämpfte mit seinem halbverdauten Kaffee, während er auf den unansehnlichen Fleischklumpen starrte, der nur noch schemenhaft die Formen eines in sich zusammengesackten Menschen verriet.

„Kann hier bitte mal jemand *alle* Fenster aufmachen?", herrschte Herbig die herumlungernden Polizisten an, die ihn und seinen Kollegen von der Kripo Euskirchen in diese kaum vierzig Quadratmeter fassende Dachgeschosswohnung nach Bad Münstereifel beordert hatten.

„Und ich wäre sehr verbunden, wenn die Herren von der Spurensicherung mir auch einen Mundschutz borgen könnten."

Franzen, der gerade damit beschäftigt war, sich einen weißen Einmal-Handschuh über die feisten Finger zu quetschen, unterbrach die Verhüllung seiner Rechten, kramte in einer Tasche herum und förderte einen Mundschutz zutage, mit dem er vor Herbigs Gesicht hin- und herwedelte.

„Danke!"

Der Hauptkommissar war jetzt wirklich grantig, erst recht, als er aus den Augenwinkeln bemerkte, dass ein junger Kollege von der Streife hämisch grinste, als er ihn dabei beobachtete, wie er sich das Stück gepressten Stoffes über Mund und Nase zog. Der Kerl stand direkt am geöffneten Fenster und trug natürlich nichts im Gesicht, um dem üblen Gestank zu entgehen. „Das Bürschchen wird's schon noch lernen. Spätestens wenn er heute Nacht die Bilder des Tages Revue passieren lässt", dachte Herbig grimmig, als er sich Grabowski zuwandte. Sein Kollege und er bildeten schon seit Jahren ein Team, und auch in seiner Miene vermeinte Herbig echten Ekel entdecken zu können.

„Was meinst Du, Grabowski, natürliche Todesursache? Nach Gewaltanwendung sieht das hier auf den ersten Blick ja nicht gerade aus."

Herbig wanderte prüfend um die Leiche herum. Sein Schritt scheuchte die eine oder andere Schmeißfliege auf, und er zwang sich, das auf dem Linoleumfußboden zerflossene Gesicht ganz genau anzusehen.

„Ich habe wirklich keine Ahnung, der scheint ganz einfach dort auf dem Sofa gesessen zu haben und dann umgekippt zu sein", tat Grabowski seine Meinung kund und tänzelte um Franzen herum, der gerade Bilder von der Leiche schoss.

„Dann erzählen Sie uns mal was, Franzen. Was haben wir denn hier für eine Sauerei?"

Der Chef der Spurensicherung legte einen neuen Film in eine betagte Nikon ein, während er seine erste Einschätzung der Lage in Herbigs Richtung nuschelte:

„Tja, würde mal schätzen, dass der Mann etwa 50 bis 55 Jahre alt war und schon seit mindestens zwei Wochen hier bewegungslos herumliegt. Alles andere können wir ihnen nach der Obduktion sagen - hoffentlich!"

'Es ist doch immer das gleiche Spiel', dachte Herbig. 'Da muss man sich den unappetitlichsten Tatort zu Gemüte führen, um ihn dann doch nach kurzer Zeit wieder zu verlassen - natürlich ohne großartige Indizien in der Hand.' Irgendwie war er froh, seit über einem Jahrzehnt seine monatliche Besoldungsstufe in der Eifel zu kassieren. Hier tickten die Uhren doch merklich langsamer und es hagelte nicht gerade Todesfälle.

Der Kollege von der Streife, der eben noch so hämisch gegrinst hatte, riss ihn aus seinen Gedanken, als er plötzlich auf ihn zutrat und ihm eine schwarze Brieftasche entgegenstreckte.

„Hier, Herr Hauptkommissar, lag dort drüben in der Ecke zwischen Schrank und Sofa."

„Danke, wenigstens etwas." Herbig durchforstete die karge Dokumentensammlung in dem abgenutzten Stück Kunstleder nach Informationen und winkte Grabowski zu sich.

„Der Kerl hieß Eduard Müller, wäre gestern 52 Jahre alt geworden und hat hier einen Werksausweis von ... warte mal ... Procter & Gamble im Portemonnaie. Das ist alles. Hier, tüte das mal ein und geh los auf die große Befragungstour, ich sehe mich hier noch etwas um."

Viel hatten Herbig und Grabowski sich nicht zu erzählen, als sie sich eine halbe Stunde später in ihrem Einsatzwagen vor dem Haus wiedertrafen. Das schmuddelige, kleine Zimmer hatte außer den üblichen Einrichtungsgegenständen nicht viel hergegeben. Die Spurensicherung war zwar noch beschäftigt, jedoch konnte Herbig sich nicht vorstellen, dass sie noch viel Verborgenes in der Wohnung entdecken könnten. Jede Menge dreckiger Wäsche, ein leerer Kühlschrank, einige Kästen Bier und ein paar billige Sexheftchen waren die auffälligsten Dinge, die ihm vor die Augen gekommen waren. Sie machten das Klischee vom alleinlebenden Eifeler Fabrikarbeiter in den besten Jahren perfekt.

„Was sagen die Nachbarn?"

Grabowski mümmelte an einem labberigem Brötchen herum, dessen Fleischwurstbelag bereits in der Sonne zu schwitzen begann und bei dessen Anblick Herbig wieder an das mulmige Gefühl des bitter im Hals heraufsteigendem Kaffee denken musste.

„Nicht viel, was dachtest Du denn?", erwiderte sein Kollege kauend. „Die einzige Bewohnerin in dem Haus wohnt ganz unten, in den beiden Wohnungen in der Mitte dieser Bruchbude haust schon seit Monaten keiner mehr."

Die Bewohnerin, so wusste Grabowski zu berichten, heiße Schmülling, gehe streng auf die siebzig zu und lebe ebenfalls allein. „Sie hat die Polizei alarmiert, weil es im Flur so erbärmlich stank. So richtig gekannt hat sie diesen Müller wohl nicht, nur so vom Vorübergehen und vom Mülltonnenrausstellen. Er lebte seit knapp zwei Jahren hier, und noch nie habe sie ihn in Begleitung gesehen. Ach ja - und er muss wohl im Schichtdienst gearbeitet habe, sie hat ihn nämlich immer zur Arbeit fahren gehört."

Grabowski unterbrach seinen Kurzbericht mit einem herzhaften Biss ins Wurstbrötchen, bevor er schmatzend wieder ansetzte. „Und weitere Nachbarn ... vergiss es Kollege! Keiner kannte den Toten näher, er ist nie durch irgendetwas aufgefallen."

„Das sind ja erschreckend brisante Ermittlungsfortschritte", grummelte Herbig, während er den Kopf in Richtung des offenen Fensters streckte, um mehr von dem lauwarmen Fahrtwind mitzubekommen. Innerlich machte der Kommissar sich bereits mit dem Gedanken vertraut, im halbwegs klimatisierten Büro einen Bericht zu schreiben, der auf „natürlichen Tod" wie zum Beispiel Herzinfarkt oder ähnliches hinauslaufen würde.

Die Mühlen der Pathologie mahlen in der Eifel genau so schnell wie die der Behörden. Das zeigte sich daran, dass drei weitere Tagen ins Land gehen mussten, bis die beiden Polizisten den Obduktionsbericht auf dem Schreibtisch hatten. Draußen tobte immer noch der klimatische Hexenkessel des Frühsommers und Grabowski schlug sich gerade mit den Recherchen über eine Autoschieberbande mit vermutetem Sitz in Euskirchen herum, als Herbig den Umschlag öffnete.

„Ha! Hab ich's dir doch gesagt", triumphierte der Hauptkommissar in Richtung seines Büronachbarn. „Dieser Müller starb an Herzversagen."

„Na, das war ja auch wirklich schwer vorauszusehen, Kollege!"

„Keine äußerliche Gewalteinwendung erkennbar, Blutbild normal, Mageninhalt normal."

„Also dann, wer hat die Ehre, den Abschlußbericht zu Papier zu bringen?", stellte Grabowski, einen Schokoriegel schmatzend, die entscheidende Frage in den Raum.

„Derjenige, der von uns beiden den meisten ungesunden Kram in sich reinstopft!"

Mit einem lauten Seufzen seines Partners betrachtete Herbig den Fall als abgeschlossen.

II.

Acht Stunden später und dreißig Kilometer Luftlinie weiter entfernt endete die Spätschicht von Wolfgang Greuel. Der 45-jährige Packer einer großen Papierwarenfirma in Kall stand ungeduldig und viel zu früh an der Stechuhr und wartete auf das erlösende Brummen der Werkssirene.

„Mensch Wolli, du siehs aber jar nich jut aus!"

„Nä Heinz, isch weiß et auch net - mir is schon seit heut Nachmittach so komisch."

„Mensch, da hättste doch schon jehn können!", Heinz klopfte ihm mitleidig auf die Schulter und blickte seinem Kollegen in das verschwitzte Gesicht .

„Isch wor noch nie krank, seit zwanzich Johr net. Äwwer morje john ich ens bei der Doktor, irjens jet stemmt net."

Ein flüchtiges Winken in Richtung Heinz und er befand sich bereits mit dem Fahrrad und wackeligen Beinen auf dem Heimweg. Greuel machte während der Fahrt das andauernde heiße Wetter, die schlechte Luft in der Werkshalle und seine nicht eben ausgewogene und gerade in der Spätschicht sehr ausgeprägte McDonalds-Ernährung für sein Unwohlsein verantwortlich. Heute würde er den neu errichteten Imbiss-Multi wohlweislich meiden. In seine Gedanken vertieft, sauste sein Drahtesel das leicht abschüssige Industriegebiet herunter, als ihm auf der Höhe des Möbelhauses Brucker erneut ein heftiger Magenkrampf die Luft zum Atmen nahm. Der stechende Schmerz ließ den Mann zusammenzucken, das Lenkrad riss wie von unsichtbarer Hand geführt nach links und trieb die Reifen des Mountainbike auf die Bordsteinkante zu. Doch Greuel war längst schwarz vor Augen geworden, und er spürte gar nicht mehr, wie sein massiger Körper unsanft auf dem Pflaster aufschlug.

„Im Moment ist aber echt wieder was los hier."

Grabowski stand kopfschüttelnd am Faxgerät der Kripo Euskirchen und begrüßte Herbig mit einem kurzen Wink.

„Verdammte Hitze, die macht mich noch fertig! Morgen! Was gibt's denn wieder für Hiobsbotschaften am frühen Tag?"

„Ach, hier kam nur grade der Bericht aus Schleiden von heute Nacht rein. Da hat sich in Kall einer mit dem Fahrrad zerlegt - ist ohne einen Hinweis auf Fahrerflucht eines PKW oder ähnlichem einfach gegen den Bordstein gebrettert, aufs Pflaster geknallt und war tot."

„So was kommt vor, oder?"

„Schon. Das komische ist nur, dass bei der Erstuntersuchung durch den Notarzt weder eine Alkoholfahne noch irgendeine Verletzung festgestellt werden konnte, die zum Tod hätte führen können."

Herbigs Hirn kam morgens erst nach dem Genuß von drei Tassen stärkstem Kaffee auf Touren, aber das kam ihm trotz seiner Schläfrigkeit tatsächlich Spanisch vor.

„Warte mal, Grabowski, du willst also sagen, weder Genickbruch noch Blutungen oder sonst was? Einfach so vom Fahrrad gekippt?"

„Ja, Mensch, bin ich Arzt oder was? Der Kerl ist sofort vom Unfallort in die Gerichtsmedizin gefahren worden."

Der Hauptkommissar ließ sich stöhnend auf den museumsreifen Bürostuhl fallen und sah Grabowski fragend an. „Was war das denn für ein Typ?"

„Äh, warte, hier: 45 Jahre alt, alleinstehend, kam gerade von der Spätschicht bei Papstar. Mehr verraten die Kollegen nicht."

„Na ja, ist zwar merkwürdig aber soll nicht unser Bier sein, wir haben genug mit diesen verdammten Autoschiebern um die Ohren. Ooooch ... was ist das denn schon wieder hier?"

Angewidert entfernte der Hauptkommissar mit spitzen Fingern eine halbleere Konserve „Heringsfilets in Tomatensoße" von seiner Hälfte des Doppelschreibtisches. „Weißt Du Grabowski, manchmal glaub ich, du bist schwanger!"

III.

Rita Friedrichs schnäuzte sich immer wieder in ein mit Rosen besticktes Taschentuch. Ihre Augen leuchteten rot und verquollen aus ihrem übermüdeten Gesicht. Die 38-jährige Hausfrau saß zitternd auf dem Zweisitzer einer abgenutzten Ikeasitzgruppe und hatte die schwere Aufgabe, den Tod ihres Mannes zu verkraften und gleichzeitig eine Aussage machen zu müssen.

„Ja, wir hatten öfters Streit. Deswegen bin ich mit Stephan, das ist unser Kleiner, ja auch wieder zu Mama gefahren. A ... Aber ich brauchte doch noch Anziehsachen. Und weil ich die vergessen hatte, bin ich dann heute morgen noch mal hergekommen und dann ... entschuldigen Sie."

Ein erneutes kräftiges Schnäuzen, gefolgt von einem Weinkrampf, ließ den Bericht der frischgebackenen Witwe abbrechen. Walter Claßen von der Kripo Schleiden versuchte sein Gegenüber so gut wie möglich zu beruhigen.

„Frau Friedrichs, wir haben Ihren Hausarzt verständigt. Er wird bald hier sein und sich um Sie kümmern. Und ihre Mutter ist ..."

„... zu Hause bei unserem, bei meinem Sohn. Ja. Oh mein Gott, der Josef war doch gar nicht krank! Wie konnte das denn nur ...?"

Claßen wartete geduldig ab, bis der Tränenfluss der Frau wieder halbwegs unter Kontrolle war.

„Um das herauszufinden sind wir ja hier. Und Sie sind ganz sicher, dass Ihrem Mann nichts gefehlt hat?"

„Nein, nein bestimmt nicht. Ich ... ich."

Dem Beamten wurde bewusst, dass eine weitere Vernehmung zur Zeit nicht viel Sinn machte und brach das Gespräch mit einigen mehr oder weniger aufmunternden Worten ab, als der Hausarzt der Familie im Wohnzimmer erschien. Gedankenverloren machte er sich noch einmal auf den Weg in den Hobbykeller des Einfamilienhauses in Schleiden, der wohl noch nie so viele Gäste beherbergt hatte. Zwei Kollegen, die Spurensicherung und der Bestattungsunternehmer wuselten herum und warteten nur auf ihn, damit er noch einmal einen Blick auf die Szenerie werfen konnte. Hier unten, in dem mit grauer, feuchtigkeitsabweisender Farbe gestrichenem Hobbyraum lag Josef Friedrichs Leiche immer noch in der sonderbaren Haltung, in der ihn seine Frau zwei Stunden zuvor aufgefunden hatte. Inmitten seiner zur Hälfte fertiggestellten Schiffsmodelle saß der Tote nach wie vor mit heruntergelassener Hose auf dem groben Holzstuhl. Sein Kopf ruhte mit vom Schreck verzerrten, starren Augen und heraushangender Zunge auf der groben Arbeitsplatte. Zwischen seinem Schädel und dem grün lackierten Holz befand sich ein billiges Sexheftchen. Der letzte Speichel, den Friedrichs Mund in seinem Leben produziert hatte, war in einem satten Fleck auf dem übergroßen, entblößten Busen eines Möchtegernmodels getrocknet.

„Danke Männer. Wenn ihr fertig seid, könnt ihr ihn wegschaffen."

IV.

„Wie hieß der jetzt, Grabowski? Kowadcz oder Kowacz?"

Hauptkommissar Herbig verzweifelte erneut wegen der fremdländischen Namen seiner Klientel bei der nicht enden wollenden Recherche zum Fall der Autoschieberbande, die nach wie vor unbehelligt im Kreis Euskirchen ihre Fäden zog. Wenigstens ging es seinem Kreislauf wieder besser, nachdem das Wetter der letzten Woche sich wieder beruhigt und normale Eifeler Sommerwerte - 18 Grad und bedeckt - erreicht hatte.

Das schrille Klingeln des Telefons riss ihn aus seinen Gedanken. Grabowski schleuderte mit völlig unangemessener Wucht den Teleskoparm, auf dem das gemeinsame Telefon ruhte, in Herbigs Richtung.

"Beh mal ram, if bin am effen.„

Entnervt griff Herbig nach dem Hörer, der eben noch haarscharf an seinem Kopf vorbeigeschwungen war und blaffte seinen Namen hinein.

"Ach, Herr Krespoller! ... Ja, verstehe ... Hm ... Hm ... Fragezeichen ... Ja, geht in Ordnung. Und die Autosch ... ach, alles schon mit unserem Vorgesetzten geklärt ... Ja, um 15:00 Uhr. Bis nachher!"

Nachdem er aufgelegt hatte, wich er Grabowskis fragendem Blick bewusst aus. Der Hauptkommissar speicherte die offene Datei ab, an der er gearbeitet hatte, schaltete den Computer aus und begab sich zur Garderobe. Von dort aus schleuderte er die Lederjacke seines Kollegen in dessen Schoß, was eine dort ruhende Chipstüte dazu brachte, ihren Inhalt über Grabowskis Hose zu verstreuen.

„Komm, Lieblingskollege, wir haben Urlaub von den Autoschiebern. Die Schleidener brauchen uns!"

Es kam öfters vor, dass die beiden Dienststellen im Kreis Euskirchen sich gegenseitig aushalfen, vorwiegend in der personalgeschwächten Urlaubszeit und erst recht, wenn Sonderkommissionen gebildet werden sollten, die für einen Fall vonnöten waren, der in beide Zuständigkeitsbereiche hinein fiel. Der Schleidener Dienststellenleiter Krespoller scharte an diesem Nachmittag also neben Herbig und Grabowski auch Claßen und dessen Kollegen Schmitz um sich.

„Meine Herren", begann Krespoller pünktlich um 15:00 Uhr seinen kleinen Vortrag im Besprechungszimmer der Schleidener Kripo, „wir haben in den letzten vierzehn Tagen drei Todesfälle zu beklagen, bei denen wir nicht sicher sind, ob es sich tatsächlich immer um einen natürlichen Tod gehandelt hat. Und obwohl die Gerichtsmediziner in allen drei Fällen weder ein Indiz für einen Mord noch für einen Suizid ermitteln konnten, möchte ich hiermit die Soko ´Fragezeichen´ ins Leben rufen. Ich habe mir von Köln aus absegnen lassen, dass Sie, werte Kollegen, etwaige Zusammenhänge in allen drei Fällen ermitteln sollen. Sie alle wissen, drei Tote in so kurzer Zeit sind in unserem verschlafenen Kreis nicht gerade gang und gäbe. Und jeder von Ihnen hat zumindest einen Leichenfundort der drei Fälle untersucht."

„Jetzt kommt gleich wieder das Genöle mit seiner Rente", zischte Grabowski in Herbigs linkes Ohr.

„Ja Herr Grabowski, was möchten Sie uns mitteilen?"

„Ähm, Herr Krespoller, ich meinte nur, dass es sich hoffentlich nicht um eine Ente handelt und es gar keinen Zusammenhang gibt. Zufälle passieren." Grabowski lief rot an.

„Nun, Herr Grabowski, das wollen wir nicht hoffen. Aber darum sind Sie ja alle hier. Wie Sie wissen, gehe ich bald in den Ruhestand und ich tue dies ungern mit ungeklärten Verdachtsmomenten im Hinterkopf. Also, an die Arbeit!"

Nachdem der Dienststellenleiter das Zimmer verlassen hatte, blickten sich die vier Beamten gegenseitig ratlos in die verdutzen Gesichter. Es dauerte einige Sekunden, bis Herbig als erster das Wort ergriff:

„Also, werte Kollegen. Wir haben nichts in der Hand und wissen noch nicht einmal, was wir in der Hand haben müssten. Ich möchte jetzt erst einmal alles über den zweiten und dritten Toten wissen, da haben wir in Euskirchen nämlich nur per Fax die Nase dran bekommen."

Bis neun Uhr abends saßen die vier Beamten im stickigen Besprechungsraum zusammen, wälzten Akten, Fotos und Obduktionsberichte. Doch die einzige Schlussfolgerung, zu der sie nach sechs Stunden kamen, war die, dass es eine gute Idee der Schleidener war, den delikaten Leichenfund von Josef Friedrichs aus Rücksicht auf seine hinterbliebene Familie nicht an die Presse weitergegeben zu haben.

Zuhause in Euskirchen angekommen, schmiss Herbig sich in seine Wohnzimmerhängematte und dachte weiter nach. Inzwischen hatten sie sich selbst so verrückt gemacht, dass sie alle fast an einen Zusammenhang zu glauben schienen.

Nach einer halben Stunde kapitulierte er in seinen Überlegungen und zwang sich, in Feierabendstimmung zu kommen, indem er sich ein Stubbi Bitburger aus dem Kühlschrank fischte und den Fernseher anstellte. Auf der Mattscheibe huschte im „Mega-Movie" eines Privatsenders gerade Sean Connery in Mönchskutte durch das Bild. Er kannte den Film, aber das war ihm egal. Gleich würde er sowieso der bleiernen Müdigkeit seiner Augen nachgeben.

Herbig war der erste, der am nächsten Morgen in der Euskirchener Dienststelle eintraf. Bei der Soko „Fragezeichen" waren heute er und Grabowski im Heimvorteil. Man wollte sich um Neun in Euskirchen treffen, da die Räumlichkeiten in der hiesigen Kripo großzügiger waren als das Besprechungszimmer in der Kleinstadt an der Olef. Gegen halb zehn trudelten Claßen und Schmitz mit einem großen Koffer ein, dicht gefolgt von Grabowski, der leidenschaftslos an einer Minisalami herumbiss.

„Morgen Kollegen, auch schon da? Pünktlichkeit ist eine Zier ..."

„... doch es geht auch ohne ihr!", beendete Grabowski den Satz seines offensichtlich gut ausgeschlafenen Vorgesetzten.

„Morgen Herbig, gut geschlafen, was?", stellte gleich darauf auch Claßen fest.

„Nö, die Herren, eher zu wenig. Aber egal. Sagt mal, habt ihr die Sachen aus Friedrichs Hobbykeller mit?"

„Na ja", antwortete Schmitz, „Viel gab es da ja nicht zu holen, und noch nicht einmal einen guten Grund dafür. Hier ist zum Beispiel ...", er wurschtelte im Innern des mitgebrachten Koffers herum, „... das Corpus Delicti, das wohl zum Herzinfarkt geführt haben dürfte. Holla! Die hat aber auch dicke..."

Mit einem leisen Klatschen flog die in einer Plastiktüte verpackte Zeitschrift auf Herbigs Schreibtisch. Sie war immer noch an der Stelle aufgeblättert, an der Friedrichs sein Haupt auf ihr zur letzten Ruhe gebettet hatte.

„Genau die wollte ich sehen." Herbig musterte das Blatt genau und stellte fest, dass es sich um eine *Schlüsselloch* handelte, erschienen am Montag, dem 14. Juni.

„Wann wurde dieser Friedrichs noch mal gefunden?" Herbig sah seinen Schleidener Kollegen fragend in die Augen.

„Am fünfzehnten. Warum?", erwiderte Schmitz.

„Oooch, nur so. Ich bin mal eben unterwegs, zerbrecht ihr euch mal weiter hübsch den Kopf, bin gegen Mittag wieder da." Herbig stopfte die eingetütete Sexpostille in seine Manteltasche und zog das Kleidungsstück über. Draußen war es wieder kühler geworden.

„Hast Du etwa was?", kam ihm wie aus der Pistole geschossen dieselbe Frage aus drei Mündern hinterher geflogen.

„Ich weiß es noch nicht, Leute. Aber bevor ich mich jetzt schon eurem Hohn und Spott aussetze, prüfe ich das erstmal, damit es sich nachher auch richtig für euch lohnt, mich fertig zu machen."

Sein Weg führte ihn in die nun schon seit Jahren verkehrsberuhigte, seither wie tot daliegende Schleidener Innenstadt. Herbig parkte auf dem Platz gegenüber dem Bistro und schlenderte zu einem Schreibwarenhändler, der an der Olefbrücke ansässig war. Während der Besitzer den einzigen Kunden bediente, stöberte Herbig in dem Zeitschriftensortiment herum. In der großen Auswahl an Schmuddelblättern fand sich auch die *Schlüsselloch*.

„Was kann ich für Sie tun?", schmetterte ihm der Mann hinter der Verkaufstheke entgegen, als der Kunde gegangen war.

„Hauptkommissar Herbig, Kripo Euskirchen." Mühsam fummelte er seine Marke aus der Hosentasche und streckte sie in Richtung Kasse. „Ich ermittele in einem Fall, bei dem Sie mir vielleicht weiterhelfen könnten."

„Ich hoffe es", erwiderte der Besitzer jetzt schon freundlicher.

„Kannten Sie den Josef Friedrichs hier aus dem Ort?"

Der Händler überlegte kurz. „Ach, Sie meinen den, der letztens gestorben ist? Traurige Sache, ich kenne seine Frau und den Kleinen vom Sehen, aber ihn selbst kenn ich nicht. Warum fragen Sie? War der kriminell?"

„Nein, nein", beschwichtigte Herbig, „Ich wollte nur nachfragen, ob er ein Kunde von Ihnen war und hier schon mal eingekauft hat."

„Nee, also bei mir nicht. Wie gesagt ..."

„Ja, vielen Dank. Das war's auch schon!" Herbig machte eine grüßende Geste mit der Rechten und verließ den Laden.

Der Kommissar kehrte vor der Tür um und ging in Richtung des alten Bahnhofes weiter. Er meinte, dort vor ein paar Tagen im Vorbeifahren einen Kiosk entdeckt zu haben. Sein Erinnerungsvermögen hatte ihn nicht getrogen, wie er nach zwei Minuten Fußweg feststellen konnte. Und so betrat er das kleine Geschäft, um sein Frage- und Antwortspielchen zu wiederholen. Auch hier musterte er die Magazintitel im Regal, entdeckt jedoch nicht, was er suchte. Nachdem er sich dem älteren Mann an der Kasse vorgestellt hatte, stellte er ihm die gleiche Frage, wie vorhin seinem Mitbewerber ein paar Straßen weiter.

„Dä Josef? Jo sicher, der kohm jede Daach her un hätt sich für seng Schicht en *Bild* un e Päckche Maarboroh jekoof. Der wohr ech noch vell ze jong öm avvzetredde. Ne jode Kerel! Wat is da los, wat söken se dann?"

„Das kann ich Ihnen leider nicht sagen, guter Mann", erwiderte Herbig und nestelte an seiner Manteltasche herum.

„Führen Sie die hier? Das *Schlüsselloch*?"

„Jo, normalerwies. Es äwwer keen mie do."

„Kann es sein, das Josef Friedrichs die auch immer bei Ihnen gekauft hat?"

„Ihnen kann isch et jo saare - hä hät emmer jesaat sing Frau sollt de Naas net dran krieje, datt er sujet läse deeht. Äwwer mir Mannslöck sin doch all jlich, net wohr?"

„Ähm, jaja. Da haben Sie wohl recht. Und? Hat er nun ...?"

„Jo seche. Jede Moondach hätt hä sich seng *Schlüsselloch* metjenomme. At immer schon."

„Gut, dann bitte ich Sie jetzt, sich ganz genau daran zu erinnern, als Friedrichs vor vier Tagen hier war und sich seine Zeitung gekauft hat ... Ist Ihnen an diesem Tag irgend etwas besonderes aufgefallen?"

„Nä, net datt ich wöss. Dat wor de Daach, bevür hä jestorve es, ne?"

„Genau. Überlegen Sie bitte - irgendwelche besonderen Dinge an diesem Tag? Irgendjemand, der Ihnen besonders aufgefallen ist?" Herbig wurde jetzt doch leicht nervös. War er nun völlig durchgeknallt oder war er tatsächlich auf einer Spur?

„Nä, wirklich net! Moondach, Moondaach ... Hm, jo vielleich ... ich han mir Meddachs jeng en Pommes nevenaan bei däm Imbiß do jeholl un verjeße avvzeschleße. Ich ben schnell wedder her als ich dat jemerkt hat, un do stond at ene Mann em Lade und hät op mich jewaat."

„Aber Ihnen ist sonst nichts weiter aufgefallen?"

„Nä, der hätt Zeidung jelese als ich erenkom, do onge in der Eck hätt he jehockt und in die Zeidunge jelurt. Dann hät he ne *Stadtanzeiger* jekoof un wor fott."

Herbig drehte sich um und folgte mit dem Blick dem Fingerzeig des Mannes hinunter in die Ecke am Zeitschriftenregal, wo er eben selbst noch gehockt hatte. Die Ecke mit der Yellow Press, der voller Brüste.

„Ja, vielen Dank. Ich muss dann wieder."

Im Auto auf dem Weg zurück in die Kreisstadt wusste Herbig nicht, was er da eigentlich gerade getan hatte. Ein Kripobeamter aus Euskirchen fragt einen Schleidener Kioskbesitzer über Sexzeitungen aus, weil irgendein Einheimischer dort in seinem Hobbykeller mit dem Kopf auf der ausladenden Oberweite eines Schmuddelmodells sein Leben ausgehaucht hatte. Aber sie hatten nun einmal diesen bescheuerten Auftrag von Krespoller erhalten. Soko ´Fragezeichen´. Herbig musste laut lachen. "Aber was soll´s", dachte der Hauptkommissar bei sich. „Besser jedem noch so dämlichen Verdacht nachgehen als Grabowski beim Popeln zuzusehen und mit Claßen und Schmitz schmutzige Witze zu erzählen."

V.

„Da ist der Herr ja wieder! Und, war die Solo-Tour durch die Eifel erfolgreich?" Grabowski empfing ihn mit auf dem Schreibtisch hochgelegten Beinen. Die beiden Schleidener Kollegen durchforsteten das Internet nach lustigen Cartoons.

„Euch müsste Krespoller hier sehen, und ihr dürftet bald nachts wieder durch die verlassenen Kreisstraßen fahren und besoffene Dorfdiscobesucher einsammeln!", raunzte der Hauptkommissar in Richtung Claßen und Schmitz.

„Aber nun hört mal", fuhr er fort. „Habt ihr die Wohnung von dem Kerl, der vom Fahrrad gekippt ist, gefilzt?"

„Ja sicher!", antwortete Claßen.

„Hatte der Mann da zufällig ein paar Schmuddelheftchen rumliegen?"

„Jetzt, wo du's erwähnst, ja. Unter der Fernsehzeitung lag ein kleiner Stapel", erwiderte Schmitz, der nun auch seinen Blick vom Computerbildschirm löste.

„Okay. Der Mann war doch alleinstehend, oder? Dann findet doch bitte mal heraus, ob seine Wohnung schon leer geräumt wurde. Und du Grabowski prüfst nach, ob die Bude von unserer Herzinfarkt-Leiche vor zwei Wochen schon leer ist. Ich bin sofort wieder da."

Kaum hatte Herbig die Worte ausgesprochen, fiel auch schon die Tür hinter ihm zu.

„Was hat er denn jetzt schon wieder?", fragte Grabowski und griff nach dem Telefonhörer.

Fünfzehn Minuten später kehrte Herbig in sein Büro zurück, platzierte sich in die Sitzgruppe an der Kaffeemaschine und sah seine Soko-Mitstreiter fragend an.

Claßen ließ Graboswski den Vortritt.

„Also, die Dachgeschosswohnung in Münstereifel ist längst plattgemacht, da wird gerade neuer Boden verlegt, sagt der Vermieter."

Der Schleidener Beamte konnte ähnliches berichten: „Auch in Kall - Fehlanzeige. Die Wohnungseinrichtung vom Fahrrad-Toten ist bereits in Strempt auf der Deponie gelandet."

Herbig sah auf den Boden und redete mehr zu sich selbst: „Habe ich mir schon gedacht. Darum hab ich es schon weggegeben."

„Was hast du wohin gegeben? Dürften wir jetzt bitte mal erfahren, was da in deinem alten Hirn vorgeht?"

Herbig war erstaunt. Sein Kollege Grabowski konnte ja richtig sauer werden und sogar Enthusiasmus an den Tag legen.

„Okay. Aber versprecht mir nicht zu lachen. Kennt Ihr den Film *Im Namen der Rose*?"

Grabowskis Lachanfall hielt nicht so lange an wie Herbig erwartet hatte, da er sich prustend und keuchend an einem Kekskrümel verschluckte. Claßen und Schmitz saßen einfach nur da und schmunzelten vor sich hin.

„Komm Herbig", ergriff Claßen schließlich das Wort, „gestern Abend waren es doch noch ein paar Stubbis mehr, oder?"

Grabowski hatte sich wieder gefangen: „Neee, also .... Du willst uns jetzt wirklich erzählen, dass du die Idee von dem Film heute Nacht bekommen hast? Du meinst doch die Szene mit diesem 'bösen' Buch ...."

„... dessen Seiten vergiftet sind, genau!", schloss Herbig den Gedankengang seines Kollegen und führte weiter aus: „Die Mönche in dem Film sterben, weil sie vor dem Umblättern dieses Schinkens ihre Finger anlecken und die Seitenecken mit Gift getränkt sind. Ist doch 'ne todsichere Sache, oder?"

„Ja sicher, Kollege. Aber wer bitte macht so was mit Sexmagazinen in der Eifel?"

Herbig wurde zusehends sauer: „Was weiß denn ich? Aber es ist eine Spur und wenn sie noch so bescheuert ist. Grade der dritte Tote würde wunderbar in das Bild passen. Ich hab dieses *Schlüsselloch* jedenfalls gerade per Eilboten zur toxikologischen Untersuchung nach Köln geschickt."

„Mach ich mich halt lächerlich!"

Der weitere Tag verlief schleppend, und es wurde kaum noch über die Giftvermutung gesprochen. Herbig grummelte vor sich hin, sah seinen Kollegen beim „recherchieren" zu und durfte noch die ein oder andere dumme Bemerkung einstecken. Sie befanden sich immer noch in einer Sackgasse. Sollte sich sein Verdacht jedoch wirklich bestätigen, sollte tatsächlich irgend ein Irrer da draußen herumlaufen und Sex-Postillen vergiften, dann hätten sie die nächsten Wochen mit Sicherheit genug zu tun.

Der Anruf kam unerwartet früh gegen zehn Uhr Morgens am nächsten Tag. Grabowski nahm den Hörer ab, sagte kaum ein Wort und wurde zusehends bleicher. Mit einem kurzen Wink teilte er den anderen drei mit, dass es sich hier um den von Herbig herbeigesehnten Anruf aus Köln handelte. Ein paar krakelige Notizen auf einem Briefumschlag machend, stammelte Grabowski immer nur das Wort „Ja" in die Muschel und legte schließlich auf.

„Kollegen, hiermit schlage ich Hauptkommissar Herbig zum Mitarbeiter des Monats vor!"

„Machs nicht so spannend!", herrschte ihn Herbig an und entriss ihm die Notizen. „Was heißt das? Botinutuxi?"

„Botulinumtoxin", verbesserte Grabowski seinen Vorgesetzten und berichtete, was er gerade durch den Hörer erfahren hatte.

„Eine absolut hochtoxische Substanz. Führt je nach physischer Konstitution zwischen 'ner halben Stunde und einem Tag zum Tod durch Herzversagen oder Atemlähmung. Wenige Mikrogramm davon reichen, um jemanden ins Jenseits zu giften. Die Kölner waren ganz schön aufgeregt, das Zeug ist wohl wirklich richtig gefährlich."

Herbig blickte triumphierend in die Runde. „Es gibt jede Menge Arbeit Kollegen! Auf zu Krespoller!"

Eine Dreiviertelstunde später saß der Dienststellenleiter in Schleiden in seinem Ledersessel, nickte nur ab und zu und schaute sehr besorgt.

„Gute Arbeit meine Herren, aber Ihnen ist klar, dass es jetzt erst so richtig los geht?"

Herbig ergriff das Wort: „Wir haben nicht viel in der Hand, aber wir müssen auf jeden Fall sämtliche Schmuddelblätter sofort aus den Auslagen der Geschäfte und Kioske entfernen, zumindest im gesamten Kreis."

Claßen stöhnte auf. „Hast Du eine Ahnung, wie viele das sind?"

Eine kurze Stille erfüllte den Raum, in der man die fünf Beamten förmlich denken hören konnte. Schließlich brach Krespoller das Schweigen.

„Natürlich brauchen wir Verstärkung für die Aktion, aber Kommissar Herbig hat Recht. Das Risiko ist zu groß, wir müssen die Sachen vom Markt nehmen lassen. Das Dumme ist nur, dass der Täter dadurch gewarnt sein dürfte, wenn er noch eine Vergiftungsattacke durchführen möchte und kein einziges Sexheft mehr findet."

„Dann machen wir uns doch genau das zu Nutze!", meldete sich Grabowski. „Wir wissen ja auf jeden Fall, dass dieser Irre Handschuhe tragen muss, und ... ups!"

„Ach, wissen wir das?" Herbig funkelte böse Blicke in Richtung seines Partners.

„Ja ...", stammelte Grabowski, „... hab ich in der Aufregung ganz vergessen. Die Kölner meinten, dass man das Zeug nicht ohne Handschuhe irgendwo auftragen könnte - das sei sogar für den Täter zu gefährlich."

„Na schön, meine Herren. Dann müssen wir jetzt nur noch in zirka 150 Läden gleichzeitig und über Tage und Wochen hinweg nach einem Typen mit Handschuhen Ausschau halten, der sich nach Sexheften erkundigt. Ich bestell schon mal die Hundertschaft aus Köln." Krespoller schien sehr aufgeregt, als er seinen Satz beendete und zum Telefonhörer griff. „Und das kurz vor der Rente!", murmelte er, während er wählte.

VI.

Mit einem kurzen Ruck wuchtete er die Kartons mit den Flugzetteln und Prospekten auf die Ladefläche seines Renault Kangoo. Befriedigt betrachtete er den vollen Fond des Wagens und freute sich über das sichere Lob seiner Brüder und Schwestern für die von ihm getane Arbeit später in der Versammlung. Seit er wegen seines Alkoholproblems seine Genehmigung als Apotheker verloren hatte, konnte er sich voll und ganz den Aufgaben in der „Freien Gemeinde Jesu" widmen. „Schön, dass die weltlichen Machthaber in diesem Land für die Arbeitslosen aufkommen und man die Zeit sinnvoller verwenden kann, als zu arbeiten", dachte er mindestens einmal am Tag. Irgendwann würden seine Mitmenschen es ihm danken.

Er war ein zufriedener Mensch. Eigentlich. Das einzige was ihn an seinem Leben störte, war, dass seine Gemeindemitglieder nicht immer derselben Ansicht waren wie er selbst und die Dinge in seinen Augen viel zu lasch anpackten. Immer nur Flugzettel verteilen und Gespräche führen, konnten die Menschen um sie herum nicht auf den richtigen Weg bringen. Es bedurfte größerer Taten, um die kaputte Gesellschaft wachzurütteln und ihr den richtigen Pfad zu Gott zu zeigen. Und er war gerade erst am Anfang damit, seine Pläne in die Tat umzusetzen. Es gab noch viel zu tun.

Während der Fahrt in Richtung des Gemeindezentrums der „Freien" schweiften seine Gedanken kurz zu dem Schleidener ab, von dem er in der Zeitung gelesen hatte. Eine Woche war es nun schon her, und die Familie dieses Josef Friedrichs tat ihm kein bisschen leid. Unbeteiligte Opfer waren nun einmal nicht auszuschließen, und eigentlich könnten die Friedrichs ihm dankbar sein. Schade fand er nur, dass nie an die Öffentlichkeit gelangen würde, warum dieser Abschaum gestorben war. Vielleicht sollte er einmal darüber nachdenken, Bekennerschreiben an die Medien zu versenden. Aber da wären seine Brüder und Schwestern aus der Gemeinde wahrscheinlich nicht mit einverstanden. Er musste grinsen. Nein, so weit war er noch nicht. Noch nicht.

Sein Weg zum Gemeindezentrum führte ihn an der Mechernicher Buchhandlung Löllmann vorbei, der er einen kurzen Seitenblick schenkte, seinen Weg jedoch fortsetzte. Etwa hundert Meter weiter stoppte er seinen Wagen, wendete abrupt und fuhr auf den Parkplatz des Geschäftes.

'Warum noch länger warten?', dachte er bei sich. 'Menschen sterben nun einmal.'

Ein Griff in das Handschuhfach förderte ein kleines Fläschchen mit Pipette sowie ein paar schwarze Lederhandschuhe zutage.

Den ihm folgenden, silbernen Opel Vectra bemerkte er nicht, als er seine spätere Fahrt fortsetzte. Er dachte laut. „Es wird immer schlimmer mit den Perversen. Alles ausverkauft, hat sie gesagt. Das muss man sich mal vorstellen!" Wenige hundert Meter weiter hielt er an einer Tankstelle an und schlenderte betont unauffällig in den Verkaufsraum. Seine Rechte wanderte mit ledernem Finger prüfend über die Zeitschriften im Regal. „Haben Sie denn noch nicht mal mehr die Coupé?", blafft er in Richtung des Tresen ohne den Blick von den Druckerzeugnissen vor sich abzuwenden.

Als vom Kassierer keine Antwort kam, drehte er sich um.

Seine Augen wanderten vom Süßwarenregal in Richtung Theke und erblickten den blassen Kassierer, der mit offenem Mund in seine Richtung starrte.

Eher auf einen Punkt hinter ihm.

Einen Wimpernschlag später erkannte er den Grund für das erstaunte Gesicht des Mannes an der Kasse, als er plötzlich in den dunklen Lauf einer Polizeiwaffe blickte und wie von Zauberhand kühles Metall spürte, das sich um sein linkes Handgelenk schloss. Mit aller ihm verbleibenden Kraft schleuderte er im gleichen Moment das Fläschchen aus seiner Rechten heraus auf den Kachelboden des Verkaufsraumes, wo es klirrend in winzige Scherben zerbarst.

„Luft anhalten!", schrie ein Polizist, während beide Beamten mit vorgehaltener Waffe zurückwichen, die Hände schützend vor das Gesicht haltend. Mit geröteten Augen verfolgten die Polizisten eine der letzten Taten im Leben des fanatischen Mörders.

Der Mann sank auf die Knie, die beiden Zivilpolizisten fest im Blick. Er spürte, wie sich eine die Glasscherbe stechend in seine Knie bohrten, und ein irres Lächeln trat auf sein Gesicht. „Fast wie bei unserem Herrgott", dachte er, während er sein Gewicht langsam nach vorne verlagerte, um seinen Mund dem Boden nahe zu bringen. Ohne ein letztes Zögern schnellten seine Lippen zum schmutzigen Muster der Fliesen hinab und wurden direkt in die kleine Lache gepresst, die sich dort gebildet hatte.

Er begann genüsslich zu schlürfen, während einer der Beamten seinen ohnmächtigen Kollegen weiter weg in Richtung Zapfsäule schleifte.

Raphaela Kehren

# Kein Licht am Ende des Tunnels

„Jan!" Ein verzweifelt bettelnder Unterton mischte sich in die rauchige Stimme der jungen Frau. „Jan! Jan?" Die schmalen Handknöchel klopften gegen das dünne Blech.

„Was willst du?" Marek stieß die Türe wütend auf. Die Knöpfe seines schmutzigen, blau-karierten Hemdes waren abgerissen.

„Ist Jan da?" Mona verschränkte die Arme über der Brust und krallte die Finger in den harten Jeansstoff ihrer Jacke. Sie trat von einem Fuß auf den anderen. Es war kalt. Die dünne Eisschicht auf der erdfarbenen Pfütze schimmerte im Licht der grellen Strahler wie flüssige Schokolade.

„Fünftausend Watt hat so ein Ding", hatte Jan ihr erklärt. „Komm, ich zeig ihn dir!" Aber Mona hatte die Einladung zu einem Ausflug auf den himmelhohen Baukran, an dem der Strahler baumelte, lächelnd ausgeschlagen.

Marek trat vor den grauen Wohncontainer und ließ die Tür zufallen. Er stand jetzt ganz dicht vor Mona. Seine säuerliche Bierfahne kroch in ihre Nase.

„Verschwinde!", zischte er wütend. „Hau ab!"

Mona drehte angewidert den Kopf zur Seite. „Ich komme wieder!", murmelte sie hasserfüllt im Weggehen. „Verlass dich drauf!"

Lautes Gelächter drang durch die blechernen Wände des Wohncontainers. Jurek öffnete die Tür und lallte irgend etwas auf polnisch. Marek nickte kurz mit dem Kopf zu Mona hinüber.

„Warte!", schrie Jurek. Mona zog den Kopf zwischen die Schultern und starrte auf den schlammigen Boden. Einen Augenblick zögerte sie, dann ging sie weiter.

Jurek torkelte aus der Tür. Seine Hose stand offen. „Warte!" Sein dreckiges Lachen wurde von den kahlen Betonwänden hundertfach zurückgeworfen. „Wir könnten auch mal etwas Abwechslung gebrauchen." Das laute Grölen erstickte fast seine Stimme. „Außerdem wird Jan dumm in die Röhre gucken, wenn du jetzt gehst." „Halt's Maul!", fuhr Marek brutal dazwischen und stieß ihn in den Dreck. „In die Röhre gucken, in die Röhre gucken ...", lallte Jurek. Im selben Augenblick landete Mareks Faust in seinem Gesicht. „Du sollst das Maul halten!"

Mona schlüpfte durch den Stacheldraht und spürte den weichen Waldboden unter ihren Füßen. „Wo steckte Jan?" Seit Tagen quälte sie diese Frage. Er wäre nicht nach Polen zurück gegangen, ohne ihr davon etwas zu sagen. Vielleicht hatte er wieder Streit mit diesem widerlichen Marek gehabt und war eine Weile untergetaucht. Aber warum meldete er sich nicht bei ihr?

Der Weg in die kleine Stadt war weit. Zwei Kilometer lang führte eine breite Schotterstraße durch den Wald ins Tal hinab. Leichter Nieselregen durchtränkte Monas Haare. Die Nässe kroch durch die Schuhe. An den Hosenbeinen malten sich dunkle Ränder ab.

Nach einer guten halben Stunde erreichte sie den Marktplatz, der um diese Zeit menschenleer war. Mona hatte das Gefühl für Zeit und Raum verloren und suchte nach der Kirchturmuhr. „Zehn Uhr! Bürgersteige hochgeklappt! Scheiß Stadt!"

Unschlüssig blieb sie vor dem Schaufenster eines Billigkaufhauses stehen. Dann startete sie den letzten Versuch für diesen Abend: Sie ging zu Steffi.

Abgestandener Zigarettenrauch schlug ihr entgegen. An der Theke saßen Hansen mit dem fetten Bierbauch und Schmitz, der ewige Arbeitslose. Steffi tauchte hinter der Stereoanlage auf.

„Hey Mona!"

„Steffi!"

„Du siehst so aus, als könntest du einen heißen Grog vertragen."

„Keine schlechte Idee!"

„Hast wohl Picknick im Wald gemacht?!" Schmitz grinste und warf einen belustigten Blick auf Monas dreckverschmierte Hosenbeine und Schuhe.

„Haha", blitzte Mona ihn an.

„Im Ernst, Mona." Steffi kam mit dem Grog hinter der Theke vor. „Du siehst nicht gut aus." Sie musterte Monas Gesicht, als sie sich neben sie auf den Barhocker fallen ließ.

Mona senkte den Kopf und fuhr sich durch das strähnige, feuchte Haar. „Ich suche Jan! War er hier?"

Steffi schüttelte den Kopf und zündete sich eine Zigarette an. „Das letzte Mal habe ich ihn - warte - letzten Samstag mit dir zusammen hier gesehen."

Mona trank hastig einen Schluck und verbrannte sich die Zunge. Sie spülte die aufsteigenden Tränen hinunter. Ihre Stimme senkte sich, sie flüsterte fast: „Er ist weg! Wie vom Erdboden verschluckt. Am Montag waren wir verabredet. Er kam nicht. Seitdem suche ich ihn."

Hansen spitzte die Ohren und grinste breit. „Mensch Mona! Du naives Dummchen! Der ist längst wieder in Polen. Hast du denn nichts von der Polizeirazzia letzten Montag gehört? War doch Stadtgespräch!"

„Was?" Mona riss die Augen weit auf. „Unmöglich!" Sie schüttelte den Kopf. „Marek und die anderen sind auch nicht erwischt worden."

„Scheiß Polenpack!" Schmitz trank seinen Schnaps leer und knallte das leere Glas auf die Theke. „Bauen für unsere Großeltern Altersheime. So weit ist es gekommen. Verhaften sollte man das Pack!"

Monas Lippen bebten. „Du bist also das Verräterschwein!"

„Pass auf, was du sagst!"

Mona sprang so heftig auf, dass der Barhocker umfiel. Sie stürzte sich blindlings auf Schmitz. „Du mieses Schwein! Du frisst dich satt von der Sozialhilfe, schiebst 'ne ruhige Kugel, zu faul zum Arbeiten, aber die Klappe aufreißen, das kannst du." Ihre kleinen Fäuste trommelten auf seinen breiten Rücken.

Blitzschnell packte Schmitz ihre schmalen Handgelenke und drückte zu. „Was weißt du schon?", spuckte er aus. „Polenbraut! Für solche Hungerlöhne mach ich nicht den Finger krumm."

„Schluss jetzt!" Steffi schnitt ihm mit scharfer Stimme das Wort ab.

„Ich wollte sowieso gehen", brummte Schmitz beleidigt, stieß Mona zurück, fischte zehn Mark aus seiner Hosentasche und warf sie im Weggehen auf die Theke.

Hansen räusperte sich verlegen und griff nach seiner Jacke. „Schreib's an, Steffi!"

Mona starrte auf die leeren Gläser. „Ich muss ihn finden!", wiederholte sie zum dritten Mal. Steffi legte den Arm um ihre Schulter. „Am besten gehst du gleich morgen früh auf die Baustelle. Vielleicht findest du ihn dann." Sie überlegte kurz und setzte langsam hinzu: „Auf jeden Fall ist der Bauleiter morgen auf dem Schloss. Ich hab da so was läuten hören, von wegen großes Meeting mit der Stadtverwaltung und so. Du kennst die Leier ja: Altehrwürdiges Schloss wird Altersheim - die Schlagzeile für die Presse."

„Danke für den Tipp." Mona stand auf und kramte in ihrer Jackentasche nach einigen Münzen. „Lass mal", wehrte Steffi ab. „Der Grog geht auf Kosten des Hauses."

Es war noch dunkel, als Mona am nächsten Tag aufbrach. Sie zog die Tür ihres schäbigen Ein-Zimmer-Appartements hinter sich zu, lief durch die Berggasse und machte einen kurzen Stopp an der Bäckerei.

Bald hatte sie die Schottertraße, die steil hinauf zum Schloss führte, erreicht. LKWs brummten im Schritttempo an ihr vorbei. In einer steilen Rechtskurve schlug sie einen von dichtem Gestrüpp überwucherten Pfad ein.

Ihre Gedanken wanderten zurück - zurück in die Zeit, als sie mit Jan durch den Wald gestrolcht war, auf der Suche nach einem Liebesnest. Nur mühsam hob sich der Nebel. Dünne Sonnenstrahlen kämpften sich den Weg durch das milchige Dickicht. Tau glitzerte auf den Spinnweben.

Allmählich wurde das Brummen und Knattern der Baumaschinen lauter. Mona hatte den riesigen Erdwall erreicht. Sie bemerkte an der Seite das Ende einer grauen, blechernen Tunnelröhre.

Mona kletterte den rutschigen Erdwall hinauf. Oben angekommen prüfte sie mit Adleraugen die vor ihr liegende Baustelle. Marek lief mit einem gelben Helm auf dem Kopf zum Baukran rüber. Der Maschinenlärm schwoll an.

Endlich rückte ein großer, schlanker Mann in ihr Blickfeld. Das musste er sein: Prinzen, der Bauleiter. Sie stolperte den Erdwall hinunter und ließ den Mann mit der Tasche nicht aus den Augen.

Sie rannte los, wich einem Betonmischer aus, umrundete den Kran und brüllte: „Herr Prinzen!" Der Lärm der Maschinen verschluckte ihre Worte. Sie rannte weiter, bis zu dem kleinen Bauwagen, an dem Prinzen stoppte.

„Herr Prinzen!" Keuchend tippte Mona dem jungen Mann in der olivgrünen Jacke auf die Schulter. Verdutzt drehte er sich um und fragte erstaunt: „Meinen Sie mich?" Mona nickte heftig mit dem Kopf und kam direkt auf den Punkt. „Ich bin Mona. Wissen Sie, wo Jan ist?"

Diese Frage traf Prinzen wie ein Peitschenhieb. Das Lächeln auf seinem Gesicht verschwand. „Kommen Sie mit!", sagte er knapp und zog Mona in den Bauwagen. Ihre Augen gewöhnten sich nur langsam an das Dämmerlicht. Eine dicke Staubschicht lag auf dem einzigen, winzigen Fenster, durch das kaum Licht ins Innere des Wagens drang. Wortlos bot er ihr einen Platz auf der schmalen Holzbank an und verriegelte die Tür von innen.

Es gelang ihm nicht, seine Nervosität zu überspielen. Eisiges Schweigen breitete sich zwischen den beiden aus, bis Prinzen es nicht mehr aushielt.

„Eigentlich hatte ich Sie erwartet, aber ..." Er suchte nach den richtigen Worten. „Um ehrlich zu sein, ich hatte gehofft, Sie wüssten, wo ..." Er brach ab.

Kalter Schweiß perlte auf Monas Stirn. „Was ist passiert?", stieß sie mit Mühe hervor.

Prinzen schüttelte hilflos den Kopf. „Ich weiß es nicht. Aus Marek und den anderen kriege ich nichts heraus."

„Wann haben Sie Jan zuletzt gesehen?"

„Letzten Montag, kurz vor der Razzia."

„Mist!" Mona runzelte die Stirn. „Dann sitzt er im Knast oder ist abgeschoben worden."

„Eben nicht!" Prinzen raufte sich die Haare.

Mona starrte ihn entgeistert an. Bedrohlich leise kam die Frage über ihre zusammengekniffenen Lippen. „Wo ist er dann?"

„Ich weiß es nicht!", wiederholte Prinzen und machte eine längere Pause. „Ich darf Ihnen das eigentlich gar nicht erzählen ..."

„Was dürfen Sie mir nicht erzählen?"

Er öffnete seine braune Ledertasche und zog eine Thermoskanne heraus. „Kaffee?" Sie nickte.

Das Schrillen eines Handys unterbrach das beklemmende Frage-Antwort-Spiel. Prinzen zog das Handy aus seiner Jackentasche und warf einen kurzen Blick auf das grün beleuchtete Display. „Entschuldigung", murmelte er Mona zu und machte eine halbe Körperdrehung.

„Guido, ich ruf dich gleich zurück." Stille. Mona spürte seine Anspannung, als er ihr jetzt einen verstohlenen, fast ängstlichen Blick zuwarf. „Okay, ich komme sofort." Prinzen schaltete das Handy aus.

Er kramte in seiner Innentasche und zog einen kleinen Flachmann raus. „Auch einen Schuss?", wandte er sich an Mona. Sie reagierte nicht. Etwas Schreckliches brodelte sich über ihr zusammen, das spürte sie. Sie war wie gelähmt.

Prinzen atmete tief durch, kippte die braune Brühe aus dem Henkelbecher hinunter und griff nach seinem Handy.

„Herr Sudermann! Prinzen hier! Ich muss den Termin auf der Schlossbaustelle heute absagen." Stille. „Ich muss dringend weg. Ich melde mich wieder." Er schob den Sprechteil des Handys zu und warf es in die offenstehende Tasche.

Mona hob den Kopf und sah ihm direkt in die blauen Augen. „Was, zum Teufel, ist hier los?"

Prinzen konnte ihrem bohrenden Blick nicht standhalten. Er beobachtete ihre kalten Hände, die sich an der heißen Tasse wärmten.

Ein Ruck ging durch seinen Körper. „Kommen Sie mit, Mona!"

Die Fahrt in dem dunklen Luxusschlitten kam Mona wie eine Ewigkeit vor. Sie starrte geistesabwesend auf die leeren Coladosen, die an ihren Füßen hin und her rollten. In dem kalten, schwarzen Ledersitz fühlte sie sich sichtlich unwohl. Das konnte nicht der richtige Film sein. Was hatte das alles hier mit ihrem kleinen, bescheidenen Leben zu tun?

Das bunte Herbstlaub leuchtete in der tief stehenden Morgensonne. Die Hinweisschilder der Autobahn flogen vorüber. Eine halbe Stunde später stoppte Prinzen den Wagen vor dem Polizeipräsidium in Euskirchen.

Guido schnellte hinter seinem Schreibtisch hoch. „Gut, dass du ... Verflucht noch mal, wer ist das denn?" Hastig drückte er die Tür hinter Prinzen und Mona zu.

„Ich bin Mona", antwortete sie gereizt. „Und jetzt ist endlich Schluss mit lustig. Was soll das Theater?"

Prinzen und Guido wechselten rasch einen Blick.

„Mona ist die Freundin des Polen."

„Was?" Blankes Entsetzen machte sich in Guidos Gesicht breit. „Bist du verrückt?!"

Unbeirrt wandte sich Prinzen an Mona, ließ sie auf einem Stuhl Platz nehmen und fing ohne Umschweife zu erzählen an.

„Ich habe letzten Montag von diesem Polizeibeamten", er deutete auf Guido, „den Tipp bekommen, dass auf der Schlossbaustelle eine Polizeirazzia durchgeführt wird. Irgendwie hatte die Polizei von den illegalen polnischen Fremdarbeitern Wind bekommen." Pause. „Na ja, für einen solchen Fall hatten wir auf der Baustelle natürlich vorgesorgt. Ohne die Polen könnte ich den Umbau des Schlosses in den Kamin schreiben, die Finanzierung steht sowieso auf wackeligen Beinen." Pause. „Ich bin also am Montagmittag direkt zur Baustelle gefahren und habe Alarm geschlagen. Marek hat alle zusammengetrommelt. Da habe ich Jan zum letzten Mal gesehen. Dann ging es ab in die Röhre."

„Was?", schrie Mona auf. „In die Röhre gucken, in die Röhre gucken" ... Jureks Worte wirbelten ihr durch den Kopf.

„Wir haben eine alte Tunnelröhre unter dem Erdwall versteckt, eben für so einen Fall. Marek sollte mit dem Bagger die Röhre zuschütten, sobald alle drin sind. Marek ist der einzige gemeldete Arbeiter." Prinzen atmete schwer.

„Seid ihr bescheuert?" Mona zitterte am ganzen Körper. „Ihr könnt die doch nicht lebendig begraben?"

„Was sollte ich denn machen?", versuchte sich Prinzen zu verteidigen. Stille.

„Okay." Mona bemühte sich, einen klaren Kopf zu bewahren. Mareks widerliche Fratze tauchte vor ihr auf. „Die Polizei hat die Polen nicht geschnappt." Sie richtete sich langsam auf. „Dann sagt mir gefälligst, wo ist Jan?!!" Ihre schwarzen Augen blitzten gefährlich auf.

„Ich war nicht mehr dabei, als Marek sie zugeschaufelt hat ...", suchte Prinzen nach einer Erklärung. „Marek sagt, alles sei nach Plan gelaufen. Jan sei aber am frühen Abend noch mal weggegangen."

„Er lügt! Er weiß genau, wo Jan ist!", brauste Mona auf. Sie sprang auf und war mit einem Satz an der Tür. „Moment!" Guido versperrte ihr den Weg. Er ging zum Schreibtisch, griff nach einem Blatt Papier und drückte es Mona wortlos in die Hand. „Unbekannter auf Autobahnrastplatz tot aufgefunden. Die massiven Quetschungen im Kopfbereich schließen ein Verbrechen nicht aus."

Weiß gekachelter Raum. Neonröhren. Desinfektionsgestank. Silbern blitzender OP-Tisch. Das weiße Tuch zurückgeschlagen.

„Können Sie den Toten identifizieren?"

Die Frage des Pathologen hallt durch den sterilen Leichenkeller. Mona nickt. Prinzen würgt und dreht den Kopf zur Seite. „Jan Kowalski."

„Noch einen." Mona schiebt Steffi das leere Glas hin. „Der letzte, okay." Steffi greift nach der Whiskeyflasche. „Mona, willst du heute Nacht bei mir schlafen?" „Nee." Sie spült das Zeug runter, reibt sich mit dem Handrücken die Tränen aus dem Gesicht. „Schreib's an, Steffi."

Der aufgeweichte Waldboden schmatzt unter ihren Schuhen. Sie achtet nicht auf den Weg, stolpert, fällt, steht wieder auf. Nieselregen durchtränkt sie wie ein Schwamm und mischt sich mit dem salzigen Geschmack der Tränen.

Die verstaubte Scheibe des Bauwagenfensters zersplittert. Sie zwängt sich durch die schmale Öffnung. Das Blut sickert warm in ihren Handflächen. Der Zündschlüssel des Radladers blitzt im Lichtkegel der Taschenlampe auf.

Mona lächelt, als sie den Schlüssel ins Schloss steckt. Das Lenkrad des Radladers vibriert in ihren Händen. Wie ein betrunkenes Monster schaukelt die gewaltige Maschine über den Schlosshof.

Vorsichtig, wie eine Katze auf der Jagd, rückt die Beute ins Visier. Die Maschine heult auf. Mona wirft den Kopf in den Nacken, ein grässliches Lachen verzerrt ihr Gesicht: „Ich habe dir gesagt, dass ich wiederkomme ...!"

Wie eine dem Tode geweihte Maus schiebt sie den grauen Wohncontainer vor sich her - immer weiter, immer weiter - dem Abgrund entgegen.

Manfred Lang

# Wir machen den Weg frei

Die Leiche war bei Leverkusen angeschwemmt worden. Keine Papiere, kein Hinweis auf die Identität des Toten. Auffallend feine Klamotten hatte der Mann getragen, eine wertvolle Schweizer Taschenuhr, einen wahren Klunker von Herrenring am linken Ringfinger.

Alles war da, nur keine Papiere. Kommissar Schojohann wunderte sich. Keine Brieftasche, kein Führerscheinmäppchen, nicht mal ein lumpiges Portemonnaie steckte in den Taschen dieses feinen Anzugs.

Der Tote passte nicht zu dem maßgeschneiderten Zwirn, in dem er steckte.

'Eher gedrungener Eifelbauer als Großstadt-Bohemien', dachte Schojohann.

Was sollte er mit dem Toten anfangen? Goldene Uhr, schwerer Klunker, alles war da. Eben. Raubmord oder so was in der Art schied von vorne herein aus. Vielleicht Selbstmord, vielleicht war der Typ angesäuselt und irgendwo zwischen Bonn und Köln in den Bach gefallen.

„Grobe Gewalteinwirkung ist auf den ersten Blick nicht festzustellen", rief Dr. Heiner Hinsen Schojohann zu. „Obduktion?"

Schojohann nickte: „Obduktion!" Und zu seinem Assistenten Otto Strubel: „Der Typ hat keine Papiere bei sich."

„Und?"

„Er trägt einen Maßanzug von Hamani."

„Und?"

„Das ist fast so gut wie ein Reisepass oder eine Visitenkarte, Strubel!"

„So?"

„Fahren Sie mit der Anzugsjacke zu Hamani, wenn sie trocken ist. Und nehmen Sie ein Bild von dem Toten mit - aber erst, nachdem der Doktor ein bisschen Leichenkosmetik gemacht hat."

Tatsächlich. Die von Hamani erinnerten sich an den Mann. Der Auftrag für den Anzug, einen Mantel und zwei weitere Anzüge war auch schnell gefunden. Zusammen etwas über 5.500 Mark, im voraus bar bezahlt, persönlich abgeholt. Auf der Karteikarte die Maße des Kunden, Ort: Köln, Straße: ohne Angabe, Name: s. o.

„Ist das hier so üblich?", fragte Strubel ziemlich schroff.

„Keineswegs, im Gegenteil. Die meisten lassen sich in unserer

Kundenkartei führen, lassen sich die fertige Ware nach Hause liefern und zahlen nach Rechnungszustellung. Einige auch mit Kreditkarte."

„Also doch kein Passdokument, so ein Handmade-Stöffchen von Hamani? Keine Visitenkarte? Kann sich jeder Lude kaufen mit Bargeld vom Straßenstrich, was?"

Der Mann von Hamani lief rot an. Strubel machte eine wegwerfende Handbewegung und ließ den Typ stehen. Man würde mit dem Bild des Toten in die Presse gehen.

Stadt-Anzeiger und Rundschau druckten die Fahndung in ihren Lokalausgaben entlang des Rheins, aber ziemlich weit hinten. Der Express weigerte sich schlichtweg. Die Sache war nicht spektakulär genug. Vielleicht war es ja nur Selbstmord. So was kam alle Tage vor.

Jedenfalls meldete sich kein Mensch zwischen Königswinter und Dormagen, der den Toten jemals gesehen hatte. Niemand erkannte das Konterfei des kosmetisch behandelten Wasserleichnams wieder.

„Scheiße", sagte Kommissar Schojohann und pfefferte den Obduktionsbericht quer durchs Büro auf Strubels Schreibtisch. Es gab, wenn überhaupt, dann nur äußerst vage Hinweise dafür, dass jemand dem gedrungenen Eifelbauern zu seinem Bad im Rhein verholfen hatte. Die paar Kratzer konnte sich der Stämmige auch bei einem Sturz zugezogen habe. Es war eben nichts Eindeutiges, hatte Dr. Hinsen geschrieben.

Man sollte die Sache zu den Akten legen. Selbstmord, aus und vorbei. Keiner vermisst einen, der so aussieht wie dieser Eifelbauer, dachte Schojohann.

Dann fiel ihm auf, dass er ständig das Wort „Eifelbauer" benutzte. Warum hatte er den Toten von Anfang an so genannt? Hatte ihn dessen Physiognomie an die Gestalten aus dem Dorf seiner Kindheit erinnert? Kannte er den Toten womöglich sogar?

Schojohann beschloss, seiner Intuition nachzugehen. Sollte auch das nichts bringen, würde er den Fall abschließen. Endgültig.

Am nächsten Morgen setzte er seinen Assistenten Strubel in Marsch, Richtung Euskirchen, Richtung Eifel. Im Gepäck hatte Strubel je eine Pressemitteilung und je ein Portrait der Leverkusener Wasserleiche für verschiedene Tageszeitungen.

„Es gibt Hinweise darauf, dass dieser im Rhein tot aufgefundene Mann aus dem Kölner Umland oder aus der Eifel stammt ...", hatte Schojohann getippt.

„Hinweise? Dass ich nicht lache!", gackerte Strubel. „Der Alte spinnt doch, aber achtkantig."

An einem Tagesausflug über Frechen, Euskirchen, Gemünd, Gerolstein nach Prüm und zurück hatte Strubel dennoch nichts auszusetzen: „Ein Tag Eierschaukeln, außerdem ist die Eifel ja wirklich schön, jedenfalls im Sommer."

Und so genoss er die Fahrt über Land und den Besuch in diversen Lokalredaktionen, ohne auch nur ansatzweise an den Erfolg seiner Mission zu glauben. Doch der stellte sich - für Strubel völlig überraschend - schon einige Tage später ein.

Man kannte den Mann in der Eifel, den man bei Leverkusen als Wasserleiche aus dem Rhein gezogen hatte.

Der Tote hieß Zweifuß, Bernhard Zweifuß. Er war 49 Jahre alt, war verheiratet gewesen, aber früh verwitwet. Zweifuß war Postbeamter, Briefträger im Eifeldorf Kanterath. Er hatte ein nettes Häuschen geerbt und in den glücklichen Jahren mit seiner Frau zusammen zurecht gemacht. Seinen inzwischen erwachsenen Sohn Peter hatte er später alleine großziehen müssen. Der Junge hat dann Abitur gemacht und eine Lehre als Großhandelskaufmann. Er arbeitete und wohnte jetzt weit weg von der Eifel, in Hildesheim. Die tote Mutter stammte aus Niedersachsen, Peter war öfters bei den Großeltern in Hannover gewesen.

„Der auf dem Bild, gestern Morgen, im Trierer Volksfreund", sagte die stockende Stimme zu Kommissar Schojohann am Telefon, „das ist mein Nachbar Berni, ich meine, das war er. Berni Zweifuß, unser Briefträger. Wir haben ihn gar nicht vermisst. Ein Vertreter trug die Post aus, der Berni war auf Urlaub. Im Harz. Da ist er immer im Sommer hin, da hat er auf dem Weg immer den Peter und seine Schwiegertochter besucht."

Was Strubel bei seinen Recherchen vor Ort im Eifeldorf Kanterath in Erfahrung brachte, war nicht viel. Zweifuß war zwar nicht Mitglied in einem der Vereine, aber voll ins Dorfleben integriert. Er ging sonntags, meistens jedenfalls, zur Kirche und anschließend zum Frühschoppen. Ansonsten war Zweifuß ziemlich unauffällig. Außer werktags vormittags beim Briefe Austragen und sonntags in der Messe und in der Wirtschaft bekam ihn keiner zu sehen. Jedenfalls daheim in Kanterath nicht.

Anderthalb Wochen zuvor vor der Spardaka-Filiale in Köln-Ehrenfeld: Bernhard Zweifuß fährt im anthrazitfarbenen Porsche vor, er trägt einen hellgrauen Straßenanzug, das Hemd in dezentem Bleu, die Krawatte bordeauxrot, dazu dunkle Brille, in der Hand einen schwarzen Lederkoffer. Er betritt die Bank.

„Bitte zu Herrn Jöckemöller, wir sind verabredet."

Zweifuß hatte den Bankleiter zuvor telefonisch eingeweiht: Es ging um sechs Millionen. Jöckemöller hatte sich am Telefon die Frage verkniffen, warum Zweifuß soviel Geld ausgerechnet bei der Spar- und Darlehenskasse Köln-Ehrenfeld deponieren wollte. Er, dachte Jöckemöller bei sich, wäre damit zur Deutschen Bank marschiert. Für die ist ein Kunde mit 3.000.000 Euro auf der Habenseite kein Exot.

'Idiot', dachte Jöckemöller, 'Eifeler Knalldepp'.

Mit aufdringlicher Liebenswürdigkeit fing der Bänker Zweifuß noch auf dem Flur ab und steuerte, den Highlander mit ausladender Geste vor sich her schiebend, auf das Besprechungszimmer für die ganz besondern Kunden zu.

„Keiner darf etwas von diesen Konten erfahren, keiner, verstehen Sie?"

„Das dachte ich mir, daheim auf dem Eifeldorf soll wohl keiner erfahren, dass Sie ..."

„Hören Sie, Herr Jöckemöller, es gibt keinen Briefverkehr mit mir, sie schicken keine Kontoauszüge, rufen nicht an. Daheim bin ich ein kleiner bescheidener Postbeamter, und das will ich dort auch bleiben!"

„Diskretion ist natürlich Ehrensache, Herr Zweifuß, aber wir müssen doch ein paar Formalien berücksichtigen."

„Da gibt es vorläufig nichts zu berücksichtigen, Herr Jöckemöller, ich parke die sechs Millionen bei Ihrer Bank und fertig."

„Verstehen Sie mich bitte nicht falsch, aber wir leben hier nicht in der Schweiz. Wir führen Namenkonten, keine Nummernkonten. Was ist, wenn Ihnen etwas zustößt? Wir brauchen eine Verfügungserklärung für den Todesfall."

„In meinem Fall brauchen Sie nichts dergleichen. Sollte ich jemanden kennen, dem ich das Geld vermachen will, dann werde ich entsprechende Verfügungen mit Angabe meiner Konten im Testament treffen."

„Das ist eigentlich nicht unser Ding, Herr Zweifuß, so was."

Schließlich gab sich Jöckemöller aber geschlagen. Sechs Millionen würden die Bilanz der Spardaka Ehrenfeld erheblich auf Vordermann bringen. Das war billiges Kapital, das man für teure Zinsen an die Kreditkundschaft würde weiterverleihen können.

„Eine Million geht auf ein Aktiendepot. Kaufen Sie dafür nur erstklassige Papiere: Allianz, Deutsche Bank, Bayer, Telekom, General Electric, Royal Dutch."

„Sie kennen sich da aus?"

„Halten Sie die Eifeler für dämlich, Herr Jöckemöller?"

„Gott bewahre ..."

„Ich spekuliere seit Jahren, allerdings mit kleinen Beträgen. Daheim bei unserer Raiba. Ich bin überzeugter Genossenschaftler, müssen Sie wissen."

'Nicht blöd, aber schizophren', dachte Jöckemöller bei sich. Dann sagte er: „Und die übrigen fünf Millionen parken wir als Sparguthaben mit unterschiedlichen Zinssätzen ..."

„Die zweite Million legen Sie für mich auf einem Investmentkonto an: Die Hälfte in einem weltweiten Fonds für Blue-Chips, ein Viertel in allgemeinen Technologie-Fonds und ein Viertel in Biopharma-Fonds."

„Respekt, Herr Zweifuß."

Jöckemöller wurde die Sache langsam unheimlich. Jedenfalls war dieser Eifelbauer nicht nach Köln-Ehrenfeld gekommen, um sich beraten zu lassen. Der wusste schon vorher, was er wollte.

„Die dritte Million packen Sie bitte auf einen Dachfonds für solide Vermögensverwaltung, einschließlich eines soliden Immobilienanteils."

„Damit ist die Hälfte schon mal futsch für uns", dachte Jöckemöller, freute sich aber insgeheim auf die erkleckliche Vermittlungsprovision der Investmentfondsgesellschaft. Die würde er in die eigene Tasche stecken - und das war immerhin noch besser als eine schöne Spardaka-Bilanz.

Zweifuß hatte auch für die verbleibenden drei Millionen ganz konkrete Vorstellungen, immerhin zwei davon legte er zu unterschiedlichen Zinssätzen und mit unterschiedlichen Anlagezeiträumen bei der Ehrenfelder Genossenschaft an.

Eine Million zahlte er auf eine Art Luxus-Girokonto ein, das Jöckemöller justament während seines Gespräches mit Zweifuß erfand und auf das er - großzügig, wie er betonte - zwei Prozent Habenzinsen einräumte.

‚Armleuchter', dachte Zweifuß. An der Million auf dem Girokonto würde Jöckemöller nicht lange Freude haben. Der Porsche war erst anbezahlt, bis Ende des Monats würde eine umfangreiche Rechnung für äußerst exklusive Besuche in Restaurants und Etablissements anstehen. Außerdem war die Garderobe für die zweite Existenz in Köln zu bezahlen, diverse Accessoires, vor allem teurer Schmuck. Und jetzt suchte Zweifuß dringend eine schicke Penthouse-Eigentumswohnung.

Einstweilen wohnte er in einem Kölner Nobelhotel. Für den Porsche und einen VW Jetta, den er in seinem eigentlichen Leben in der Eifel benutzte, hatte er Dauerstellplätze in einer Tiefgarage in der Engelbert-Straße angemietet. Und dort, in der Toilette des zweiten Untergeschosses, verwandelte sich der Multimillionär in den Briefträger Zweifuß zurück. Nach seinen Kölner Eskapaden wechselte Zweifuß dort die Kleider. Die noble Garderobe steckte er in einen Koffer, dem er zuvor Cordhose, Strickpulli und Jackett entnommen hatte. Den Koffer mit wechselndem Kleiderfundus stellte er wechselweise und je nachdem, in welcher Rolle er sich gerade befand, im Kofferraum des einen oder des anderen Wagens ab.

„Machen Sie es gut, Herr Zweifuß, wir werden alles zu Ihrer vollsten Zufriedenheit erledigen", sagte Jöckemöller zum Abschied und er machte einen Diener dabei, der einem Eifeler Kommunionkind in den sechziger Jahren zu Ehren gereicht hätte.

„Übrigens werden wir das mit Registrierung und Adressenangaben und Ihren ganzen Regelarien und Formalitäten später erledigen, Herr Jöckemöller, in ein paar Wochen vielleicht, sobald ich hier in Köln was gefunden habe. Was Festes, meine ich."

Dann hatte sich Zweifuß entfernt, war mit dem Porsche zur Engelbert-Straße gefahren und dann mit einem Taxi vom Zülpicher Platz aus zu seiner Nobelherberge.

Kommissar Schojohann und Assistent Strubel ahnten immerhin etwas vom Doppelleben des Kanterather Briefträgers, wegen des Anzugs von Hamani, der teuren Taschenuhr und des schweren Herrenrings. Aber die Dorfgenossen in Kanterath waren völlig ahnungslos, auch Sohn Peter war nicht im geringsten eingeweiht. Ein Testament wurde zwar in einer metallenen Geldkassette in Zweifuß' Häuschen gefunden, aber von den Millionen auf den Kölner Konten war darin keine Rede. Es war das alte Testament. Es gab noch kein neues, in das Zweifuß die Millionen und deren Verwendung hatte eintragen und dieser Eintragung die entsprechenden Bankbelege hatte beiheften können.

Zweifuß hatte keine Zeit mehr gefunden, sein Testament zu ändern.

Bankdirektor Jöckemöller hatte schnell gehandelt. Äußerst schnell. Als Zweifuß gegangen war, hatte Jöckemöller die Fakten schnell rekapituliert: „Der Mann führt ein Doppelleben. Daheim in der Eifel soll keiner was von den Millionen wissen, die er gerade erst gewonnen hat und mit denen er sich in Köln eine zweite Existenz als Lebemann finanzieren will."

Jöckemöllers krankes Hirn arbeitete fieberhaft: ‚Er hat gesagt, er will die ganzen Regelarien nicht, keine Benachrichtigung, keine wasserdichte Registrierung. Er vertraut auf die Seriosität der Genossenschaftsbanken schlechthin. Ha!'

„Andererseits hat er gesagt, er will die entsprechenden Bankverbindungen, Konten, Fondsanteile und das Wertpapierdepot in seinem Testament benennen und die entsprechenden Belege dazu heften."

Der Bänker begriff seine einmalige Chance: „Zweifuß hat die Anweisungen an die Lottogesellschaft unterschrieben, die sechs Millionen fließen in den nächsten Stunden zunächst auf das Sammelkonto der

Spardaka. Von dort sollen sie morgen auf die Konten des Eifelers überwiesen werden, beziehungsweise für Wertpapierkäufe und Fondszeichnungen an die Börse fließen. Andererseits: Zweifuß verbringt die Nacht in Köln, wird also sein Testament erst frühestens anderntags in der Eifel ändern und die Querverweise zu den eröffneten Konten beiheften."

Wenn Zweifuß in dieser einen Nacht etwas zustieß, dann würde Jöckemöller die Kontoeröffnungen des Eifelers stornieren lassen und die sechs Millionen auf andere Konten bei anderen Banken umleiten, auf die er im In- und Ausland nach und nach Zugriff nehmen würde.

Aber wie sollte er Zweifuß finden? Wo sollte er ihn finden? Jöckemöller kannte weder das Hotel, in dem Zweifuß einstweilen residierte, noch sein bevorzugtes Restaurant oder die Pläne für sein nächtliches Unterhaltungsprogramm.

Der Bänker schüttelte plötzlich den Kopf: „Unsinn, das ist doch alles Unsinn. Die finanzielle Seite des Plans ist natürlich genial. Aber den Mann in Köln zu finden, das ist wie die Suche nach einer Stecknadel im Heuhaufen. Außerdem bin ich kein Mörder."

„Wir haben nichts, aber auch gar nichts in den Händen", schimpfte Kommissar Schojohann: „Der Mann ist Briefträger in der Eifel mit 2.500 Mark netto und wird bei uns als Wasserleiche mit Tausende Mark teuren Klamotten und Lametta für 30-40.000 Mark aus dem Rhein gefischt. Nichts fehlt, offenbar liegt gar kein Verbrechen vor. Einen Grund, warum sich Zweifuß hätte umbringen sollen, ist ebenfalls weit und breit nicht in Sicht."

Strubel nickte: „Wir sollten den Fall zu den Akten legen. Der Mann hatte 1,1 Promille. Das ist zwar nicht die Welt für so einen trinkfesten Eifeler, aber es reicht, um irgendwo in den Bach zu fallen."

Während Jöckemöller sich noch selbst davon zu überzeugen bemüht war, den zwar genialen, aber eben doch teuflischen Plan zu verwerfen - vor allem wegen der Unmöglichkeit seiner Durchführung - klingelte das Telefon.

„Ein Herr Zweifuß für Sie, Herr Jöckemöller!"

„Stellen Sie durch! Nein, halt, lassen Sie sich die Nummer geben. Ich verabschiede gerade einen Kunden. Ich werde sofort zurückrufen. In zwei Minuten. Lassen Sie sich die Nummer geben, Fräulein Dahmen!"

Jöckemöller jubelte. Aufgeregt trat er von einem Fuß auf den anderen.

Fräulein Dahmen, seine Vorzimmerdame, klopfte. Auf dem Zettel, den sie Jöckemöller überreichte, stand eine Nummer. Es war eine Zimmerdurchwahl im Hotel im Wasserturm.

Zweifuß hatte telefonisch eine Änderung durchzugeben bezüglich der einen von zwei Millionen, die er ursprünglich auf Festgeld-Konten der Spardaka hatte deponieren wollen. Jöckemöller nahm die Order für den Erwerb weiterer Aktien und Fondsanteile beflissen entgegen, wünschte einen angenehmen Abend und machte beim Auflegen des Hörers eine seiner übertriebenen Verbeugungen.

Wenig später wartete Jöckemöller schon vor dem Hotel im Wasserturm. Für den Fall, dass Zweifuß mit dem Auto oder mit einem Taxi abfahren würde, hatte er einen zuverlässigen Mann mitgebracht. Der wartete um die Ecke, mit laufendem Motor. Jöckemöller selbst stand mit Hut, Mantel und dunkler Brille in Sichtweite des Haupteingangs.

Gegen 20.30 Uhr erschien Zweifuß - und zwar zu Fuß.

Jöckemöller heftete sich an seine Fersen.

Strubel, ausgerechnet Strubel widersprach Kommissar Schojohann: „Wir sollten den Fall noch nicht abschließen. Noch nicht. Wir sollten noch zwei Sachen abchecken."

„Wieso und was denn, bitte schön? In der Eifel weiß keine Sau vom süßen Zweitleben, das der Postbote nebenbei geführt hat. Und hier weiß überhaupt keiner irgendwas, keiner kennt Zweifuß, keiner hat ihn gesehen. Vielleicht hat der ja sein Dolce Vita in Trier oder Koblenz oder was weiß ich wo aufgezogen."

Strubel räusperte sich: „Die Leiche lag nicht so lange im Rhein, Chef. Der ist hier in den Bach gefallen oder geschubst worden. Vielleicht ging die Sache ja noch nicht lange."

„Was soll das heißen?"

„Vielleicht war Zweifuß gerade erst dabei, sich in Köln nebenbei einzurichten?"

„Hm."

„Wenn wir wüssten, woher das Geld stammt; mit dem er sich so Sachen wie Hamani leisten konnte."

„Also, Strubel, welche zwei Dinge sollen wir noch abchecken?"

„Woher die Kohle kam - in seinen Eifeler Bankunterlagen gibt es ja nicht den geringsten Hinweis. Wahrscheinlich hat er in Köln eine zweite Bank."

„Okay, wir klabastern die Banken und Sparkassen ab, außerdem die Hotels und Pensionen. Irgendwo wird er ja übernachtet haben, wenn er in Köln war."

„Und wir sollten West-Lotto einschalten", schickte Strubel hinterher: „Und das Spielcasino Bad Neuenahr."

„Sie meinen ..."

„Der Zweifuß hat keine Bank überfallen. Durch Arbeit ist er aber auch nicht zu Geld gekommen. Von einer Erbschaft wüssten wir was.

Der kann die Kohle für Hamani und solche Scherze eigentlich nur gewonnen haben."

Schojohann rieb sich die Hände. Und er lobte Strubel, was so gut wie nie vorkam. So viele Hinweise nach nur drei Tagen waren nicht zu erwarten gewesen.

Bernhard Zweifuß aus Kanterath war bei West-Lotto in Münster ein wohlbekannter Name. Der Mann hatte vor drei Wochen mit einem Sechser plus Superzahl ziemlich genau elf Millionen abgesahnt.

Das Gesicht auf dem Fahndungsbild kam auch dem Portier des Hotels im Wasserturm äußerst bekannt vor: „Herr Beerbaum, Zimmer 143".

Und Fräulein Dahmen, die Vorzimmerdame des Ehrenfelder Spardaka-Vorstandsvorsitzenden Julius Jöckemöller, war ebenfalls entzückt, den Polizeibeamten weiterhelfen zu können: „Das ist ein Kunde von uns, ein guter Kunde, offenbar. Der Chef persönlich hat ihn bedient. Er wird Ihnen weiterhelfen."

Fräulein Dahmen drückte die Sprechtaste: „Herr Jöckemöller, hier ist die Polizei, Kripo Köln, man möchte Sie sprechen!"

Jöckemöller war alles andere als entzückt. Nervös trat er von einem Fuß auf den anderen. Das Werbeplakat in seinem Rücken wirkte irgendwie deplatziert: Wir machen den Weg frei!

„Kenn ich nicht, nie gesehen, den Mann!"

„Aber, Herr Jöckemöller, gucken Sie doch erst mal in Ruhe hin. Ihre Sekretärin hat das Gesicht auf Anhieb wiedererkannt."

Der Bänker besann sich eine Weile, den Blick auf das Fahndungsfoto geheftet: „Ja, jetzt erinnere ich mich. Dreifuß oder so hieß der Mann. Er hat sich hier wegen einer Geldanlage beraten lassen. Aber wir sind uns nicht einig geworden. Wahrscheinlich wurden ihm anderswo bessere Konditionen geboten."

„Um welche Summe ging es denn?", fragte der Kommissar. Da klingelte sein Handy:

„Entschuldigung - Schohjohann!"

„Strubel! Also, Chef: Im Hotel gibt es keinen Hinweis auf irgendwelche Bankverbindungen. Wir haben allerdings 28.000 Mark Bargeld gefunden."

„Danke, Strubel. Entschuldigen Sie, Herr Jöckemöller: Um wie viel Geld ging es?"

„Es wurde keine konkrete Summe genannt. Wir haben von einigen Hunderttausend Mark gesprochen. Das ist viel Geld für so ein kleines Institut, müssen Sie wissen.

Aber wir konnten nicht mit den Zinssätzen konkurrieren, die die großen Häuser dem Kunden geboten hatten."

Schon wieder klingelte Schojohanns Handy.

„West-Lotto, Josef Klein. Sie kriegen die Unterlagen in Kopie noch schriftlich. Ich wollte Ihnen nur vorab schon mal telefonisch Bescheid sagen: Die Summe ist laut Anweisung des Gewinners auf mehrere Konten bei mehreren Banken überwiesen worden. Die meisten davon in Köln."

„Mist!"

„Moment, Herr Kommissar. Da ist noch was: Sechs Millionen sind auf einen Rutsch überwiesen worden."

„Wohin?"

„Spar- und Darlehenskasse Köln-Ehrenfeld."

Fräulein Dahmen guckte ziemlich dumm aus der Wäsche, als ihr Chef und Kommissar Schojohann die Bank Hand in Hand verließen. In seiner anderen Hand trug der Polizist eine dünne Mappe mit Unterlagen. Jöckemöller trug Handschellen.

Gisela Blümmert

# Lotto

Melanie war hübsch und blond. Und Melanie war Friseuse.

Melanies Gatte Klaus-Dieter führte ein Ein-Mann-Baggerunternehmen. Er fuhr einen Manta. Tiefergelegt und mit dem obligatorischen Fuchsschwanz.

Die beiden waren das ideale Traumpaar für die Demonstration der zur Zeit modernen Gags.

Klaus-Dieter konnte schon mal etwas fester zuschlagen, wenn ihm der Spott der Bewohner des kleinen Voreifeldorfes zu bunt wurde und er gleichzeitig ausgiebig getankt hatte. Melanie dagegen ertrug die Frotzeleien mit äußerstem Gleichmut. Gehässige Nachbarinnen tuschelten bisweilen darüber, dass sie die Blondinenwitze schlicht und ergreifend nicht verstand.

Aber Melanies Gelassenheit besaß andere Ursachen. Schon bald würden die anderen blöde aus der Wäsche gucken oder vor Neid erblassen, und sie würde lachen. Das hatte sie sich geschworen.

Heute fühlte sich Melanie besonders pudelwohl. Es war acht Uhr abends, und in ihrem Haus herrschte ein unglaubliches Chaos. Klaus-Dieter hatte sich jenen Freitag freigenommen und war mit Sohnemann Carsten zum Fischen auf die Liebesinsel im Rursee gefahren So konnte Melanie genau das machen, was ihr gerade in den Sinn kam. Und da sie grundsätzlich nicht daran dachte, aufzuräumen, solange ihr Mann sie nicht in aggressivem Ton dazu aufforderte, war seit dem gestrigen Abend alles liegengeblieben. Es gab Unmengen von Geschirr, denn Melanie liebte es, mindestens stündlich eine Kleinigkeit zu verspeisen. Dazu reihten sich unzählige Gläser und Tassen, überall in den verschiedenen Zimmern verteilt. Melanie hasste es, zweimal dasselbe Trinkgefäß zu benutzen. Und Melanie brauchte jeden Tag literweise Flüssigkeit.

Auf Tischen und auf dem Boden lagen Bücher und Zeitungen verstreut. Melanie war sehr gut in der Lage, einen Absatz zu lesen und die Lektüre dann liegen zu lassen, um sich einer gerade interessanteren Sache zu widmen. Nach Stunden oder sogar nach Tagen fand sie sofort die Stelle wieder, an der sie weiterlesen musste. Wenn sie durch äußere Störungen unterbrochen wurde, stoppte sie sogar mitten im Satz und fand später in Nullkommanix die Anschlussposition wieder.

Nur wenn Melanie am Computer saß, widmete sie sich stundenlang ununterbrochen dieser ihrer Lieblingstätigkeit. Es hatte vor einem Jahr damit begonnen, dass Klaus-Dieter mit jener Kiste unter dem Arm nach Hause gekommen war. „Mit MMX-Technologie, Sound-Blaster und vier Gigabyte Festplatte", hatte er seiner zweifelnden Frau stolz erklärt. Und er hatte das Gerät in Melanies kleinem Bügelzimmer auf dem ausrangierten Couchtisch platziert. Ans Laufen gekriegt hatte er seine neuste Errungenschaft allerdings nicht. Klaus-Dieter hatte dem Nachbarsjungen einen Hunni gegeben, und der hatte dem Computer die mitgelieferten Programme entlockt. Und den Drucker hatte er auch dazu animiert, seine Funktion zu erfüllen.

Es hatte ungefähr zwei Wochen lang gedauert, bis Klaus-Dieter von der Höllenmaschine die Nase gestrichen voll hatte. Nach weiteren zwei Wochen endlich hatte er es seinem Eheweib (so betitelte er Melanie meistens) erlaubt, mit seinem Fehlkauf zu experimentieren. Melanie hatte (im Gegensatz zu Klaus-Dieter) die leicht verständlichen Einführungsbücher gelesen, die ihnen der Nachbarsjunge großzügig geliehen hatte. Kurzfristig hatte sie sich mit WinWord verlustiert und danach hatte sie es faszinierend gefunden, mit Excel eine Formel einmal eingeben und hundertfach kopieren zu können. Doch Access war ihre wahre Leidenschaft geworden.

Melanie erinnerte sich noch genau an ihre erste Tabelle, in der sie die Adressen aller Bekannten verwaltet hatte. Später hatte sie eine weitere Liste erstellt, in die sie die Geburtstage aller Freunde eintrug. Denn nach dem Kauf eines preiswerten Mängelexemplars über die Makro? und Basicprogrammierung unter Access war ihr klargeworden, dass es sehr einfach war, bei Start einer Datenbank die Datensätze aller Leute anzeigen zu lassen, die in der folgenden Kalenderwoche ihr Wiegenfest feierten. Und Melanie vergaß ständig, welchen Menschen sie zu welchen Anlässen gratulieren musste.

Dummerweise führte Melanie auf diese Weise Daten zweifach - einmal in der Adress? und einmal in der Geburtstagstabelle. Sie bemerkte den gravierenden Fehler in der Struktur ihrer Datenbank, als ihre Freundin Susanne heiratete und dabei ihren Namen „Blum" gegen „Meyer" austauschte und von der Anton? in die Greinstraße umzog. Melanie trug jene Veränderung lediglich in der Auflistung der Geburtstage ein.

Schon eine Woche später benutzte Melanie die Daten der Adresstabelle, um Einladungen zu ihrer großen Sommerparty zu erstellen. Bei Susanne kam der Serienbrief niemals an. Somit erschien sie nicht zu der Fête und war noch monatelang beleidigt.

Doch Melanie ließ sich durch solche Lappalien nicht verunsichern. Nachdem ihr der stets hilfsbereite Filius aus dem Haus von nebenan gezeigt hatte, wie sie die Datendoppelführung vermeiden konnte, war sie nunmehr geradezu begeistert über die Möglichkeiten der Arbeit mit verknüpften Tabellen.

Inzwischen liebte sie es, Spielchen für ihr Söhnchen unter Access zu programmieren. Diese Anwendungen hatten zwar nichts mit der Verwaltung von Informationen in einer Datenbank zu tun, aber daran verschwendete Melanie keinen einzigen Gedanken.

Heute bastelte sie geradezu enthusiastisch an einem Rechenprofessor. Soeben hatte sie kapiert, wie sie Zufallszahlen erzeugen konnte, und sie wusste bereits, dass ihre Software kurz vor der Vollendung stand. Sie konnte einen von drei möglichen Schwierigkeitsgraden einstellen und zwischen den vier grundlegenden Rechenoperationen wählen. Wenn sie danach die Schaltfläche „Start" anklickte, erhielt sie eine entsprechende Aufgabe, und nach Eintippen des Ergebnisses teilte ihr eine Meldebox mit, ob die Antwort richtig oder falsch war.

Und dann dachte Melanie wieder an ihr großes Zukunftsprojekt. Sie öffnete die Datei SYSTEM.MDB. Seit drei Monaten trug sie hier gewissenhaft die aktuellen Lottoergebnisse ein. Und als sie mit leuchtenden Augen auf die vielen Zahlen blickte, spürte sie es wieder, jenes geheimnisvolle Ziehen tief unten in der Magengegend, das ihr verhieß, dass sie erfolgreich sein würde. So wie sich jenes Gefühl in ihrem ganzen Körper ausbreitete, vermittelte es ihr die Gewissheit, dass Zusammenhänge zwischen diesen nur scheinbar so schicksalhaften Ziffernreihen existierten.

Ja, gewiss, der Rechenprofessor würde es ihr verraten. Er wusste, welche geheime Logik Zufallszahlen erzeugte.

Nach einer halben Stunde hatte Melanie es geschafft. Stolz blickte sie auf die leuchtendrote Bildschirmmaske mit den weißen Textfeldern für die Nummernausgabe und dem blauen Button mit der Aufschrift „Jetzt!" Sie startete das Programm.

Wärme stieg aus dem Bauch bis hoch in ihren Kopf, und ihre innere Stimme sagte leise schnurrend „Ja". In wenigen Sekunden prägte sich Melanie jene magischen Zahlen ein, und als sie seufzend die Augen schloss, konnte sie die Ziffern immer noch sehr gut, wie in einer verheißungsvollen Vision, erkennen.

Jetzt begann etwas laut zu rumpeln und zu poltern. Melanie grinste vergnügt in sich hinein, denn sogleich stellten sich Bilder von schweren Bündeln mit Tausendmarkscheinen ein, die eine unsichtbare Gewalt aus schwindelnder Höhe fallen ließ. Erst als die Zimmertür krachend aufschlug und eine schwarz behandschuhte Pranke ihr unsanft den Mund zuhielt, erwachte sie mit Schrecken aus ihren süßen Träumen von Reichtum und Glück.

„Wo ist das Geld? Und nix wie raus mit dem Schmuck, wenn dir dein Leben lieb ist!", krächzte eine dumpfe Schmirgelpapierstimme, während sie brutal auf die Beine gehievt wurde. Entsetzt glotzte Melanie den Angreifer an. Er war groß und grobschlächtig gebaut. Sein Antlitz war unter einer braunen Strumpfmaske verborgen.

Doch so schnell ließ sich Melanie nicht einschüchtern. „In meinem Portemonnaie sind vielleicht zwanzig Mäuse, und meine Modekettchen liegen im Schlafzimmer neben meinem Bett", erwiderte sie mit fester Stimme.

„Du verlogene Schlange!", raunte ihr der Unbekannte gefährlich zischend ins Ohr, dann lockerte er urplötzlich seine eiserne Umklammerung, griff blitzschnell zu der Vase, die auf dem Bücherregal stand, holte kräftig aus und ließ das Gefäß auf Melanies Schädel nieder krachen.

Wie durch dichte Nebelschwaden hörte Melanie noch, wie jemand ärgerlich sagte: „War das denn wieder nötig?", danach verlor sie das Bewusstsein.

Sie erwachte mit wild pochenden Kopfschmerzen. Sie versuchte, sich zu bewegen, und bemerkte, dass sie dazu nicht in der Lage war. An Armen und Beinen war sie gefesselt, und ihr Oberkörper war straff an die Rückenlehne eines Stuhls gebunden. Auch nach Hilfe rufen konnte sie nicht. Irgendetwas Raues füllte ihre Mundhöhle so sehr aus, dass sie glaubte, ersticken zu müssen. Ihre Lippen waren durch einen Klebestreifen verschlossen, der furchtbar auf der Haut ziepte und dessen unangenehm chemischer Geruch ihr bis tief in die Nase drang.

Schlagartig wurde Melanie von Panik erfasst, die sich in Hysterie verwandelte, als sie Geräusche von herannahenden Schritten vernahm. Um sie herum war es so tiefdunkel, dass sie noch nicht einmal wusste, in welchem Raum sie sich befand. Doch dann begriff sie wenigstens den Grund für diese Schwärze - man hatte ihr einen Schal um die Augen gebunden. In ihrem Schädel tobten so viele Gefühle, dass sie den sanften Druck des weichen Stoffes zunächst überhaupt nicht bemerkt hatte.

Dann hörte sie das knarzende Organ des miesen Typen, der sie überfallen hatte. „SYSTEM.MDB, die aktuellen Lottozahlen. Dass ich nicht lache." Daraufhin gackerte er laut wie ein angefahrenes Huhn nach dem Stimmbruch. „Aber wenigstens den Computer nehmen wir mit", antwortete ein anderer Kerl.

Melanie erstarrte. Alles! Alles sollten sie stehlen! Aber doch bitte nicht ihr liebstes Spielzeug! Vergessen waren alle Schmerzen, vergessen die ganze miserable Lage, in der sie sich befand. Mit ungeahnter Energie bäumte sich Melanie auf und zerrte an den Stricken an Armen und Beinen. Der Stuhl kippte um, und mit einem lauten Klatschen fiel sie auf die linke Seite. Erneut versank sie in tiefer Ohnmacht.

Als Melanie das nächste Mal ihr Bewusstsein zurückerlangte, schlug sie mühsam die verquollenen Augen auf und blickte in das Gesicht ihres Ehemannes. Er hockte auf der Kante ihres Krankenhausbettes und blätterte in einer Zeitung.

„Welcher Tag ist heute?", fragte Melanie lallend.

„Was?" Klaus-Dieter drehte sich erschrocken zu ihr herum.

„Welcher Tag ist heute?", wiederholte Melanie ungeduldig. Ihr Wunsch, die ersehnte Antwort zu erhalten, verhalf ihrer Stimme fast zur gewohnten Festigkeit zurück.

„Montag", sagte Klaus-Dieter mit ungläubigem Staunen, „ja, Montag ist heute."

„Mist!", stöhnte Melanie, „alles zu spät." Sie wollte schon wieder einschlafen, als eine neue Idee ihr gemartertes Gehirn durchzuckte. Sie fuhr hoch und riss ihrem Gatten seine Lektüre aus den Händen. Fieberhaft suchte sie die erste Seite. Und dort fand sie die Bestätigung für das, was sie gewusst hatte: 6 - 19 - 20 - 30 - 46 - 48, Zusatzzahl: 5, Superzahl: 5.

„Was suchst du denn, um Gottes Willen?" Klaus-Dieter war offensichtlich äußerst verunsichert.

„Haben die meinen PC gestohlen?", stellte Melanie die Gegenfrage.

„Nein", gab ihr Mann fassungslos zurück, „nein, aber sie haben ihn in unserem Hof zerschmettert. Bestimmt waren sie sauer, weil sie nichts Wertvolles gefunden haben. Aber sag mal, interessiert dich eigentlich jetzt nichts Wichtigeres als der blöde Computer?"

Wortlos drückte Melanie ihm das Presseblatt in die Hand. Erst nach einer Weile des Schweigens begann sie zu sprechen: „Sieh dir die Glückszahlen vom Wochenende an! Genau jene Lottoreihe hat mein Programm am Freitagabend ausgespuckt. Und dann sind diese Scheißeinbrecher gekommen. Und ich konnte am Samstag nicht an der Ausspielung teilnehmen."

„Hast du die Ziffern aufgeschrieben?", wollte Klaus-Dieter wissen. Seine Skepsis war unverkennbar. Melanie verneinte, und augenblicklich konnte sie in seinem Gesicht ablesen, dass er die Geschichte unter der Rubrik „Verrücktes Weibervolk" abheftete. Deshalb gab sie auf und versuchte erst gar nicht mehr, ihren Mann davon zu überzeugen, wie schnell und sicher sie Nummernfolgen auswendig lernen konnte.

Auch die beiden Polizisten aus Aachen, die Melanie am frühen Nachmittag nach den Tatvorgängen befragten, tauschten untereinander vielsagende Blicke aus, als Melanie ihnen von ihrem Zufallsgeneratorenprogramm berichtete. „Wissen Sie, Frau Esser", sprach sie der ältere der beiden Beamten in väterlichem Tonfall an, „vor Ihnen haben schon Hunderte von gewieften Mathematikern und fanatischen Glücksgräbern versucht, Lottosysteme zu entdecken oder zu entwickeln, und keiner von ihnen war erfolgreich. Bestimmt haben Sie die Zahlen zuerst in der Zeitung gelesen und danach geglaubt, Sie hätten genau jene Kombination bereits früher auf Ihrem Monitor gesehen. Eine solche Verwirrung ist auch kaum verwunderlich, wenn man bedenkt, was Sie alles durchgemacht haben."

„Aber die Einbrecher haben die Ziffern auch gesehen", setzte sich Melanie zur Wehr, „vielleicht haben die mit ihnen ihr Glück versucht."

Und nach kurzer Pause, in der die grün Uniformierten sie hilflos anstierten, fuhr sie fort: „Können Sie nicht herausfinden, ob jemand aus der Umgebung sechs Richtige plus Zusatzzahl plus Superzahl hatte?"

„Wir werden der Sache nachgehen", versprachen die Gesetzeshüter gütig lächelnd. Dann verabschiedeten sie sich.

Kein einziger Mensch in der Bundesrepublik hatte am Wochenende sechs Richtige getippt. Niemand glaubte Melanie. Ungeduldig musste sie fast drei Wochen lang im Dürener Krankenhaus verweilen. Den Überfall erwähnte sie vor Klaus-Dieter überhaupt nicht mehr. Sie wusste, dass ihre Zeit kommen würde. Sie brauchte nur einen neuen Computer, und dann würden sich alle wundern. Sie sollten vor Neid grün werden. Und Melanie dachte ernsthaft darüber nach, in ihrer Ehe die Gütertrennung einzuführen. Wenn Klaus-Dieter ihr so wenig vertraute, wollte sie auch nicht ihren Gewinn mit ihm teilen.

Doch als es endlich so weit war, dass ihr Gatte sie aus dem Hospital abholen konnte, wurde Melanie von einer unbekannten Unruhe ergriffen. „Ich habe Angst", sagte sie auf der Heimreise kläglich. „Und wovor hast du Angst?", fragte Klaus-Dieter unwirsch.

„Dass sie zurückkommen", schluchzte Melanie.

„Und warum, in Himmel-Drei-Herrgotts-Namen sollten sie das tun?", wandte er ein. „Sie haben bei uns nichts Vernünftiges zum Stehlen gefunden. So eine armselige Hütte suchen die kein zweites Mal auf!"

„Doch", piepste Melanie verzagt, „sie haben sich die Lottoergebnisse bestimmt aufgeschrieben und dann an jenem Samstag vergessen zu spielen. Und als sie erfahren haben, dass die Zahlen stimmten, wussten sie, dass ich ein treffsicheres Programm dafür habe. Sie werden mich erneut überfallen. Sie pressen das System aus mir heraus, und dann murksen sie mich ab."

Die Panik überflutete sie. Mit vor Entsetzen weit aufgerissenen Augen starrte sie auf die Horrorszenerie, die sich vor ihren inneren Blicken öffnete. Melanie sah ihr Bügelzimmer, einen Computer, Unmengen von verstreuten Zetteln, gefüllt mit Programmcode, und in all dem Chaos lag sie selbst, gekrümmt auf dem Boden, überströmt von Blut, das sich in wahren Bächen auf dem hellen Teppich ausbreitete.

„Hör auf!", fuhr Klaus-Dieter sie barsch an, „wenn du so weitermachst, fahre ich gleich durch bis nach Zülpich und liefere dich dort in der Klapsmühle ab!"

Die Drohung wirkte. Melanie verstummte. Sie schloss die Lider und bemühte sich verzweifelt darum, Imaginationen von erfreulicheren, vergangenen Erlebnissen zu entwickeln, um ihre schrecklichen Vorstellungen zu vertreiben.

In eisigem Schweigen ließen sie Stockheim rechts liegen und passierten Soller, Frangenheim und Froitzheim. Mit vorschriftsmäßigem Tempo fünfzig rollten sie die Kurven des Sandbergs hinauf und auf der anderen Seite wieder hinab und erreichten Ginnick.

Als Melanie ihr Haus betrat, fand sie dort keinerlei Spuren des Einbruchs. Sie stürzte in das Bügelzimmer. Sie sah die Lücke auf dem Couchtisch. Eine Umrandung aus braunem Staub verriet, dass hier bis vor kurzem eine viereckige Kiste gestanden hatte. Nur den Drucker hatten die miesen Ratten zurückgelassen. Traurig betrachtete Melanie ihr ausgeraubtes Heiligtum, dann schlich sie langsamen Schrittes in das Erdgeschoss und setzte sich neben ihren Mann auf das Sofa.

„Wir brauchen einen neuen Computer", setzte sie zaghaft an. Allein seine zornigen Blicke, mit denen er sie bedachte, sagten alles aus. Und so hörte Melanie seiner nun einsetzenden Schimpftirade kaum noch zu. In ihren Gedanken verweilte sie bereits bei den für sie möglichen Geldbeschaffungsmaßnahmen. Und so ließ sie Klaus-Dieter weiterzetern, erhob sich einfach und verließ den Raum. Ohne ein Wort des Abschieds eilte sie davon, um einige Nachbarinnen aufzusuchen. In ihrem Eifer vergaß sie sogar, dass ihr Sohn schon bald aus der Schule kommen würde und sie ihn dann nicht begrüßen könnte.

Bei allen Leuten, zu denen sie ein wenig Kontakt hatte, verbreitete sie die Nachricht, dass sie ab sofort ein wenig nebenbei Geld verdienen wollte. Und spontan erhielt sie drei Aufträge - Dauerwellen für eine ältere Dame, Färben eines weißen Pudels in Mattviolett und in einem Aufwasch fünf Mal Pottschnitt für sämtliche missratenen Sprösslinge einer Familie aus der Parallelstraße. Während Melanie gut gelaunt wieder das eigene Anwesen ansteuerte, zählte sie schon ihr Geld zusammen. Dreißig für die Lockenpracht plus fünfundzwanzig für den widerlichen Kläffer plus fünf mal sieben Mark fünfzig für die entzückenden Kleinen machte zweiundneunzig Mark und fünfzig Pfennige. Nicht schlecht für den Anfang. Und ihrem regulären Teilzeitjob bei einem Coiffeur in Düren musste sie in den nächsten vierzehn Tagen nicht nachgehen, weil sie krankgeschrieben war.

Zu Hause erwartete sie ein unglaubliches Donnerwetter. Klaus-Dieter tobte und brüllte. Er beschimpfte sie als Rabenmutter, die ihr Kind vernachlässigte und ihm noch nicht einmal ein Mittagessen bereitete. Der siebenjährige Markus verzog sich weinend in eine Ecke des Esszimmers. Wortlos nahm Melanie ihn auf den Arm, trug ihn in die Küche und stellte ihn dort auf das kleine lilafarbene Bänkchen, auf dem er die passende Stehhöhe für die Mithilfe bei den Kochvorbereitungen erreichte. Sie fertigte einen Teig aus Mehl, Eiern, Milch und Zucker an und buk Pfannkuchen.

Während der nächsten zwei Wochen merkte Melanie, wie sehr ihr der PC fehlte. Spätestens wenn das Abendessen vorbei war und sie ihr Söhnchen mit einer Gutenachtgeschichte ins Bett gebracht hatte, wusste sie nicht mehr, was sie tun sollte. Aus lauter Verzweiflung räumte sie sämtliche Schränke aus und ordnete alle Sachen. Bald blinkte und blitzte es im ganzen Haus wie nie zuvor.

Klaus-Dieter war zufrieden. Ihm wurde pünktlich jede Mahlzeit vor die Nase geschoben, und sein Eheweib kam jetzt meistens zu Bett, bevor er eingeschlafen war. „Vielleicht solltest du deinen schlecht bezahlten Job für immer aufgeben", schlug er Melanie geradezu enthusiastisch vor, „wir können auf das Geld verzichten."

Doch seine Illusionen vom Schlaraffenland sackten lautlos in sich zusammen, als Melanie ihm stolz ihren neuen Computer präsentierte. „Wo hast du das Geld her, verdammte Schlampe?", schrie er. Und dann schlug er sie mitten ins Gesicht. Einmal von links und einmal von rechts. Blut tropfte aus Melanies Nase auf ihr weißes T-Shirt. Doch sie stand einfach da und antwortete völlig beherrscht und mit eiskaltem Timbre: „Wenn du mich noch einmal anfasst, nehme ich Markus und gehe weg. Für immer. Und jetzt hau ab aus meinem Zimmer."

Melanie installierte alle Programme neu. Von ihren Sicherungsdisketten kopierte sie die Lottoergebnisse und ergänzte sie um die Resultate der letzten fünf Wochen. Dann entwickelte sie abermals einen Zahlengenerator. Doch das verheißungsvolle Kribbeln jenes verhängnisvollen Freitagabends wollte sich nicht wieder einstellen. Dennoch tippte Melanie die Werte, die ihr der PC verraten hatte. Vier Richtige und das hämische Grinsen von Klaus-Dieter waren die Bilanz.

Am nächsten Freitag gönnte Klaus-Dieter sich wieder eine Erholungspause, holte Markus von der Schule ab und fuhr mit ihm und seinen Angelfreunden ein weiteres Mal auf die Liebesinsel. Er fragte Melanie noch nicht einmal, ob sie mitkommen wollte und auch nicht, ob sie sich allein zu Hause sicher fühlen würde.

Melanie spürte ihre Empörung ob solcher Unsensibilität, und sie wusste intuitiv, dass wieder etwas passieren würde. Doch heute würde sie gewappnet sein. „Nicht mit mir", sagte sie laut und drohend, nachdem der ungeliebte Gatte verschwunden war. Sofort startete sie ihre Aktionen, die sie schon seit Tagen geplant hatte.

Abends gegen dreiundzwanzig Uhr drang ein Mann in das hell erleuchtete Haus ein. Zielstrebig stürmte er in das Bügelzimmer. Er fand es verlassen vor. Nichts regte sich. Er durchsuchte alle Räume - kein Zweifel - dieses Gebäude war menschenleer. Er kehrte in das Bügelzimmer zurück, packte sich dort den Computer, der ausgeschaltet war und stutzte. Auf dem Couchtisch lag ein Blatt. „Die Lottozahlen für morgen" stand da in großen Lettern geschrieben. „Man weiß es ja nie", brummte er vor sich hin und stopfte den Zettel in die Tasche seiner Arbeitshose. Dann wuchtete er erneut den PC nach oben, schleppte ihn zum Flurfenster und schmetterte ihn in den Hof.

Da leuchtete aus dem Dunkel der Scheune der Schein einer Taschenlampe auf. „Das war ein alter, kaputter Computer", rief Melanie von unten zu ihm hinauf. Mehrere schattenhafte Frauengestalten näherten sich dem Haus.

„Du hättest meinen ersten PC nicht im Keller verstecken dürfen, nachdem du ihn zerstört hast", schrie Melanie. „Das hat mich misstrauisch gemacht."

„Ich habe dich damals nicht überfallen, ich schwöre es", brüllte Klaus-Dieter zurück, „ich habe nur die Gunst der Stunde genutzt und diese blöde Kiste zertrümmert."

„Und warum hast du mir das angetan?", keifte Melanie.

„Ich wollte doch nur, dass du früher ins Bett kommst." Klaus-Dieters Stimme war jetzt leise, hoffte auf Vergebung. Doch die weiblichen Geisterwesen schleppten Koffer und Taschen davon. Die Letzte von ihnen trug den Monitor wie eine Trophäe fort.

Thomas Pfanner

# Alles wegen dieser Schlampe

Er hielt den Zapfhahn sehr konzentriert fest und beobachtete die Anzeige an der grünen Säule. Dabei achtete er sehr sorgfältig darauf, nichts anderes anzusehen. Ganz besonders vermied er es, zu dem Wagen hinüber zu schauen, der bei der Waschanlage in der Parkbucht stand. Dort hielt man üblicherweise, wenn eine Kontrolle des Reifendrucks nötig war. Der Fahrer dieses Wagens, ein auffällig unauffälliger, schwarzer Golf, hegte ganz offensichtlich andere Interessen. Er stieg nicht aus. Statt dessen bemühte er sich um den Anschein, mit dem Handy zu telefonieren. Er sah dies, obwohl er nicht hinsah. Hin und wieder schweifte sein Blick von der Zapfsäule ab und traf auf die gewaltige Fensterscheibe des Verkaufsraumes. In dieser Scheibe spiegelte sich der Golf. Etwa alle fünfzehn Liter erhielt er so einen kurzen Einblick in die Vorgehensweise seines Feindes. Das genügte. Er wusste alles.

Nach sechzig Litern stoppte der Zapfhahn die Zufuhr. Er beließ es dabei, hängte den Schlauch weg und ging zur Kasse. Eine unfreundliche, alte Frau nahm sein Geld und klatschte ihm ein paar Münzen Wechselgeld auf den Tresen. Für die Unverfrorenheit, keine runde Summe getankt zu haben, konnte er nicht erwarten, das Geld in die Hand gelegt zu bekommen. Er achtete nicht darauf, da er von diesem Platz vor der Kasse den Golf im freien Blick hatte. Wütend schnaubte er, während er sich umdrehte, was die Kassiererin auf sich bezog. Er jedoch meinte den Fahrer des schwarzen Wagens. Trotz der Entfernung vermochte er ihn einzuschätzen. Ein großer, sehr schmaler Mann, Mitte dreißig, mit Vollbart. Genau die Art Männer, für die sich seine Frau begeisterte. Ex-Frau, berichtigte er sich sofort. Die Wut schnellte in sein Gesicht und brachte seine Ohren zum Leuchten. Immer wieder musste er sich mit dieser Schlampe beschäftigen. Diese Frau ließ ihn nicht in Ruhe. Sie war schuld, dass er diesen Citroen fahren musste und nicht mehr seinen BMW. Den fuhr sie, wenn sie ihn nicht schon lange zu Schrott gefahren hatte. Er wusste es nicht genau, er vermied es, sie zu sehen, oder von ihr zu hören. Sie aber verfolgte ihn, bis ins Grab würde sie ihn verfolgen. Vielleicht wurde sie ja gerade ungeduldig und trachtete danach, die Dinge zu beschleunigen.

Jemand hupte, vor Schreck zuckte er zusammen. Hinter ihm stand ein Wagen, der ebenfalls tanken wollte. Hastig startete er den Diesel und fuhr los. Aus einer Eingebung heraus beschloss er, nicht ins Büro zu fahren, sondern einfach in Gegenrichtung eine kleine Spritztour zu unternehmen. Dabei würde er leicht feststellen, ob der andere wirklich hinter ihm her war oder nicht. Er wusste es bereits, doch er wollte sicher gehen und Zeit zum Nachdenken haben. Seine Wut ließ ihn den Motor ruppiger behandeln als sonst. Beim Verlassen der Tankstelle bemerkte er das Dampfwölkchen aus dem Auspuff des Golf. Ein paar Kurven weiter hatte er schon 80 drauf und reduzierte die Geschwindigkeit auch nicht, als das Ortsschild vorbei huschte. Tatsächlich erschien nach kurzer Zeit der Golf im Rückspiegel. Er schnaubte und krampfte die Hände ums Lenkrad. Also doch! Diese Schlampe! Diesmal schickte sie keinen dieser fetten Detektive mit dem stieren Blick. Diesmal also einen Ihrer Liebhaber. Vielleicht sogar der Liebhaber. Sein Gesicht glühte. Die Tachonadel stand auf 100. Da erspähte er den Wegweiser zur Kasselburg. Eine Eingebung durchzuckte ihn. Gut, diese Schlampe konnte ihn und den Kerl im Golf vergleichen, was die Leistung im Bett betraf. Er würde jetzt und hier ausprobieren, wer der bessere Fahrer war.

Mit pfeifenden Rädern bog er nach links ab, fand genau die Lücke zwischen zwei 4-Achsern der Lavawerke und preschte die Anwohnerstraße hinunter. Unten scharf links, eine Rentnerin verdankte ihr Leben allein ihrer Langsamkeit, nächste ganz scharf rechts. Sein Leben hing allein davon ab, dass die Hydropneumatik besser auf der Straße klebte als es sich anfühlte. Seine Wut ließ ihn unerbittlich auf dem Gas stehen, während der Citroen stark schwankend und mit dem Heck scharwenzelnd die nächsten Kurven nahm. Er verdrängte jegliche Angst mit hasserfüllten Gedanken an seine Ex-Frau. Diese Schlampe hatte ihn immerzu ausgenommen und betrogen. Dabei war sie so hässlich wie die Nacht. Hakennase, eine Brille gegen das Schielen und ein Hintern so breit wie ein Panzer. Aber mit diesem Hintern hatte sie alle verrückt gemacht. Ihn auch. Ihn besonders. So sehr hatte sie ihn meschugge gemacht, dass er allem zugestimmt hatte. Den Sex-Orgien, den Einkaufs-Orgien. Nie hatte er sich gewehrt. Und als er sich doch gewehrt hatte, machte sie einfach ohne ihn weiter. In ihr Bett durfte er nicht mehr, bezahlen musste er weiterhin. Das allein machte ihn schon rasend, etwas anderes raubte ihm jedoch jeden Tag die Luft. Vor einem Jahr hatte ihn mal jemand völlig betrunken angerufen und ihm erzählt: „Deine Frau treibt es mit jedem, der nicht weglaufen kann. Und wenn es ihr dann kommt, dann schreit sie: 'Von seinem Geld. Von seinem Geld'."

Der Hass und die Enttäuschung überfluteten ihn. Die Spitzkehren hinauf zu Burg nahm er mit Vollgas und Handbremse. Mit brüllendem Motor und jaulenden Reifen zerhackte er ein paar Büsche, als er kurzzeitig von der Straße geriet. Ein Blick nach unten zeigte ihm, dass der

Golf eine Kurve zurücklag und sich ebenfalls alle Mühe gab. Er hasste den Fahrer mit jeder Faser seines Körpers. Dieser Kerl war sicherlich nur aus einem Grund so motiviert: diese Schlampe hatte ihn hörig gemacht, mit den gleichen Praktiken, mit denen sie es bei ihm geschafft hatte. Der Kerl würde sicher für sie sterben.

„Da kann ich dir weiterhelfen", knirschte er und versuchte, dass Gaspedal durch den Boden zu treten.

Die Kasselburg war erreicht, in einer tückischen Linkskurve räumte er beinahe eine Gruppe Wanderer ab. Die Leute hatten gerade drei Sekunden Zeit, ihre Fäuste hinter ihm her zu schütteln, als der Golf um die Kurve schleuderte. Nach diesem Ereignis griffen ein paar zum Handy.

Er schaltete hoch, um die leicht geschwungene Strecke hinter der Kasselburg in Angriff zu nehmen. Langsam drang so etwas wie ein Plan durch sein glühendes Hirn. Seine Hände zitterten, seine Beine wurden weich, doch eisern blieb er auf dem Gas. Er würde diese Schlampe bestrafen. Dieser Kerl war sicher wie all die anderen hinter ihm her, um ihn auszusaugen. Ständig ließ sie ihn beobachten, um ihm nachzuweisen, dass er doch mehr Kunden besuchte als er vor Gericht angegeben hatte. Sie bekam einfach nicht genug. Sie wollte ihm nachweisen, dass er noch mehr zahlen musste. Und nie reichte es ihr. Jetzt also schickte sie schon Ihre Liebhaber. Er konnte sich gut vorstellen, wie sie es anstellte: 'Fang ihn und du bekommst heute Abend deine Belohnung'.

Grimmig bog er in Richtung Hillesheim ab, überholte einen Mähdrescher, dessen Fahrer vor Schreck sein Handy fallen ließ, und stürmte auf der linken Spur an einem Milchlaster vorbei. Diesmal würde sie sich verrechnen. Dieses eine Mal. Keine Belohnung, kein zusätzliches Geld. Sein Plan war fertig. Heute würde Schluss sein. Heute Abend würde niemand in ihrem Bett liegen. Zum ersten Mal in zwölf Jahren. Heute würde er triumphieren. Er nahm die letzte scharfe Kurve und verlangsamte etwas die rasende Fahrt, als es an Lammersdorf vorbei bergauf ging. Zu seiner großen Befriedigung hatte der Golf Mühe, an dem Milchlaster vorbei zu kommen. Er wurde noch langsamer. Der Golf musste näher kommen, sonst würde es nicht klappen. Er malte sich die Enttäuschung aus, die seine Frau erleben würde. Einmal in seinem verfluchten Leben würde nicht er es sein, der am Fenster stand, Stunde um Stunde wartend. Heute noch würde sie erfahren, wie sich so was anfühlte. Das Zittern verschwand und wich einem entschlossenen Kampfgeist. Er würde es ihr schon zeigen. Vielleicht war es das, was sie brauchte: einen Mann, der erhitzt vom Kampf keine Umstände machte.

Er konzentrierte sich. Jetzt kam es auf das Timing an. Die Senke hinunter fuhr er auf den Kreisverkehr zu, den Blick auf den Rückspiegel gerichtet. Da kam der Golf, flog über die Kuppe, dass es ihn aus den Federn hob und raste hinter ihm her. Jetzt die richtige Geschwindigkeit. Wie gut, dass sein Auto über keinen Airbag verfügte. Seine Freude wuchs, er freute sich auf die nächsten Sekunden, auf seinen sicheren Sieg. Kurz plante er, was er ihr wohl sagen würde. Eigentlich plante er, wie er es sagen würde, hämisch, selbstbewusst, zum ersten Mal von oben herab und nicht als Bittsteller. Nie wieder als verliebter Blödmann, ab jetzt als herrischer Sieger.

Der Kreisverkehr flog heran. Kein Auto weit und breit, nur er und der Golf im Rückspiegel. Er schaltete runter und bog ein. Vier Abzweigungen. An der ersten vorbei, der Golf kam näher. Nun verschwand er kurz hinter dem künstlichen Hügel, den man auf die Insel inmitten des Kreisverkehrs gehäuft hatte. An der nächsten Abzweigung vorbei, Aufregung packte ihn. Gleich, gleich. Die dritte Abzweigung, er sah jetzt wieder den Golf, der gerade im Begriff stand, in den Kreisverkehr einzubiegen. Genau richtig. Er gab entschlossen Vollgas, der Diesel gab alles und schob den Citroen noch einmal kräftig an. Dann war es soweit. Der andere Wagen hatte sich noch nicht ganz in den Kreisel hineingedreht, als er ihn mit voller Wucht rammte. Der Golf wurde herumgeschleudert und gegen einen großen Stein gedrückt, der als Begrenzung diente. Er fühlte sich wie ein Kriegsgott. Mit kalter Entschlossenheit löste er den Gurt, öffnete die Tür und schritt kraftvoll und gemessen zu dem Golf. Der hintere Teil des Wagen war total zerstört, doch die Fahrertür schien intakt. Der bärtige Kerl versuchte gerade, sich aus den Resten der verschiedenen Airbags zu befreien. Er schien nur einigermaßen geschockt zu sein, denn er sah ihn und erkannte ihn auch. Der Kerl machte sogar die Tür auf und öffnete den Mund, um ihn anzusprechen. Ohne zu zögern, beugte er sich zu dem Golffahrer vor und legte beide Hände um dessen Hals. Mit einem unangreifbaren Lächeln drückte er kräftig zu. Der Mund des Bärtigen blieb offen, doch er sagte nichts. Die Augen quollen ihm aus den Höhlen.

„Da guckst du, was?"

Trotz der Anstrengung lächelte er. Die Schlampe würde sich nie wieder auf diesen Kerl setzen. Er drückte und drückte und betrachtete erfreut, wie sich das Gesicht verfärbte, wie die Zunge dick und blau aus dem Mund quoll.

Als er seine Hände löste, kippte der Bärtige lautlos um. Ruhig und auf eine geradezu überirdische Art glücklich kehrte er zu seinem Citroen zurück. „Einer weniger", murmelte er mehrmals.

Ein breitschultriger dunkelhaariger Mann betrat den kleinen Raum mit dem noch kleineren vergitterten Fenster. Er setzte sich auf den Stuhl vor ihn und betrachtete ihn nachdenklich. Dann sagte er:

„Mein Name ist Daniel Joya. Ich bin der ermittelnde Beamte in diesem Fall. Möchten Sie eine Aussage machen?"

Er verstand nicht, was der Polizist von ihm wollte. Es war doch alles klar. Joya erklärte es ihm:

„Für Sie mag das ja alles einleuchtend sein. Für den Rest der Welt besteht aber durchaus die Frage, warum ein Mann einen anderen Mann tötet. Das Motiv ist entscheidend für alles Weitere. Also, warum erzählen Sie mir nicht, warum Sie es getan haben? Bitte auf eine Weise, die es mir als Außenstehendem erlaubt, die Zusammenhänge zu verstehen."

Er tat ihm den Gefallen und schilderte ausführlich den Hergang. Dann verlangte er, mit seiner Ex-Frau telefonieren zu können. Joya schüttelte nachdrücklich den Kopf.

„Das geht nicht. Sie ist in der Psychiatrie, hatte einen Zusammenbruch."

Er frohlockte. Er hatte sein Ziel erreicht. Sie verkraftete es nicht, ohne Mann schlafen zu gehen. Das sagte er dem Polizisten auch. Doch der schüttelte wieder den Kopf.

„Sie verstehen es immer noch nicht, wie? Der Mann wollte Ihnen nicht ans Leder. Er wollte doch nur abwarten, bis Sie im Büro ankommen. Ihre Frau hat ihn gewarnt. Sie neigen zu Wutanfällen, wie man sieht. Deshalb wollte er abwarten, bis Sie unter Zeugen sind und es Ihnen dann mitteilen."

Irritiert fragte er: „Was denn mitteilen?"

„Dass Ihre Frau wieder heiraten wollte. Das Sie damit von Ihren Unterhaltszahlungen freigestellt sind. Sie wären wieder ein freier Mann gewesen, ohne Unterhaltsverpflichtungen. Auch den BMW hätten Sie zurückerhalten."

Er wusste nicht, ob er lachen oder weinen sollte. Einerseits wurde damit eine schlimme finanzielle Last von ihm genommen. Andererseits hasste er es wie die Pest, sich seine Frau in den Armen eines Anderen liegend vorzustellen. Aber noch schlimmer war für ihn die Vorstellung, sie auf Dauer an einen Anderen zu verlieren. Einen, der tatsächlich seinen Platz einnahm. Nicht nur im Bett, auch vor dem Fernseher. Er blinzelte. Etwas im Blick des Polizisten machte ihn misstrauisch.

„Warum gucken Sie so?"

Joya schaute ihn an wie einen Sohn, der gerade den gewinnbringenden Lottoschein verloren hatte.

„Der Typ, den Sie umgebracht haben: Das war der zukünftige Ehemann. Übermorgen wäre Hochzeit gewesen. Da er nun tot ist und Ihre Frau nicht heiraten kann, werden Sie wohl weiterhin den Großteil Ihres Einkommens an Ihre Frau abtreten müssen. Da Sie aber nunmehr in den Knast wandern und keine Geld mehr verdienen, wird Sie wohl ersatzweise den Rest Ihres Vermögens erhalten."

Er wusste nicht, ob er lachen oder weinen sollte. Er hatte also Recht gehabt. Mürrisch entgegnete er:

„Ich habe wohl den falschen Mord begangen. Jetzt muss ich wohl ein wenig warten, bis ich diesen Fehler korrigieren kann."

# Die Autorinnen und Autoren:

Jacques Berndorf
Eigentlich Michael Preute, *1936 in Duisburg. Nach journalistischer Ausbildung Arbeit als Zeitungs- und Magazinredakteur, zuletzt Reportagen über vorwiegend sozialpolitische Themen im *Spiegel*, Begründer des Genres *Eifelkrimi*, seit *Eifel-Blues* (1989) insgesamt neun Eifelkrimis um den Helden *Siggi Baumeister*. 1996 wurde ihm der Eifel-Literaturpreis verliehen.

Gisela Blümmert
*1957 in Köln, lebt mit Mann und Sohn in einem alten Fachwerkbauernhof des Voreifeldorfes Ginnick. Sie studierte in Köln Diplom-Pädagogik, war 12 Jahre lang als EDV-Dozentin und Programmiererin tätig, qualifizierte sich in Zürich als NLP-Master und arbeitet heute als freiberufliche Kommunikationstrainerin. Kriminalromane: *Eine Woche Mallorca* (KBV) / *Bin kurz morden und gleich wieder zurück* (Meyer & Meyer). Fachbücher: *Zeitmanagement mit NLP* (Junfermann) / *Konfliktmanagement mit NLP.*

Harald Bongart
*1964, Museumsleiter in Bad Münstereifel. Zahlreiche Veröffentlichungen zur lokalen Alltags- und Rechtsgeschichte, Veröffentlichung zahlreicher Kurzgeschichten.

Carola Clasen
*1950, arbeitete als Fremdsprachenassistentin, auch in Belgien. Zahlreiche Veröffentlichungen von Kurzgeschichten im Rundfunk und in Anthologien. Ihr Eifel-Kriminalroman *Atemnot* erschien im Jahr 1998. Ihr zweiter Kriminalroman *Novembernebel* (KBV) erscheint im Jahr 2001.

Ulrich Haag

* 1961 in Düsseldorf, Studium der Theologie in Berlin, Bonn, Heidelberg und Jerusalem, verheiratet, drei Kinder, seit 1991 evangelischer Pfarrer in Aachen. Kriminalroman *Tod einer Politesse* (KBV 1996).

Christina Hennes

*1981, Abitur in Bitburg, Auszubildende, nahm mit der vorliegenden Geschichte an einem Wettbewerb des S/T Verlages in Trier teil.

Alwin Ixfeld

Freier Journalist mit theologischer Berufserfahrung. Schreibt und fotografiert für Tageszeitungen, Wochenzeitungen und touristische Fachblätter. Ist gelegentlich im Radio zu hören, vor allem mit theologischen Themen. Als Ausgleich schreibt er über das wahre Leben und seine kriminellen Hintergründe.

Raphaela Kehren

*1967, lebt in Keldenich, Mutter von drei Kindern, Studium der Germanistik, Geschichte und Politik in Köln. Schreibt Kinderkurzgeschichten für zahlreiche Zeitschriften und Zeitungen im In- und Ausland. Ihr Jugendroman *Der rostrote Zopf* erscheint 2001.

Erika Kroell

*1958 am Niederrhein, verheiratet, drei Kinder, Rundfunk-Journalistin, seit 30 Jahren im Ahrtal beheimatet, Schriftstellerin seit 1998. Kriminalroman *Fürchte Deinen Nächsten* (RMV 2000).

Alex Kuffner

*1974 in Simmerath, lebt in der Nordeifel und verdient sich seine Mahlzeiten als Redakteur. Nebenbei kümmert er sich um Radiosendungen oder Kurzgeschichten.

Manfred Lang
*1959 in Mechernich, Redakteur *Kölner Stadt-Anzeiger*, Autor, Rezitator alter Eifeler Mundartdichter, Herausgeber, u. a. mit Jochen Arlt *Leben-alle-Tage* (1989), Eifel-Weihnachts-Lesebuch *Und er hat sein helles Licht bei der Nacht ...* (1996), gemeinsam mit Ralf Kramp Herausgeber von *Abendgrauen - Eifeler Schauer- und Gruselgeschichten* (1999).

Dr. Ulrich Mehler
*1941, studierte Germanistik, Musikwissenschaft, Mittellateinische Philologie und Theaterwissenschaft. Promotion, Habilitation. Lehramt für Altgermanistik an der Universität Köln, Autor zahlreicher Kurzgeschichten und wissenschaftlicher Veröffentlichungen. Roman *Fliegenmarsch - oder: Der Tag, an dem die Eifelrepublik gegründet wurde* (2000).

Stamos Papas
*1950 in Griechenland, Soziologiestudium in Hamburg, Geschäftsführer des Saunadorfes *Roetgen-Therme*. Seit 1997 Lebensmittelpunkt Roetgen und die Eifel.

Ingrid Peinhardt-Franke
*1952, Studium der Soziologie und Pädagogik an der RWTH Aachen. Sie ist langjährig als Journalistin auf Kultur/Kunst-Kinderthemen spezialisiert und arbeitet zusätzlich als Kulturpädagogin mit Kindern, unter anderem für die Yehudi-Menuhin-Stiftung.

Thomas Pfanner
*1960 in Bonn, lebt mit seiner Familie in St. Augustin. Studium der Paläontologie, Ausbildung zum Altenpfleger. Verwaltungsdirektor zweier privater Altenheime in der Vulkaneifel, EDV-Spezialist. Sein erster Kriminalroman *Glaube Liebe Mord* erschien 2001 im Espresso Verlag.

Uwe Rhiem

*1962 in Euskirchen, wohn- und lebhaft in Wißkirchen, Vater von drei Kindern, Polizeibeamter, freiberuflicher Journalist, Autor und Musiker (*Mac Noise - Irish Folk*), erster Kriminalroman (Eifelkrimi) *Fallobst*, erschienen im November 2000.

Hubert vom Venn

*1953, künstlerischer Leiter Stadttheater Monschau, Buchautor, Kabarettist, gelernter Journalist, neun Jahre bei einer Tageszeitung beschäftigt, schrieb für die ARD Quiz-, Humor- und Satiresendungen, für *RTL-Plus / Radio Luxemburg* Radio und Fernsehsendungen. Für BRF und WDR als Moderator tätig. 1991 Weltrekord 5x28-Meter-Staffel. 2000 für den Rheinischen Literaturpreis nominiert, erhielt im gleichen Jahr vom „American Biographical Institute US Library of Congress" den Distinguished Leadership Award mit der Begründung „Bringing Art and Culture to Eifel" und wurde ins *Who's Who* aufgenommen. Veröffentlichungen u. a.: *Bundesstraße 258, Die Schlacht um Monschau, Wir sind 'n Volk* (Ostbelgien-Comic) und die Kriminalromane *Die Hand im Moor* und *Kaisermord*. Im Jahr 2001 erschien sein Roman *Mein Jahr in der Eifel* (RMV).

Dr. Klaus-Peter Walter

*1955 in Michelstadt/Odenwald, lebt bei Bitburg. Verheiratet, ein Sohn. Studium der Slawistik, Osteuropäischen Geschichte und Philosophie, Freier Fachautor und Literaturkritiker. Veröffentlichungen u. a.: *Das James-Bond Buch* (Ullstein Verlag 1995), *Begegnung mit dem Horizont: Die große Taiga* (Bucher Verlag 1996). Herausgeber des *Lexikons der Kriminalliteratur* (Corian Verlag).

# Der Herausgeber:

Ralf Kramp

*1963 in Euskirchen, Autor und Karikaturist. Sein erster Kurzkrimi erschien 1994 im *Kölner Stadt-Anzeiger*, und sein erster Kriminalroman zwei Jahre später. Für sein Debüt *Tief unterm Laub* erhielt er den Förderpreis des Eifel-Literaturfestivals. Seither erscheint jährlich ein Kriminalroman. Zahlreiche Veröffentlichungen von Kurzgeschichten und diverse Herausgebertätigkeiten, u. a. mit Manfred Lang *Abendgrauen - Eifeler Schauer- und Gruselgeschichten*. Seit 1998 einer der beiden Veranstalter von *BLUTSPUR*-Krimiwochenenden in der Eifel, bei denen hartgesottene Krimifans ihr angelesenes „Fachwissen" bei einer Mördersuche in die Tat umsetzen können. 2000 erster Eifel-Jugendkrimi *Wenn Goldfinger rauskommt*. 2001 historischer Aachen-Krimi *... denn sterben muß David* (KBV).

Ralf Kramp (Hg.)

# Der Tod klopft an

mit Beiträgen von 21 Autoren

(U. a. Jacques Berndorf, Ralf Kramp, Hubert vom Venn, Gisbert Haefs, Freddy Derwahl, Marion Schmitz-Reiners, Verena von Asten, Hermann-Josef Schüren, Guido Thomé u. v. m.)

Eine Riege von 21 Autoren hat sich aufgemacht, um in dieser Krimi-Anthologie zu zeigen, dass in der Region durchaus das Verbrechen brodelt. Morde aus Leidenschaft, Abrechnungen im Drogenmilieu, Serientäter, all das gibt es auch hier in all seiner Vielfalt!
Kurzum, spannende Unterhaltung auf hohem Niveau.

„Das Grauen lauert überall, meistens in Gestalt von guten Menschen, bei deren Einschätzung man sich kräftig vertan hat (..) Die Kurzgeschichten versetzen selbst den hartgesottensten Verächter in Habachtstellung, so wie das Böse auf der Lauer liegt, um sich einen nach dem anderen zu holen, so möchte man am liebsten in die Handlung eingreifen und die Unwissenden vor ihrem dunklen Ende bewahren. Ärgerlich nur, dass man sich zwischendurch immer die schwitzigen Finger waschen muss." (Klenkes)

„Also, nur etwas für starke Nerven." (*Saarbrücker Zeitung*)

„Wenn der Verlag prickelndes Lesevergnügen und Gänsehaut garantiert, ist dem nichts hinzuzufügen." (*Kölnisch Rundschau*)

„Kurz und gut." (*Neues Rheinland*)

176 Seiten, 21 x 13 cm, Paperback
12,40 Euro / 495 BF / 24,80 DM
ISBN 90-5433-145-3
GEV (Grenz-Echo Verlag, Marktplatz 8, B-4700 Eupen, Tel. 087/59 13 03 - Fax 0087/74 38 20
Int. 003287/...
www.gev.be - buchverlag@grenzecho.be